GAROTAS
EM
CHAMAS

GAROTAS EM CHAMAS

C. J. TUDOR

TRADUÇÃO DE REGIANE WINARSKI

Copyright © 2021 C. J. Tudor

TÍTULO ORIGINAL
The Burning Girls

PREPARAÇÃO
Marcela Ramos

REVISÃO
Júlia Ribeiro

DIAGRAMAÇÃO
Inês Coimbra

DESIGN DE CAPA
Elena Giavaldi

IMAGENS DE CAPA
Fogo: Marzufello/Shutterstock
Igreja: cortesia da autora

ILUSTRAÇÕES E LETTERING
Antonio Rhoden

CIP-BRASIL. CATALOGAÇÃO NA PUBLICAÇÃO
SINDICATO NACIONAL DOS EDITORES DE LIVROS, RJ

T827g

    Tudor, C. J., 1972
    Garotas em chamas / C. J. Tudor ; tradução Regiane Winarski. - [2. ed.]. - Rio de Janeiro : Intrínseca, 2025.
    352 p.

    Tradução de: The burning girls
    ISBN: 978-85-510-1367-0

    1. Romance inglês. I. Winarski, Regiane. II. Título.

24-94665   CDD: 823
              CDU: 82-31(410.1)

Meri Gleice Rodrigues de Souza - Bibliotecária - CRB-7/6439

[2025]

Todos os direitos desta edição reservados à
EDITORA INTRÍNSECA LTDA.
Av. das Américas, 500, bloco 12, sala 303
22640-904 – Barra da Tijuca
Rio de Janeiro – RJ
Tel./Fax: (21) 3206-7400
www.intrinseca.com.br

Para Neil, Betty e Doris.
O alto, a fofa e a peluda.

GAROTAS EM CHAMAS

Tirado da Wikipédia, a enciclopédia livre

Bonecas de gravetos características do vilarejo *Chapel Croft*, em Sussex. As bonecas são feitas para homenagear os *Mártires de Sussex* — oito pessoas queimadas na fogueira durante a expurgação de *protestantes* (1553-58) da *rainha Mary*. Duas das mártires eram garotinhas. As *Garotas em Chamas* são incendiadas em uma cerimônia que acontece todos os anos no aniversário da perseguição.

PRÓLOGO

Que tipo de homem eu sou?
 Era uma pergunta que ele vinha se fazendo muitas vezes ultimamente.
Sou um homem de Deus. Sou servo Dele. Faço a vontade Dele.
 Mas era suficiente?
 Ele olhou para a casinha branca. Telhado vermelho, trepadeiras roxas subindo pelas paredes, banhada pelo sol esmaecido do fim do verão. Pássaros piavam nas árvores. Abelhas zumbiam preguiçosamente entre os arbustos.
Aqui jaz o mal. Aqui, no mais inócuo dos ambientes.
 Ele andou lentamente pelo curto caminho. O medo gelava seu estômago. Parecia uma dor física, uma cólica nas entranhas. Estendeu a mão para a porta, que foi aberta antes que ele pudesse bater.
 — Ah, graças a Deus. Agradeço ao Senhor pela sua presença.
 A mãe se apoiou na soleira. O cabelo castanho escorrido grudado na cabeça. Os olhos muito vermelhos, e a pele cinzenta, cheia de rugas.
É o que acontece quando Satanás entra na sua casa.
 Ele entrou. A casa fedia. Era um odor azedo, sujo. Como podia ter chegado àquele ponto? Ele olhou para a escada. A escuridão no alto parecia densa de malevolência. Ele apoiou a mão no corrimão. Suas pernas se recusaram a se mover. Ele apertou bem os olhos e respirou fundo.
 — Padre?
Sou um homem de Deus.
 — Me mostre.

Começou a subir. No alto, só havia três portas. Um garoto de rosto inexpressivo, usando uma camiseta manchada e um short, olhava de uma delas. Quando a figura de preto se aproximou, o garoto a fechou.

Ele abriu a porta ao lado. O calor e o odor o atingiram como se fossem uma entidade física. Ele tapou a boca e tentou não vomitar.

A cama estava manchada de sangue e outros fluidos. Havia cordas amarradas na cabeceira com as pontas soltas. No meio do colchão, um baú de couro aberto. Tiras grossas prendiam o conteúdo no lugar: um crucifixo pesado, uma Bíblia, água benta, pedaços de musselina.

Faltavam dois itens. Estavam no chão. Um bisturi e uma faca de serra comprida. Os dois ensanguentados. Ao lado havia uma poça de sangue, que mais parecia uma capa escura cor de rubi em volta do corpo.

Ele tentou engolir, a boca tão seca quanto os campos no verão.

— Meu Senhor... o que aconteceu aqui?

— Já falei. Já contei que o diabo...

— Chega!

Ele viu uma coisa na mesa de cabeceira. Foi até lá. Uma caixinha preta. Ficou observando o objeto por um momento e se virou para a mãe parada à porta. Ela retorceu as mãos e olhou para ele com uma expressão de súplica.

— O que nós vamos fazer?

Nós. Porque aquilo também era responsabilidade dele.

Ele olhou para o corpo ensanguentado e mutilado no chão.

Que tipo de homem eu sou?

— Pegue uns panos e água sanitária. Agora.

WELDON HERALD, QUINTA-FEIRA, 24 DE MAIO DE 1990

GAROTAS DESAPARECIDAS

A polícia pede ajuda na busca de duas adolescentes de Sussex que estão desaparecidas: Merry Lane e Joy Harris. As duas, que supostamente fugiram juntas, têm quinze anos. Joy foi vista pela última vez num ponto de ônibus em Henfield na noite do dia 12 de maio. Merry desapareceu de casa, em Chapel Croft, uma semana depois, no dia 19, depois de deixar um bilhete.

A polícia não está tratando o desaparecimento como suspeito, mas está preocupada com o bem-estar das garotas e pede que elas façam contato com a família.

"Vocês não vão ser punidas. Seus familiares estão preocupados. Só querem saber que vocês estão seguras e dizer que podem sempre voltar para casa."

Joy é descrita como franzina, 1,65 metro de altura, com cabelo louro-claro comprido e feições delicadas. Foi vista pela última vez usando uma camiseta rosa, uma calça jeans desbotada e tênis Dunlop Green Flash.

Merry é descrita como magra, 1,70 metro de altura, com cabelo escuro e curto, e foi vista pela última vez usando um suéter cinza largo, calça jeans e tênis de lona pretos.

Quem as vir deve relatar o ocorrido à polícia de Weldon pelo número 01323 456723 ou ligar para o Crimestoppers no número 0800 555 111.

— É uma situação infeliz.

O bispo John Durkin sorri com benevolência.

Tenho quase certeza de que o bispo John Durkin faz tudo com benevolência, até cagar.

O bispo mais jovem a administrar a diocese de North Notts é um orador habilidoso, autor de vários textos teológicos aclamados e, se não tivesse ainda pelo menos tentado andar sobre a água, eu acharia impressionante.

Ele também é um cretino.

Eu sei. Os colegas dele sabem. A equipe dele sabe. Secretamente, acho que até ele mesmo sabe.

Infelizmente, ninguém vai falar nada para ele. Eu que não vou. Não hoje. Não com ele tendo nas mãos macias e com unhas bem cuidadas o meu emprego, a minha casa e o meu futuro.

— Uma coisa assim pode abalar a fé da comunidade — continua ele.

— A comunidade não está abalada. Está com raiva e triste. Mas não vou deixar que isso estrague tudo que conquistamos. Não vou abandonar as pessoas agora que elas mais precisam de mim.

— Mas precisam mesmo? A frequência está baixa. As aulas foram canceladas. Ouvi falar que os grupos de crianças talvez se mudem para outra igreja.

— A fita isolando a cena do crime e os policiais causam esse efeito. Nossa comunidade não tem nenhum apreço pela polícia.

— Eu entendo isso...

Não entende, não. O mais perto que Durkin chega da área mais pobre da cidade é quando o motorista pega a entrada errada no caminho para a academia particular dele.

— Estou confiante de que é temporário. Eu consigo reconstruir a confiança das pessoas.

Não acrescento que preciso fazer isso. Eu cometi um erro e preciso me redimir.

— Então agora você é capaz de fazer milagres? — Antes que eu possa responder ou argumentar, Durkin continua, tranquilamente: — Olha, Jack, sei que você fez o que achou melhor, mas você se envolveu demais.

Eu me encosto na cadeira, o corpo tenso, lutando contra o ímpeto de cruzar os braços feito uma criança pirracenta.

— Achei que era o nosso trabalho. Construir laços estreitos com a comunidade.

— Nosso trabalho é defender a reputação da Igreja. Estamos em tempos difíceis. Igrejas estão fracassando em toda parte. Tem cada vez menos gente frequentando. Nós temos uma batalha hercúlea mesmo sem essa publicidade negativa.

E é com isso que Durkin realmente se importa. Os jornais. Relações públicas. A Igreja não consegue divulgação positiva nem nas melhores condições, e eu fiz uma besteira das grandes. Tentei salvar uma garotinha, mas acabei condenando-a.

— E então? O senhor quer que eu me demita?

— De jeito nenhum. Seria um desperdício alguém do seu *calibre* sair. — Ele junta as mãos. Sem brincadeira. — E passaria uma imagem ruim. Seria como uma admissão de culpa. Nós temos que refletir muito bem sobre o que fazer agora.

Tenho certeza de que sim. Principalmente considerando que meu compromisso aqui foi ideia dele. Sou o bilhete premiado dele. E eu estava me saindo muito bem na função de fazer a igreja abandonada da região mais pobre da cidade criar laços novamente com a comunidade.

Até Ruby.

— O que o senhor sugere?

— Transferência. Um tempo em um lugar menos chamativo. Uma igreja pequena de Sussex ficou sem padre de repente. Chapel Croft. Enquanto escolhem quem vai substituí-lo, estão precisando de alguém para o trabalho interino lá.

Eu olho para ele, sentindo o chão tremer.

— Sinto muito, mas não vai ser possível. Minha filha vai fazer os exames do ensino médio ano que vem. Não posso simplesmente levá-la para o outro lado do país.

— Eu já combinei a transferência com o bispo Gordon, da diocese de Weldon.

— O senhor fez *o quê*? *Como*? O posto foi anunciado? Deve haver um candidato local mais adequado...

Ele balança a mão, me interrompendo.

— Nós estávamos conversando. Seu nome surgiu. Ele mencionou a vaga. Foi destino.

Quando se trata de fazer os outros de marionete, Durkin é o próprio Gepeto.

— Tente ver o lado positivo — diz ele. — É uma parte linda do país. Ar fresco, campos abertos. A comunidade é pequena e segura. Pode ser bom para você e para Flo.

— Acho que eu sei o que é melhor para mim e para a minha filha. A resposta é não.

— Então terei que ser direto, Jack. — Ele me encarou. — Isso não é a porra de um pedido.

Existe um motivo para Durkin ser o bispo mais jovem a administrar a diocese, e esse motivo não tem nada a ver com benevolência.

Eu fecho os punhos no colo.

— Entendido.

— Excelente. Você começa semana que vem. Coloque as galochas na mala.

— Meu Deus!

— Blasfemando de novo.

— Eu sei, mas... — Flo balança a cabeça. — Que fim de mundo.

Ela não está errada. Eu paro o carro e olho para a nossa nova casa. Bom, nossa casa espiritual. Nossa casa *de verdade* fica ao lado: é um chalé que seria bonitinho se não fosse meio torto, como se estivesse tentando escorregar e fugir sorrateiramente, tijolo por tijolo.

A capela em si é pequena, quadrada e de um branco encardido. Não parece muito um lugar sagrado. Não tem teto alto, cruz ou vitral. Há quatro janelas simples na frente: duas em cima, duas embaixo. Entre as duas de cima tem um relógio. As letras ornamentadas ao redor dele proclamam:

"Aproveitem o Tempo, pois os Dias são Maus."

Legal. Infelizmente, o "m" e o "p" da palavra "tempo" estão desgastados, então, na verdade, a frase está dizendo "Aproveitem o Teo", seja ele quem for.

Saio do carro. O ar sufocante faz as roupas grudarem na minha pele na mesma hora. Ao nosso redor só há campos. O vilarejo consiste em pouco mais de vinte casas, um pub, um mercado e um salão comunitário. Os únicos sons são os cantos dos pássaros e abelhas zumbindo ocasionalmente. Sinto a tensão no ar.

— Muito bem — digo, tentando parecer otimista e não com medo, como realmente estou. — Vamos dar uma olhada lá dentro.

— Não vamos ver o lugar onde vamos morar antes? — pergunta Flo.

— Primeiro, a casa de Deus. Depois, a casa dos filhos.

Ela revira os olhos, deixando claro que minha burrice é cansativa. Os adolescentes conseguem transmitir muita coisa só revirando os olhos. E isso nem chega a ser um problema, considerando que a comunicação oral se choca com um muro de tijolos depois que eles fazem quinze anos.

— Além do mais — digo —, nossos móveis ainda estão presos no trânsito da M25. Pelo menos, a capela tem bancos.

Ela bate a porta do carro e anda de mau humor atrás de mim. Eu olho para ela: o cabelo escuro cortado todo torto na altura dos ombros, piercing no nariz (conquistado com muita dificuldade e sempre retirado para ir à escola) e uma câmera Nikon pesada pendurada quase permanentemente no pescoço. Eu sempre acho que minha filha seria a escolha perfeita para o papel da Winona Ryder em um remake de *Beetlejuice*.

Um caminho comprido leva até a capela. Tem uma caixa de correspondência surrada ao lado do portão. Conforme me orientaram, se não houvesse ninguém ali quando nós chegássemos, era lá que eu encontraria as chaves. Levanto a tampa, enfio a mão dentro e… bingo. Tiro duas chaves prateadas e desgastadas, que devem ser do chalé, e um trambolho pesado de ferro digno de uma fantasia de Tolkien. Suponho que seja a chave da capela.

— Bom, pelo menos a gente pode entrar — digo.

— Viva — responde Flo.

Eu a ignoro e abro o portão. O caminho é íngreme e irregular. Dos dois lados, há lápides tortas despontando da grama alta. Tem um monumento mais alto à esquerda. Um obelisco cinza sinistro. Diante dele, deixaram o que parecem buquês de flores mortas. Mas, olhando melhor, vejo que não são flores mortas; são bonequinhas de gravetos.

— O que é aquilo? — pergunta Flo, olhando para as bonecas e pegando a câmera.

Automaticamente, respondo:

— Garotas em Chamas.

Ela se agacha para tirar algumas fotos com a Nikon.

— É uma espécie de tradição do vilarejo — digo. — Li sobre isso na internet. As pessoas fazem as bonecas para comemorar os Mártires de Sussex.

— Os o quê?

— Aldeões que foram mortos na fogueira durante a expurgação de protestantes. Duas garotinhas foram mortas em frente a essa capela.

Ela se levanta e faz uma careta.

— E as pessoas fazem essas bonecas assustadoras de graveto para lembrar delas?

— E, no aniversário da expurgação, elas são queimadas.

— Isso é *muito A Bruxa de Blair*.

— O interior é assim mesmo. — Dou uma última olhada com desdém nas bonecas quando passo. — Cheio de tradições "pitorescas".

Flo pega o celular e tira mais algumas fotos, provavelmente para compartilhar com os amigos de Nottingham (*Vejam o que os caipiras malucos fazem*), e depois me segue.

Nós chegamos à porta da capela e eu enfio a chave de ferro na fechadura. Está meio dura e preciso fazer força para girá-la. A porta se abre com um rangido. Um *baita* rangido, como sonoplastia em um filme de terror. Então escancaro a porta.

Em contraste com o sol de agosto, aqui dentro está escuro. Meus olhos levam um instante para se ajustar. O sol entra pelas janelas sujas e ilumina uma nuvem densa de partículas de poeira flutuando.

A organização do espaço é incomum: uma nave pequena, mal cabe meia dúzia de fileiras de bancos diante do altar central. Dos dois lados, uma escada estreita de madeira leva a um mezanino com mais bancos voltados para as atividades, como num pequeno teatro ou numa arena de gladiadores. Nem consigo imaginar como passou numa inspeção do corpo de bombeiros.

O lugar está com um cheiro parado, de coisa guardada, o que é estranho, considerando que era usado regularmente até poucas semanas atrás. E, assim como a maioria das capelas e igrejas, o ambiente é ao mesmo tempo abafado e frio.

No fim da nave, reparo que uma pequena área foi isolada com duas barreiras de proteção amarelas, com um cartaz improvisado em uma delas: "Perigo. Piso irregular. Ladrilhos soltos."

— Retiro o que eu disse — diz Flo. — Isso aqui é o maior fim do mundo mesmo.

— Poderia ser pior.

— Como?

— Se tivesse cupim, infiltração, infestação de besouros?

— Vou esperar lá fora. — Ela se vira e sai batendo os pés.

Eu não vou atrás. É melhor deixar passar. Não tem muita coisa que eu possa dizer que vá servir de consolo. Eu a arranquei da cidade que ela ama, da escola onde ela se sentia à vontade, e a levei para um lugar sem nada a oferecer, exceto, talvez, campos e fedor de bosta de vaca. Não vai ser fácil fazer com que ela aceite isso.

Olho para o altar de madeira.

— O que estou fazendo aqui, Senhor?

— Posso ajudar?

Eu me viro.

Tem um homem atrás de mim. É magro e muito pálido, com a brancura ressaltada pelo cabelo preto oleoso, penteado para trás com um bico de viúva bem acentuado. Apesar do calor, ele está de terno escuro com uma camisa cinza sem gola. Parece um vampiro indo para um clube de jazz.

— Desculpe, eu nunca tive uma resposta direta assim. — Sorrio e estico a mão. — Meu nome é Jack.

Ele continua me olhando com desconfiança.

— Eu sou o responsável por esta igreja. Como você entrou aqui?

É nessa hora que me dou conta. Não estou com o colarinho clerical e só devem ter mencionado meu sobrenome. Claro que ele poderia ter pesquisado mais algumas informações na internet, mas tem cara de quem ainda usa caneta tinteiro.

— Desculpe. Jack Brooks. Vim substituir o padre.

Ele arregala um pouco os olhos. Um leve rubor chega às bochechas. Admito que meu nome causa confusão. E admito que gosto disso.

— Minha nossa. Me desculpe. É que…

— Não era o que você estava esperando.

— Não.

— Foi a altura, a magreza, a beleza?

Uma voz grita de repente:

— MÃE!

Eu me viro. Flo está parada na porta, o rosto branco e os olhos arregalados. Meus instintos maternos gritam.

— O que foi?

— Tem uma garota aqui. Ela… Acho que ela está machucada. Você precisa vir. *Agora.*

A garota não tem mais do que dez anos. Está com um vestido que um dia deve ter sido branco, os pés estão descalços... e ela está coberta de sangue.

Seu cabelo louro chega a estar castanho-avermelhado, o rosto, manchado de vermelho, e o vestido, tingido de marrom. Ela se aproxima cambaleando, e seus pés deixam pegadas pequenas e ensanguentadas.

Olho para ela tentando desesperadamente entender o que pode ter acontecido. Será que ela foi atropelada? Não tem carro nenhum na rua. E tem *tanto* sangue. Como ela ainda está de pé?

Eu vou até ela com cuidado e me agacho.

— Oi, querida. Você se machucou?

Ela levanta o rosto e me encara. Seus olhos azuis impressionantes brilham de choque. Ela balança a cabeça. Não se machucou. Então de onde saiu tanto sangue?

— Certo. Você pode me contar o que aconteceu?

— Ele a matou.

Apesar do calor opressivo do dia, um arrepio desce pela minha coluna.

— Quem?

— Pippa.

— Flo — digo com cuidado. — Liga para a polícia.

Ela pega o celular e olha para a tela, sem acreditar.

— Não tem sinal.

Merda. O *déjà-vu* me atinge com tanta força que fico enjoada. Sangue. Uma garotinha. De novo, não.

Eu me viro para o Vampiro Jazz, que está parado na porta.

— Não guardei seu nome.

— Aaron.

— Tem telefone fixo aí dentro, Aaron?

— Tem. No escritório.

— Você pode ir lá ligar?

Ele hesita.

— A garota… eu a conheço. Ela é da fazenda Harper.

— Como se chama?

— Poppy.

— Tudo bem. — Abro um sorriso tranquilizador para a garotinha. — Poppy, nós vamos chamar ajuda.

Aaron nem se mexeu. Pode ser choque, pode ser indecisão. Seja como for, não está ajudando.

— Telefone! — grito para ele.

Ele entra na igreja. Escuto o som de um motor de carro acelerando. Olho para cima na hora que um Range Rover dobra a esquina e freia abruptamente em frente ao portão da capela, cantando pneus no cascalho. A porta se abre com um solavanco.

— *Poppy!*

Um homem corpulento com cabelo claro pula para fora e vem correndo até nós.

— Ah, meu Deus, Poppy! Eu te procurei por toda parte. O que deu na sua cabeça para fugir assim?

Eu me levanto.

— Ela é sua filha?

— É. Ela é minha filha. Meu nome é Simon Harper… — Ele disse isso como se explicasse alguma coisa. — Quem é você?

Eu mordo a língua com força.

— Sou a reverenda Brooks, a nova vigária. Pode me dizer o que está acontecendo aqui? Sua filha está coberta de sangue.

Ele fecha a cara. É alguns anos mais velho do que eu, suponho. É robusto, não gordo. Rosto meio agressivo. Tenho a impressão de que não está acostumado a ser desafiado, muito menos por uma mulher.

— Não é o que parece.

— Sério? Porque parece o *Massacre da Serra Elétrica.* — Quem fala isso é Flo.

Simon Harper lança um olhar irritado para ela e se vira para mim.

— Eu garanto, *reverenda*, é só um mal-entendido. Poppy, vem aqui, por favor… — Ele estica a mão.

Poppy se esconde atrás de mim.

— Sua filha disse que uma pessoa foi morta.

— *Como é?*

— Pippa.

—Ah, pelo amor de Deus. — Ele revira os olhos. — Que absurdo!

— Bom, podemos deixar a polícia decidir o que é absurdo…

— É *Peppa*, não Pippa… e Peppa é um *porco*.

— Perdão?

— O sangue é de um *porco*.

Eu o encaro. Sinto o suor escorrer pelas costas. Um trator passa lentamente pela rua. Simon Harper solta um suspiro pesado.

— Podemos entrar… e limpá-la? Não posso levá-la assim no carro.

Olho para o chalé decrépito.

—Venham.

É a primeira vez que piso em nossa nova casa. Não é bem a recepção que eu esperava. Flo leva para dentro duas cadeiras de plástico do jardim, e botamos Poppy sentada. Encontro um pano que parece limpo o bastante e um frasco de sabonete líquido pela metade debaixo da pia. Também vejo uma lanterna e uma aranha do tamanho do meu punho.

—Vou dar uma olhada no carro — diz Flo. —Acho que tem lenços umedecidos e um moletom meu que Poppy pode usar.

— Boa ideia.

Ela sai da casa. É uma boa menina, apesar da rebeldia.

Coloco o pano embaixo da torneira e me agacho ao lado de Poppy. Limpo o sangue do rosto dela.

Sangue de porco. Como é que uma garotinha foi ficar coberta de sangue de porco?

— Sei que parece ruim — diz Simon Harper, em um tom mais conciliatório.

— Eu não julgo. É a regra número um do meu trabalho.

Também é mentira. Eu limpo o sangue da testa e das orelhas de Poppy. Ela começa a parecer mais uma garotinha e menos uma refugiada de um livro do Stephen King.

—Você disse que ia explicar.

— Eu tenho uma fazenda. A fazenda Harper. Pertence à família há anos. Nós temos um abatedouro lá. Sei que algumas pessoas têm dificuldade em aceitar isso...

Eu não me levanto.

— Na verdade, acho importante saber de onde vem nossa comida. Na minha última paróquia, a maioria das crianças achava que a carne brotava dos pães no McDonald's.

— Certo... bem, exatamente. Nós tentamos fazer nossas duas filhas entenderem os processos da fazenda. Não serem sentimentais com os animais. Rosie, nossa filha mais velha, sempre lidou bem com isso, mas Poppy é mais... sensível.

Tenho a sensação de que "sensível" é eufemismo para outra coisa. Ajeito o cabelo de Poppy. Ela me encara com os olhos azuis brilhantes e vazios.

— Eu falei para Emma... a minha esposa... que ela não deveria ter deixado elas darem nomes.

— Para quem?

— Para os porcos. Poppy adorava... mas depois, claro, ela se apegou, principalmente a uma.

— A Peppa?

— É. Hoje de manhã, nós levamos os porcos para o abatedouro.

— Ah.

— Não era para Poppy estar em casa. Rosie ia levá-la ao parquinho... mas alguma coisa deve ter acontecido. Elas voltaram cedo, e, quando vi, Poppy estava parada lá...

Ele para de falar, perplexo. Imagino uma criança surgindo numa cena tão horrível.

— Ainda não entendi como ela ficou coberta de sangue.

— Eu acho... que ela deve ter escorregado e caído no chão. Depois ela fugiu e você sabe o resto... — Ele me olha. — Não tem ideia de como estou me sentindo mal, mas é uma fazenda. É o que nós fazemos lá.

Sinto uma pontada de solidariedade. Lavo o pano e limpo o resto de sangue no rosto de Poppy. Em seguida, procuro um elástico no bolso da calça jeans e faço um rabo de cavalo nela. Enfim, abro um sorriso.

— Sabia que tinha uma garotinha aí embaixo.

Nada ainda. É meio desconcertante. Mas o trauma faz isso mesmo. Já vi acontecer. Ser vigária no interior não é só ir a feiras e festivais. Acabamos vendo muita gente perturbada, seja jovem ou velho. Mas abuso não acontece só em regiões pobres. Também sei disso.

Eu me viro para Simon.

— Poppy tem outros bichinhos?

— Nós temos alguns cães de trabalho, mas eles ficam nos canis.

— Talvez seja uma boa ideia Poppy ter um bichinho só dela. Nada muito grande, um hamster, por exemplo, do qual ela mesma pudesse cuidar.

Por um momento, acho que ele talvez aceite minha sugestão. Mas seu rosto se fecha de novo.

— Obrigado, reverenda, mas acho que sei cuidar da minha própria filha.

Estou prestes a observar que as evidências indicam o contrário quando Flo aparece na cozinha com lenços umedecidos e um casaco com um desenho do Jack Esqueleto nas mãos.

— Serve?

Eu faço que sim, sentindo um cansaço repentino.

— Está ótimo.

Nós ficamos paradas à porta vendo pai e filha, com o moletom na altura dos joelhos, entrarem no veículo 4x4 e irem embora.

Eu passo o braço pelos ombros de Flo.

— E diziam que o interior era tranquilo.

— É. Talvez acabe sendo divertido aqui, afinal.

Dou uma risada e vejo uma figura fantasmagórica de preto vindo na direção do chalé segurando uma caixa retangular grande. Aaron. Eu tinha me esquecido completamente dele. O que ele ficou fazendo esse tempo todo?

— A polícia está a caminho, certo? — pergunto.

— Ah, não. Eu vi Simon Harper chegar e achei que não era necessário.

Não me diga. Está na cara que Simon Harper tem influência aqui. Em muitas comunidades pequenas, tem uma família que acaba subjugando todos os outros moradores. Por tradição. Ou medo. Ou ambos.

— E aí eu lembrei — diz Aaron. — Eu tinha que dar isto para você quando chegasse.

Ele me oferece a caixa que traz meu nome escrito em letras escuras.

— O que é?

— Não sei. Foi deixado para você na capela ontem.

— Por quem?

— Não vi. Achei que poderia ser um presente de boas-vindas.

— Será que foi o vigário anterior que deixou? — sugere Flo.

— Duvido — digo. — Ele morreu. — Olho para Aaron e percebo que posso ter sido insensível. — Sinto muito pelo reverendo Fletcher. Deve ter sido um choque.

— Foi mesmo.

— Ele estava doente?

— Doente? — Ele me olha de um jeito estranho. — Não te contaram?

— Eu soube que a morte dele foi repentina.

— Sim. Ele se matou.

—Você deveria ter me contado.

Mal se ouve a voz de Durkin do outro lado.

— Situa... delicada... melhor não... detalhes.

— Não me interessa. Eu tinha que saber.

— Eu não... pessoal... desculpe.

— Quem sabe?

— Pouca gente... responsável pela igreja... o encontrou... o conselho da paróquia.

Isso provavelmente significa quase todo mundo do vilarejo. Durkin está falando de novo. Eu me estico mais para fora da janela do quarto do andar de cima, o único lugar onde consigo sinal no celular, e ganho uma terceira barrinha mágica.

— O reverendo Fletcher... problemas mentais. Felizmente, ele já tinha concordado em se desligar antes do que aconteceu, então, oficialmente, ele não era mais o vigário da igreja...

Então, em outras palavras, não era mais problema da Igreja. A falta de empatia de Durkin beira o patológico. Costumo pensar que as habilidades dele seriam mais bem aproveitadas na política do que na igreja, se bem que, no fim das contas, talvez não haja tanta diferença assim. Nós dois pregamos para convertidos.

— Eu deveria saber. Interfere em como lido com as coisas aqui. Interfere na percepção das pessoas da capela e da vigária.

— Claro. Me desculpe. Foi um lapso.

Não foi coisa nenhuma. Ele só não quis me dar outro motivo para não vir.

— Mais alguma coisa, Jack?

— Na verdade, tem, sim…

Não deveria importar. Se a morte é apenas uma libertação para um plano superior, as circunstâncias não deveriam fazer diferença. Mas fazem.

— Como ele fez?

Há uma pausa longa o suficiente para eu saber, por conhecer Durkin há muito tempo, que ele está avaliando se deve mentir. Mas apenas dá um suspiro.

— Ele se enforcou na capela.

Flo está ajoelhada no chão da sala, tirando coisas de caixas. Felizmente, não são muitas. Quando a van da mudança chegou, os dois jovens tatuados levaram só vinte minutos para descarregar nossos pertences todos. Não é muito, considerando o trabalho de metade de uma vida.

Eu me afundo no sofá velho, que por pouco não cabe na sala apertada. Tudo no chalé é pequeno, baixo e bambo. Nenhuma das janelas abre direito, o que deixa o ambiente insuportavelmente quente, e preciso me lembrar toda hora de abaixar a cabeça na passagem entre a cozinha e a sala (e olha que não sou lá uma amazona).

O banheiro é verde-oliva e cheio de pontinhos de mofo. Não tem chuveiro. O aquecimento vem de um boiler a óleo e de um forno a lenha com cara de antiquíssimo, que deve precisar de inspeção se não quisermos morrer sufocadas com gás no inverno.

Olhando pelo lado positivo, não precisamos pagar aluguel. Podemos nos esforçar para deixá-lo com a nossa cara. Só não agora. Agora, eu quero comer, ver um pouco de televisão e dormir.

Flo olha para mim.

— Espero que o que aconteceu hoje não tenha impedido você de ver o tamanho do buraco que isso aqui é.

— Não, mas hoje estou cansada demais e com fome e meio deprimida com isso tudo. Imagino que não tenha nenhum restaurante que entregue comida aqui perto…

— Tem uma Domino's na cidade vizinha. Eu pesquisei no Google no caminho para cá.

— Aleluia. Civilização. Vamos ver o que tem na Netflix?

— Eu achava que a British Telecom ainda não tinha ligado a banda larga. Droga.

—Vai ter que ser TV aberta, então.

— Só se você tiver sorte.

— Hã? Por quê?

Ela vem se sentar ao meu lado no sofá e passa um braço pelos meus ombros.

— O que tem de errado nessa imagem, Michael?

Abro um sorriso diante da referência ao filme *Os Garotos Perdidos*. Pelo menos algumas das minhas influências culturais deram certo.

— Não tem antena. Sabe o que quer dizer não ter antena?

— Ah, Deus. — Inclino a cabeça para trás. — Sério?

— É...

— No que a gente foi se meter?

— Espero que não na capital dos assassinatos do mundo.

—Vampiros, eu aguento. O que eu mais tenho são cruzes.

— E uma caixa misteriosa.

A caixa. Eu estava tão furiosa com Durkin por não ter me contado as circunstâncias da morte do reverendo Fletcher que quase esqueci o que gerou aquilo tudo. Olhei ao redor.

— Não sei onde eu deixei.

— Na cozinha.

Flo dá um pulo e volta com a caixa, colocando-a ao meu lado. Eu avalio o presente com desconfiança.

Rev. Jack Brooks

— E aí? — Flo mostra uma tesoura.

Pego a tesoura e abro a fita que sela a caixa. Dentro, tem uma coisa embrulhada em papel de seda com um cartãozinho em cima.

Não há nada escondido que não venha a ser descoberto; ou oculto que não venha a ser conhecido. O que vocês disserem nas trevas será ouvido à luz do dia; e o que vocês sussurram aos ouvidos dentro de casa, será proclamado dos telhados.

Lucas 12:2,3

Olho para Flo, que está de sobrancelhas arqueadas.

— Meio melodramático.

Coloco o cartão de lado e abro o papel de seda. Lá dentro há um baú pequeno de couro marrom surrado.

Fico olhando, com os braços arrepiados.

—Você não vai ver o que é? — pergunta Flo.

Infelizmente, não consigo encontrar uma desculpa razoável para não abrir. Tiro o baú da caixa e o coloco no sofá. Alguma coisa chacoalha lá dentro. Eu abro as fivelas.

Não há nada escondido que não venha a ser descoberto.

A parte interna é forrada de seda vermelha, o conteúdo preso por tiras: uma Bíblia com capa de couro, uma cruz pesada com Jesus prostrado, água benta, pedaços de musselina, um bisturi e uma faca grande com serra.

— O que é? — pergunta Flo.

Engulo em seco, meio enjoada.

— Um kit de exorcismo.

— Uau. — Ela franze a testa. — Eu não sabia que usavam faca em exorcismos.

— Normalmente, não.

Pego o cabo gasto da faca. Está frio e liso. Tiro a faca da caixa. É pesada, os dentes afiados e cobertos de manchas de ferrugem.

Flo se inclina para a frente.

— Mãe, isso é…

— É.

Pelo visto, está virando o tema do dia.

Sangue.

Luar. Não parece possível ser diferente, mas é.

Ele estica os dedos, deixa iluminar as mãos, toca na grama. *Grama*. Isso também é novidade. Dentro, não havia grama. Nada macio. Nem mesmo a roupa de cama dura e áspera. O luar sempre entrava por janelas estreitas, parcialmente obscurecidas pelos prédios altos ao redor. E, quando a luz entrava, era com força. Em concreto e aço.

Aqui, a luz se espalha livremente, sem limites. Banha (sim, *banha*) o parque ao redor dele de prateado. Aconchega-se delicadamente ao lado dele na grama. E daí se a grama é esparsa e irregular, cheia de lixo, garrafas de sidra e guimbas de cigarro? Para ele, é o paraíso. O maldito jardim do Éden. A cama dele hoje é um banco, e a roupa de cama luxuosa é papelão e um saco de dormir que ele roubou de um bêbado. Não há código de ética entre ladrões e mendigos. Mas, para ele, é uma cama de dossel com lençóis de seda e travesseiros de penas de pato.

Ele está livre. Depois de quatorze anos. E, desta vez, ele não vai voltar. Finalmente conseguiu ficar limpo, concluiu o programa de reabilitação. Cortou as drogas, se comportou com um bom garoto.

Não é tarde demais. Foi o que os orientadores disseram. Ainda dá para reconstruir sua vida. Dá para deixar isso para trás.

Tudo mentira, claro. É impossível deixar o passado para trás. O passado é parte de quem somos. O passado segue seu dono como um cachorro fiel que se recusa a sair do nosso lado. E, às vezes, morde nossa bunda.

Ele ri sozinho. *Ela* teria gostado disso. Ela dizia que ele era bom com as palavras. Talvez, mas também era bom com os punhos e com as botas. Não conseguia controlar a raiva. Ficava cego. Perdia as palavras e as substituía por uma fúria densa vermelho-sangue que latejava em seus ouvidos e sufocava sua garganta.

Você precisa controlar a sua raiva, disse ela. *Senão essa porra vai levar a melhor.*

À noite, na cela, ele a imaginava ao seu lado, fazendo carinho no seu cabelo, sussurrando, tentando acalmá-lo. Ajudando-o a enfrentar o confinamento e os sintomas de abstinência. Ele olha a escuridão ao redor procurando por ela. Não. Está sozinho. Mas não por muito tempo.

Ele puxa o saco de dormir até o queixo, apoia a cabeça no banco. A noite está calma. Ele está feliz de dormir ao ar livre. Pode olhar para a lua e para as estrelas, esperar ansiosamente pelo dia seguinte.

Como era mesmo aquela música sobre o amanhã? Diz que só falta um dia, algo assim.

Eles cantavam essa música às vezes.

Eu queria que nós fôssemos órfãos como a Annie, ela dizia. *Assim, a gente podia fugir deste lugar.*

E se aconchegava nele. Toda magricela, cabelo embaraçado e cheiro de biscoito.

Ele sorri. Amanhã, amanhã eu vou te encontrar.

A missa de domingo de manhã é o ponto alto da semana de uma vigária. Se o objetivo for atrair um grupo (e com "grupo" me refiro a pelo menos dois dígitos), o dia para isso é domingo.

Na minha antiga igreja de Nottingham, cuja congregação era basicamente negra, os domingos significavam trajes formais completos: chapéus, ternos, garotinhas com cachos bem definidos e laçarotes. *Como Ruby.*

Tornava o dia especial. *Eu* me sentia especial. Sobretudo porque, olhando com atenção, eu sabia que os trajes eram sempre meio puídos ou apertados na cintura. Minha congregação vinha das áreas mais pobres da cidade, mas eles sempre se esforçavam. Era questão de orgulho chegar com a roupa adequada num domingo de manhã.

Mesmo em outras igrejas minhas, as manhãs de domingo lotavam, atraindo todo tipo de gente, até os mais desvirtuados. Mas, nesse ramo, temos que estar abertos a isso.

Claro que pode ser desanimador, mas sempre tento lembrar a mim mesma que, se ao menos uma pessoa encontrar um pouco de conforto nas minhas palavras, já é uma vitória. A Igreja não é só para os que acreditam em Deus. É para os que não têm nada em que acreditar. É para os solitários, perdidos e sem-teto. Um refúgio. Foi assim que a encontrei. Quando eu não tinha para onde ir ou quem procurar. Uma pessoa me ajudou. Nunca esqueci essa gentileza. Agora, tento retribuir.

Não sei bem o que esperar desta congregação. Cidades pequenas costumam ser mais tradicionais. A igreja tem um papel maior na comunidade. Mas a congregação também tende a ser mais velha. É engraçado como tanta gente passa a ter fé junto com a primeira dentadura.

Não que eu vá celebrar missa hoje. Só começo oficialmente em duas semanas. Esta manhã, quem vai fazer isso é o reverendo Rushton, de Warblers Green. Já trocamos alguns e-mails. Ele parece gentil, dedicado e sobrecarregado. Como a maioria dos padres de regiões rurais. Atualmente, ele divide seu tempo entre três igrejas, e cobrir Chapel Croft não é nada fácil, ou, como ele mesmo diz:

"Deus pode ser onipresente, mas eu ainda não consegui estar em quatro lugares ao mesmo tempo."

Isso explica um pouco a urgência do meu compromisso. Mas não completamente.

O pacote estranho me deixou inquieta. Não dormi à noite. Era acordada toda hora pelo silêncio. Não havia o ruído reconfortante de sirenes nem de bêbados gritando do lado de fora da janela. Os acontecimentos do dia ficavam voltando à minha cabeça: Poppy, o rosto sujo de sangue. A faca com serra. O rosto de Ruby. Misturando-se com o de Poppy. O sangue as unindo.

Por que aceitei vir para cá? O que espero alcançar?

Finalmente me levanto da cama assim que passa das sete. Tem um galo cantando do lado de fora. Que ótimo. Depois de preparar um café, cedo à tentação e pego a lata de tabaco e seda no lugar onde a escondi, embaixo de um pano de prato em uma gaveta da cozinha.

Flo fica no meu pé para eu parar de fumar. Eu sempre tento. Mas a carne é fraca. Enrolo o cigarro clandestino na mesa, visto um moletom velho por cima da camiseta e da calça de moletom e saio pela porta dos fundos para fumar, tentando deixar meus sentimentos sombrios de lado. O dia já está quente, apesar do céu nublado. Um novo dia. Novos desafios. Uma coisa pela qual sempre agradeço. O amanhã não tem garantias. Cada dia é uma dádiva, que devemos usar com sabedoria.

Claro que, como a maioria dos vigários, eu nem sempre faço o que prego.

Termino o cigarro e subo para tomar um banho morno. Seco o cabelo e tento ficar apresentável. Quase não tenho cabelos brancos. Nem muitas rugas, mas meu rosto está inchado dos quilos a mais. Acho que pareço qualquer mãe atarefada de quarenta e poucos anos. Veredito: vai ter que servir.

Desço a escada. Por incrível que pareça, Flo está encolhida no sofá da sala com uma xícara de chá e um livro. O mais novo de Stephen King, ao que parece.

— Como estou?

Ela olha para mim.

— Exausta.

— Obrigada. Fora isso?

Escolhi uma calça jeans, uma camiseta preta e o colarinho clerical. Só para mostrar quem eu sou, mas também que estou de folga.

— Não sei bem se o preto foi boa ideia.

— Estou guardando as cores néon e a meia arrastão.

— Para quando?

— Para a véspera de Natal.

—Tem que ser aos poucos.

— É essa a ideia.

Ela sorri.

—Você está ótima, mãe.

— Obrigada. — Eu hesito. — E você?

— O que tem eu?

—Você está bem?

— Estou.

— Mesmo?

— Podemos não fazer isso de novo, mãe? *Não*, eu não te odeio. *Sim*, estou com raiva de ter saído de Nottingham. Mas é temporário, não é? Como você diz, as coisas são como são.

— Às vezes, você é adulta demais para o meu gosto.

— Uma de nós tem que ser.

Quero passar os braços em volta dela e abraçá-la com força. Mas ela já está com o nariz enfiado no livro de novo.

—Você vai hoje?

— Eu tenho que ir?

— É você quem decide.

— Na verdade, pensei em dar uma olhada no cemitério. Para tirar umas fotos.

— Tudo bem. Divirta-se.

Tento sufocar a pontada de decepção. *Claro* que ela não vai querer ouvir uma missa insossa e antiquada numa capela pequena e abafada. Ela tem quinze anos. E não acredito em forçar as crenças nos filhos.

Minha mãe tentou. Lembro-me de ser arrastada para missas quando era pequena, de ficar agitada e impaciente em meu melhor vestido, que era lavado toda hora. Os bancos eram duros, a capela era fria e o padre de traje preto me fazia chorar. Mais tarde, a religião se tornou uma das muletas da minha mãe, além do gim e das vozes na cabeça dela. Teve o efeito oposto em mim. Fugi assim que tive oportunidade.

A crença deveria ser uma escolha consciente, não uma lavagem cerebral feita quando a pessoa é jovem demais para entender ou questionar. Fé não é uma coisa que se passa adiante como uma herança. Não é tangível nem absoluta. Nem mesmo para um padre. É um trabalho constante, como casamento ou filhos.

Há momentos de hesitação. Naturalmente. Coisas ruins acontecem. Coisas que nos fazem questionar se Deus existe *mesmo* e, se existe, por que ele é tão filho da mãe. Mas a verdade é que as coisas ruins não acontecem *por causa* de Deus. Ele não fica sentado na sala de controle pensando em formas de "testar" nossa fé, como um Ed Harris celestial de *O Show de Truman*.

Coisas ruins acontecem porque a vida é uma série de eventos aleatórios e imprevisíveis. Nós vamos cometer erros no caminho. Mas Deus é misericordioso. Pelo menos, espero que seja.

Pego o moletom no encosto da cadeira da cozinha e enfio a cabeça na sala.

— Bom, tenho que ir.

— Mãe?

— O quê?

— O que você vai fazer em relação àquele bauzinho?

Não sei mesmo. Fiquei mais abalada do que gostaria de admitir. Certamente, mais do que posso admitir para Flo. *De onde veio isso? Quem pode ter deixado esse presente para mim? E por quê?*

— Não sei. Talvez eu converse com Aaron sobre isso.

Ela faz uma careta.

— Ele me dá arrepios.

Quero pedir para ela não ser tão dura, mas a verdade é que ele também me dá arrepios. Não sei bem por quê. Na minha linha de trabalho, é fácil conhecer alguns esquisitões solitários. Mas tem alguma coisa diferente em Aaron. Algo que invoca sentimentos que eu preferiria esquecer.

—Vamos falar disso depois, está bem?

Enfio os braços no moletom.

— Tudo bem. Mãe?

— O quê?

— Acho melhor você pegar outro moletom. Esse aí está fedendo a cigarro.

Aaron está no fundo da capela conversando com um vigário gorducho de cabelo cacheado quando entro. São nove e meia, e os primeiros fiéis ainda não chegaram.

Por algum motivo, talvez pela forma como os dois se viram rapidamente, tenho a impressão imediata de que estão falando de mim. Talvez seja paranoia. Talvez não. E por que não estariam falando de mim? Eu sou a novata. Mas fico incomodada. E forço um sorriso.

— Oi. Não estou interrompendo, estou?

O vigário de cabelo cacheado abre um sorriso.

— Reverenda Brooks. Sou o reverendo Rushton... Brian. Finalmente estamos nos conhecendo em pessoa!

Ele estica a mão redonda. É um homem baixo e atarracado com pele sardenta e avermelhada que expressa uma afeição pelas coisas divertidas da vida. Os olhos são brilhosos e ágeis, dançam com malícia. Não fosse o colarinho clerical, eu diria que ele é dono de um pub ou talvez o Frei Tuck.

— Nós, principalmente eu, estamos muito felizes de enfim ter você aqui.

Aperto a mão dele.

— Obrigada.

— Como está a adaptação? Ou ainda é cedo para dizer?

— Está boa, mas o ajuste sempre demora um pouco. Sabe como é.

— Na verdade, não sei. Estou em Warblers Green desde que era pároco auxiliar. Tem quase trinta anos. É muita preguiça, eu sei. Mas adoro essa paróquia, e, claro — ele se inclina com um ar conspiratório —, tem um pub ótimo ao lado.

Ele dá uma risada, um som baixo, sujo e contagiante.

— Quem sou eu para julgar.

— Deve ser uma mudança enorme em comparação a Nottingham.

— É mesmo.

— Tente nos aguentar, os pobres caipiras. Não é tão ruim depois de nos conhecer. E não queimamos nenhum recém-chegado numa escultura de palha recentemente. Bom, não desde o solstício.

Ele ri de novo, o rosto ficando ainda mais vermelho. Tira um lenço do bolso e seca a testa.

Aaron pigarreia.

— O tema da missa de hoje é novos amigos e novos começos — diz ele num tom fúnebre que não poderia ser menos simpático. — O reverendo Rushton achou apropriado.

— Sem pressão para você fazer ou falar alguma coisa — acrescenta Rushton. — Vamos fazer isso tudo oficialmente depois. Mas que bom que está aqui. — Ele pisca. — A notícia da sua chegada se espalhou. Todo mundo está doido para ver a nova vigário mulher.

Fico tensa.

— Que bom.

— Bom, melhor nos prepararmos. — Rushton enfia o lenço no bolso e une as mãos. — Nossa plateia vai chegar daqui a pouco!

Aaron vai até o altar. Eu me sento em um dos primeiros bancos.

— Ah. — Rushton se vira parcialmente, de um jeito que acaba sendo um pouco casual demais. — Aaron contou que você conheceu Simon Harper e a filha ontem.

Então era *disso* que eles estavam falando.

— É mesmo. Foi uma apresentação e tanto.

Ele faz uma pausa e escolhe as palavras seguintes com muita cautela.

— A família Harper mora na região há gerações. Os ancestrais deles vão até a época dos Mártires de Sussex... Você ouviu falar dos mártires?

— Os protestantes que foram mortos no reinado de Mary I.

Ele abre um sorriso.

— Muito bom.

— Eu pesquisei na internet.

— Ah, bom, você vai ouvir falar muito disso por aqui. Os ancestrais do Simon Harper estavam entre os mártires queimados na fogueira. Tem um monumento em homenagem a eles no cemitério.

— Nós vimos. Alguém deixou Garotas em Chamas em volta.

Ele arqueia as sobrancelhas peludas.

— Garotas em Chamas? Você pesquisou *mesmo*. Algumas pessoas acham isso meio macabro, mas temos muito orgulho dos nossos mártires queimados aqui em Sussex! — Ele ri de novo. E o rosto fica mais sério. — Enfim, como eu estava dizendo, os Harper são o que se poderia chamar de "pilares da comunidade". Muito respeitados aqui. Já fizeram muito pela cidade e pela igreja ao longo dos anos.

— De que forma?

— Doações, eventos de arrecadação de fundos. Os negócios deles empregam muita gente daqui.

Dinheiro, concluo. Como sempre, no fim das contas.

— Eu estava pensando fazer uma visita — digo. — Para ver se Poppy está bem.

— Bom, não faria mal nenhum conhecer os Harper. — Ele olha para mim com expressão astuta. — E qualquer outra coisa que quiser perguntar, qualquer coisa mesmo, eu ficaria feliz em ajudar.

Penso no bauzinho de couro na mesa da cozinha. No cartão estranho. Será que Rushton sabe alguma coisa a respeito? Talvez. Mas não sei se é a hora certa de mencionar o presente.

— Obrigada. — Abro um sorriso. — Se eu pensar em alguma coisa, você será o primeiro a quem vou recorrer.

A missa passa rápido. A igreja está quase cheia, o que deve ser motivado apenas pela curiosidade, mas é uma visão com a qual não estou acostumada. Mesmo na minha igreja anterior, que era bem frequentada para os padrões da cidade, eu tinha sorte se visse um quarto dos bancos ocupado. E nem toda a congregação daqui é idosa. Vejo um homem de cabelo escuro na casa dos quarenta sentado sozinho no fim de uma fileira e algumas famílias, mas não os Harper. Obviamente, o apoio deles se limita ao financeiro.

Durante a missa, sinto olhares em mim. Digo a mim mesma que é compreensível. Sou nova aqui. Sou mulher. Estão de olho no colarinho, não em mim.

Rushton é um orador caloroso e entusiasmado. Bem-humorado nas horas certas sem pesar demais no texto bíblico. Isso pode parecer estranho, mas as pessoas não vão à igreja para ouvir sobre a Bíblia. Para começar, o livro foi escrito milhares de anos atrás. É meio seco. Os melhores vigários traduzem a Bíblia de uma forma que reflita a vida e as preocupações da congregação. Rushton acerta na mosca. Se eu não estivesse tão preocupada com os olhares alheios, teria tomado nota.

Apesar de ser vigária há mais de quinze anos, ainda sinto que estou aprendendo. Talvez, como mulher, eu tenha noção de como é mais difícil ser levada a sério. Ou talvez todos os adultos se sintam assim às vezes. Como se estivéssemos brincando de ser adultos, mas por dentro ainda fôssemos crianças, andando por aí com roupas enormes, esperando que alguém nos dissesse que monstros não existem.

Rushton celebra uma missa curta e agradável. Logo, a congregação começa a sair. Ele fica na entrada da capela, apertando mãos e jogando conversa fora. Fico para trás, sem querer atrapalhar. Algumas pessoas perguntam como está sendo minha adaptação. Outras comentam como é bom ter um rosto novo na igreja. Algumas fazem questão de me ignorar. Tudo bem também. Finalmente, a última cabeça branca passa e dou um suspiro de alívio. A primeira aparição pública acabou. Rushton pega a chave do carro.

— Bom, tenho que chegar em Warblers Green até onze e meia, então nos falamos amanhã.

— Amanhã?

— Tem reunião da paróquia. Nove da manhã aqui na capela. Só para falarmos da parte administrativa chata.

— Ah, claro.

Devo ter esquecido. Ou talvez ninguém tenha mencionado. A mudança toda aconteceu rápido demais, levantando até algumas suspeitas, como se Durkin mal pudesse esperar para se livrar de mim.

— Será que a gente pode conversar com menos formalidade em algum momento, com um café ou, melhor ainda, uma cerveja? — pergunta Rushton.

— Acho ótimo.

— Excelente. Eu tenho seu número. Vou mandar uma mensagem no WhatsApp.

Ele segura minha mão de novo e a aperta com vigor.

— Tenho certeza de que você vai se adaptar bem aqui.

Abro um sorriso.

— Já me sinto em casa.

Ele vai até o Fiat amarelo. Aceno para ele e entro de novo na capela. Aaron recolheu os livros de oração e sumiu no escritório. Não tenho certeza de quais são as qualificações de Aaron, mas sumir e reaparecer silenciosamente devem estar na lista.

Fico parada por um momento, só olhando a capela. Sempre fica uma sensação depois que a congregação sai, como uma expiração lenta antes de um descanso merecido. A presença de todas aquelas almas deixa um eco para trás.

Só que a capela não está vazia. Não totalmente. Tem uma figura sentada lá na frente. Eu achava que todos tinham ido embora e me pergunto por que Aaron não cuidou disso. Não que Deus tenha hora de mandar as pessoas embora, mas poucas igrejas conseguem deixar as portas abertas o dia todo. Na parte pobre da cidade, isso seria um convite aos bêbados, viciados em drogas e prostitutas. Aqui, imagino que seja mais para as raposas, morcegos e coelhos.

Vou lentamente pelo centro da igreja até a figura, quase uma sombra na luz fraca.

— Com licença.

A figura não se vira. É pequena, do tamanho de uma criança, mas ninguém se esqueceria de levar o filho para casa, não é?

— Você está bem?

A figura não se vira. E agora percebo que sinto um cheiro. É leve, mas inconfundível. De fumaça. De queimado.

— Reverenda?

Dou um pulo e me viro, apertando os olhos contra o raio de sol que entra pela porta. Aaron está parado atrás de mim. De novo.

— Je… Você pode *parar* de fazer isso?

— De fazer o quê?

— Desculpe. Não importa. Quem é a criança?

— Que criança?

— A… — Eu me viro para mostrar a figura.

Pisco algumas vezes. O banco está vazio, exceto por um casaco preto pendurado no encosto, esquecido por algum paroquiano. O capuz está esticado e, na luz fraca, apertando os olhos, dava para visualizar uma pessoa.

Aaron faz uma coisa estranha com os lábios. Levo um momento para perceber que é um sorriso.

— Acho que é o casaco da sra. Hartman. Ela sempre esquece. Vou levar para ela mais tarde.

Ele vai até o banco, pega o casaco e pendura no braço. Sinto as bochechas ficarem quentes.

— Certo. Obrigada. Desculpe. Parecia... — Paro de falar. Estou fazendo papel de idiota. Preciso recuperar a autoridade. — Por que não me deixa levar o casaco da sra. Hartman?

Ele franze a testa.

— Bom, ela mora na Peabody Lane, perto da fazenda Harper.

Isso desperta minha atenção. Estico a mão.

— Não tem problema nenhum.

Joan Hartman mora numa casinha branca pitoresca em uma estradinha de terra por onde só passa um carro por vez. Por sorte, o único tráfego que encontro vindo no sentido contrário é de uma família de faisões que olha para o carro com olhos alaranjados antes de entrar no mato.

— Asas. Deus deu asas a vocês! — resmungo.

Paro em frente à casinha e saio do carro com o casaco de Joan na mão. A porta fica na lateral. Abro o portão e sigo por um caminho ladeado de tremoceiros e malvas-rosas. Normalmente, com os paroquianos mais velhos, são necessárias três batidas para levá-los até a porta. Para minha surpresa, mal levantei a mão e a porta se abriu.

Joan Hartman estreita os olhos cobertos de catarata para mim; ela tem um metro e meio, cabelo branco bem ralo, está com um vestido roxo e apoiada numa bengala.

— Oi — digo, pensando que provavelmente vou precisar refrescar a memória dela. — Sou…

— Eu sei. Eu torci para que você viesse.

Ela se vira e entra na casinha.

Parece um convite. Então entro também e fecho a porta.

Está escuro e deliciosamente fresco. As janelas são pequenas e as paredes, de pedra grossa. A porta da frente leva diretamente para uma cozinha com vigas tão baixas que minha cabeça quase encosta na madeira torta. O piso é de ladrilho de argila, tem um fogão a lenha velho e um gato indiferente dormindo numa cesta puída.

Joan passa pela cozinha e desce um degrau para a sala. O cômodo também tem teto baixo e é comprido, ocupando toda a largura dos fundos da casa, com portas de vidro para o jardim. Uma estante enorme toma uma parede inteira, com prateleiras lotadas de lombadas gastas. Os únicos outros móveis são um sofá velho, uma poltrona de encosto alto e uma mesa de centro grande, onde há uma garrafa de xerez com dois copos. Dois.

Eu torci para que você viesse.

Joan se acomoda na poltrona de encosto alto. Fico de pé, constrangida, ainda segurando o casaco.

— Desculpe incomodar, mas você deixou isto na igreja.

— Obrigada, querida. Pode deixar em qualquer lugar. Poderia servir uma dose de xerez para mim? Sirva para você também.

— É muita gentileza, mas estou dirigindo.

Sirvo um copo de xerez e entrego para Joan.

— Sente-se — diz ela, indicando o sofá fundo.

Olho para o veludo surrado. Tenho certeza de que, se me sentar, talvez eu nunca mais consiga me levantar. Ainda assim, faço o que ela pede. Meus joelhos chegam até quase o meu queixo.

Joan toma um gole de xerez.

— E então, o que você está achando daqui?

— Ah. Legal. Todo mundo está sendo bem receptivo.

— Você veio de Nottingham?

— Isso mesmo.

— Deve ser uma mudança e tanto.

A catarata não esconde a curiosidade nos olhos dela. Mudo de ideia sobre o xerez. Inclino-me para a frente — com certa dificuldade — e sirvo uma dose pequena.

— Sei que vou me acostumar.

— Contaram sobre o reverendo Fletcher?

— Contaram. É muito triste.

— Ele era meu amigo.

— Sinto muito pela sua perda.

Ela assente.

— Gostou da capela?

Eu hesito.

— É muito diferente da minha igreja anterior.

— Tem muita história.

— A maioria das igrejas velhas tem.

—Você ouviu falar dos Mártires de Sussex?

— Eu li sobre eles.

Mas isso não a detém:

— Seis mártires protestantes, homens e mulheres, foram amarrados e queimados na fogueira. Duas garotinhas, Abigail e Maggie, se refugiaram na capela. Mas alguém as dedurou. Elas foram capturadas e torturadas, antes de serem mortas do lado de fora.

— Que história!

—Você viu as bonecas de gravetos perto do memorial?

—Vi. As pessoas fazem isso para homenagear os mártires.

Os olhos dela faíscam.

— Não exatamente. Reza a lenda que os fantasmas de Abigail e Maggie assombram a capela, e aparecem para aqueles que estão passando por dificuldades. Se você vir as garotas em chamas, é porque uma coisa ruim te aguarda. Foi por isso que os aldeões fizeram as bonecas originalmente. Eles acreditavam que podiam afastar os espíritos vingativos das garotas.

Desconfortável, eu me ajeito no sofá fundo. Minha lombar está suando.

— Bom, toda igreja precisa de uma boa história de fantasma.

—Você não acredita em fantasmas?

Lembro-me da figura que achei ter visto. Do cheiro de queimado.

Era só um casaco. Só minha imaginação.

Balanço a cabeça com firmeza.

— Não. E já passei muito tempo em cemitérios.

Uma risadinha baixa.

— O reverendo Fletcher era fascinado pela história. Ele começou a pesquisar a história do vilarejo. Foi assim que ficou interessado nas outras garotas.

— Outras garotas?

— As que sumiram.

— Como é? — Olho para ela, um pouco abalada pela série de perguntas e pela mudança repentina no rumo da conversa.

— Merry e Joy. Quinze anos. Melhores amigas. Desapareceram sem deixar vestígios trinta anos atrás. A polícia concluiu que elas fugiram. Outras pessoas duvidavam disso, mas elas nunca foram encontradas e nada pôde ser provado.

O suor começa a escorrer.

— Acho que não me lembro do caso.

Ela inclina a cabeça para o lado, como uma ave.

— Bom, você devia ser muito nova. E não havia noticiário vinte e quatro horas como hoje em dia, nem redes sociais. — Ela abre um sorriso triste. — As pessoas esquecem.

— Mas você não?

— Não. Na verdade, devo ser uma das últimas a lembrar. A mãe de Joy, Doreen, sofre de demência. E a mãe e o irmão de Merry se mudaram da cidade. Quase um ano depois do dia em que Merry desapareceu. Simplesmente foram embora. E não levaram nada.

— Bom, o luto pode levar as pessoas a fazerem coisas estranhas.

Coloco o copo de xerez na mesa. Está vazio. Hora de inventar uma desculpa.

— Muito obrigada pela bebida, Joan, mas preciso encontrar minha filha.

Começo a me levantar do sofá.

—Você não quer saber sobre o reverendo Fletcher?

—Talvez uma outra...

— Ele achava que sabia o que tinha acontecido com Merry e Joy.

Eu congelo, meio inclinada.

— É mesmo? O quê?

— Ele não quis me dizer. Mas, o que quer que fosse, foi algo que o perturbou profundamente.

—Você acha que foi por isso que ele cometeu suicídio?

— Não.

Os olhos leitosos brilham, e entendo duas coisas: Joan não deixou o casaco na capela sem querer. E eu me meti em um problema maior do que imaginei.

— Acho que foi por isso que ele foi morto.

Flo coloca um rolo novo de filme na câmera. O peso da Nikon em sua mão tem um efeito tranquilizante. Como um escudo. Ela vai precisar de um novo quarto escuro. Sua mãe mencionou que havia um porão, ou talvez uma casinha externa nos fundos do chalé. Ela vai averiguar as duas opções depois.

Na casa antiga, o quarto escuro era seu refúgio. Flo sempre ficava calma e satisfeita quando estava revelando fotos. Era seu espaço, mais do que o quarto, onde a mãe ainda entrava às vezes, depois de apenas uma rápida batida na porta.

Mas no quarto escuro a mãe sabia que não podia entrar sem permissão, para não estragar as fotos de Flo. Ali, a placa proibindo a entrada aparentemente era levada a sério. Às vezes, quando Flo queria ficar sozinha, ela pendurava a placa na porta e se sentava no escuro, sem revelar foto nenhuma. Só para passar um tempo.

Ela nunca contou isso para a mãe. Tem muitas coisas que não contou para a mãe, como a vez em que fumou maconha na casa de Craig Heron, ou quando encheu a cara e deixou Leon dedá-la no banheiro de uma festa, o que, na verdade, nem foi tão divertido assim (para nenhum dos dois), mas pelo menos deu a eles o direito de se gabarem e não se sentirem tão virgens. Flo tem quase certeza de que Leon é gay, mas fica contente em sustentar essa história até ele decidir sair do armário.

Ela não mantém essas coisas em segredo por sua mãe ser vigária. Ela guarda segredo porque ela é sua *mãe*, e por mais que Flo a ame e por mais próximas que elas sejam, tem coisas que não se pode contar para a mãe.

Essa coisa de ser vigária é só um trabalho. Como qualquer outro, para Flo. É como ser assistente social ou médica. Minha mãe fala com as pessoas sobre os problemas delas. Organiza grupos jovens e festas de escola e cafés da manhã e se reúne com gente de quem, no fundo, ela não gosta. A única diferença é o uniforme.

Mas uniforme todo mundo usa, Flo pensa. Até na escola, e vai *além* do uniforme oficial: a bolsa, o casaco e os sapatos definem uma pessoa. Rico ou pobre. Descolado ou não.

Flo fica feliz de sempre ser um ponto fora da curva (foi assim que sua amiga Kayleigh as batizou). Uma das adolescentes que não se encaixa em nenhum grupo específico. Não é popular, mas também não chega a sofrer bullying. Em geral, é só invisível.

Claro que ela ouvia *algumas* merdas por causa do trabalho da mãe, mas não costumava dar bola, e os implicantes se entediavam rápido. A melhor defesa contra gente que faz bullying é se fingir de desinteressante.

Mas aí teve a garotinha. Ruby. Sua mãe e a igreja foram parar em todos os jornais. Foi quando as coisas deram uma virada para pior. A porta delas foi pichada, as janelas da igreja foram quebradas e alguém foi até a casa das duas xingando sua mãe de nomes horríveis.

Flo nunca contou para a mãe do que *ela* foi chamada na escola, nem sobre as mensagens que recebeu no Snapchat. Não queria preocupá-la mais. Portanto, Flo tem seus segredos. E aposta que a mãe tem os dela também.

Conforme foi ficando mais velha, começou a reparar em certas coisas. Por exemplo, em como a mãe nunca fala sobre a família. Flo sempre ouviu que os avós estão mortos. Mas nunca viu fotos deles. Nem da mãe quando era mais jovem. E sua mãe não tem conta nas redes sociais. Nem no Facebook.

"Amigos de verdade são mais importantes do que seguidores virtuais", ela sempre diz. "Um bom amigo vale por uma dezena de conhecidos."

Flo entende isso. Ela não é do tipo que mede a vida pelas curtidas do Insta. Ela sempre foi mais feliz do lado de fora, olhando para dentro. Talvez seja outro motivo para ela gostar de fotografia. Mas, às vezes, ela não consegue deixar de questionar se não há mais alguma coisa. Alguma coisa que sua mãe esteja escondendo dela. Ou da qual esteja se escondendo. Flo pensou algumas vezes em perguntar, em investigar um pouco. Mas a hora certa nunca chegou. E agora, com a mudança e tudo o mais, era o pior momento possível.

Com o filme na máquina, Flo pendura a câmera no pescoço e sai da casa. Olha o cemitério. As lápides irregulares chegam quase até a porta delas, o que é bem legal. A igreja de Nottingham não tinha cemitério. Era espremida no centro da cidade, cercada por ruas estreitas, e só havia uma pequena área de grama ao ar livre, normalmente coberta de cocô de cachorro e agulhas descartadas, com um ou outro bêbado dormindo nos degraus da igreja.

A capela é tradicional, mas nem tanto. Não é como as da televisão, ao menos não da televisão britânica. Parece uma pintura. Qual era aquele quadro do casal segurando uma forquilha? Ela não consegue se lembrar. Mas, enfim, a capela é nesse estilo. E está caindo aos pedaços, sem discussão quanto a isso. Mas também é meio assustadora e bizarra. Deveria render umas boas fotos, ela pensa, principalmente em preto e branco. Se ela trabalhar nos tons, pode deixá-las bem góticas.

Ela anda entre as lápides, as pernas passando pela grama alta. A maioria é tão velha que as inscrições sumiram. Mas ela consegue ver os nomes e as datas de algumas. As pessoas tinham vida curta na época. Era tudo tão difícil, havia tantas doenças. Quem chegava aos quarenta tinha sorte.

Ela fotografa algumas inscrições. Depois, vai até os fundos da capela. Ali, há um aclive no terreno e mais túmulos, alguns um pouco mais novos e mais preservados, mas a grama também está alta, cheia de dentes-de-leão e ranúnculos. Flo tira algumas fotos da parte de trás da capela. O sol está alto, delineando a igreja.

Ela passa o braço pela testa. As duas últimas semanas foram úmidas e quentes. Ela não dormiu bem à noite. Sente falta do antigo quarto, que podia ser um pouco abafado, mas era grande, e ela havia decorado do seu jeito, com pôsteres de suas bandas, filmes e séries de televisão favoritas.

Seu quarto ali é pequeno e claustrofóbico. A janelinha não abre completamente, e quase não entra ar. A pior parte é o telhado inclinado, onde ela bate a cabeça toda hora. Mesmo assim, como sua mãe gosta de dizer: "As coisas são como são."

E, na opinião dela, são uma merda.

Ela volta pela grama alta até a parte de trás do chalé. A tal casinha é uma construção precária de tijolos grudada na cozinha, que já deve ter sido um banheiro externo. Sua mãe achava que tinha eletricidade, mas, ao olhar agora, Flo duvida muito. Ela abre a porta de madeira podre. O cheiro de urina agride suas narinas, e em seguida vem um grito:

— *Merda!*

Ela pisca no escuro. Vê uma pessoa magricela fechando rapidamente o zíper. Seus olhares se encontram. Ele se vira e tenta passar por ela. Mas anos de defesa pessoal (que sua mãe insistiu que ela aprendesse desde os sete anos) ensinaram Flo a reagir rapidamente. E a não se preocupar em fazer nada muito elaborado. Ela segura os ombros dele e lhe dá uma joelhada no saco, empurrando-o com força.

Ele cai no chão do lado de fora e sai rolando, as mãos segurando a virilha.

— Aiiii. Minhas bolas.

Flo cruza os braços e olha para ele.

— Quem é *você* e por que veio mijar na nossa casa?

Deixo Miss Marple tomando o xerez, me sentindo ainda mais abalada do que estava quando saí de casa de manhã.

Claro que é besteira. Só as divagações de uma mente com tempo demais sobrando. Gosto da série *Midsomer Murders* tanto quanto qualquer um, mas, na vida real, as pessoas não saem matando vigários de cidadezinhas por "saberem demais".

A realidade não é assim. Sei pelas minhas visitas pastorais a prisões que os crimes reais não são inteligentes nem complicados. São oportunistas e mal planejados. Assassinos raramente "se safam" e, quando conseguem, é mais por sorte do que por planejamento. Matar uma pessoa é quase sempre um ato desesperado, que ignora as consequências. Na vida e na alma.

Acelero até chegar a cinquenta quilômetros por hora. Estou tão absorta que quase passo direto pela placa de madeira que indica a fazenda Harper.

— Droga.

Freio bruscamente e entro em um caminho longo de cascalho. Esse caminho contorna campos e dá em uma fazenda com uma casa bonita de tijolos vermelhos e telhado de pedra no alto de uma colina. O lugar foi ampliado e modernizado, com uma janela enorme e uma varanda envidraçada grande com vista para os campos, até Downs. É deslumbrante.

Estaciono ao lado de uma caminhonete velha e do Range Rover de Simon Harper e saio do carro. Sou tomada na mesma hora pelo cheiro de esterco e de algo apodrecido. Um rebanho de vacas marrons pasta em um campo, e há várias ovelhas espalhadas em outro.

Ali perto, outra área foi transformada em um cercado para dois cavalos marrons de pelos sedosos. À esquerda da fazenda, por um caminho de lama, vejo mais celeiros e uma espécie de armazém moderno, que imagino ser o abatedouro.

Não sou sentimental com animais. Abomino crueldade, mas como carne e tenho consciência de que ela não cai do céu nem brota no supermercado. Para ter carne, um animal precisa morrer, e o máximo que podemos fazer é garantir uma vida boa e uma morte rápida e indolor a ele. Em muitos aspectos, ter um abatedouro no local é bom. Mas a ideia de uma garotinha entrando lá me deixa incomodada. E *como* exatamente ela simplesmente "entrou"? Penso de novo no olhar vazio de Poppy, no falatório agressivo de Simon. Constrangimento? Ou culpa?

Sigo pelo cascalho até a porta da frente da casa. Aquilo era exatamente o tipo de coisa que o bispo Durkin me aconselharia a não fazer. Meter meu nariz onde não sou chamada. Ser um incômodo. Por outro lado, foi por isso que entrei para a Igreja. Para proteger os inocentes. Ouvimos confissões que jamais seriam feitas para a polícia e nem mesmo para um assistente social. Além disso, o colarinho dá uma abertura que outras pessoas não têm. É quase tão bom quanto um distintivo.

Levanto a mão e bato rapidamente. Ouço vozes, e a porta se abre. Uma adolescente esguia aparece apoiada no batente, indiferente, de calça jeans rasgada e regata, o cabelo louro preso sem muito esmero em um rabo de cavalo.

Ela tem uma irmã mais velha, Rosie.

— Pois não?

— Oi, sou Jack Brooks, a nova reverenda encarregada de Chapel Croft.

Ela continua me olhando em silêncio.

— Houve um incidente com sua irmã ontem. Só pensei em dar uma passada para ver se ela está bem.

Ela suspira, se afasta da porta e grita:

— Mããe!

— O que foi? — ecoa uma voz de mulher pela escada.

— A vigária. Por causa da Poppy.

— Diz que estou indo.

Ela abre um sorriso rápido e falso.

— Ela está vindo. — E, com suas unhas do pé pintadas, ela se vira e segue pelo corredor, sem me convidar a entrar nem nada. Tudo bem. Eu entro.

O saguão é enorme e uma janela imensa banha o aposento de luz. Uma escada de madeira contorna um patamar no primeiro andar. Os negócios parecem estar indo bem.

— Olá?

Outra loura esguia desce a escada. Por um momento, me pergunto se há uma terceira irmã. Quando a figura chega mais perto, repenso minha opinião. A mulher é mais velha, e, apesar de parecer haver algum procedimento estético sutil, nunca dá para derrotar totalmente o processo de envelhecimento. Ela deve ter uns quarenta e poucos anos, como eu. Mesmo assim, a semelhança com a filha mais velha é surpreendente.

— Oi — digo. — Sou a reverenda Jack Brooks. Jack.

A mulher percorre o piso ladrilhado. Eu me sinto instantaneamente deformada e corcunda na presença dela.

— Emma Harper. É um prazer conhecê-la. Fiquei sabendo do mal-entendido de ontem. — Ela sorri. — Sinto muito que tenha envolvido você.

— Não foi nada. Fiquei feliz em ajudar. Eu só queria ver se Poppy está bem.

— Claro. Ela está ótima. Entre. Acho que ela vai gostar de dar um oi. Aceita um café?

— Obrigada. Seria ótimo.

Emma é graciosa e gentil… e, no entanto… talvez um pouco graciosa e gentil *demais?* Ou estou transferindo para ela minhas impressões sobre o marido?

Eu a sigo até a cozinha, que renderia um episódio de algum programa de design de interiores. Tem uma ilha enorme, bancadas de granito, eletrodomésticos brilhando. Serviço completo. A varanda envidraçada fica logo ao lado, com uma mesa comprida e bancos, sofás confortáveis e um balanço.

Sinto uma pontada de inveja. Nunca vou morar num lugar assim. É provável que nunca nem tenha casa própria. Se eu tiver sorte, a Igreja vai me deixar continuar morando na casa em que eu estiver quando me aposentar em troca de uma ajuda ocasional na missa e na administração. Se eu não tiver sorte, vou sair com uma mão na frente e outra atrás, obrigada a mergulhar no mercado de aluguéis sem poupança e sem renda.

Essa é a vida de um vigário. É verdade que não precisamos pagar aluguel nem hipoteca. Quem é esperto consegue ter uma reserva modesta. Mas vigários ganham metade da renda média do *Reino Unido* e, com uma filha adolescente, o dinheiro não dura muito. No momento, minhas economias podem pagar um contêiner perto de um lixão.

— Sua casa é linda — comento.

— Ah. — Emma olha ao redor, como se estivesse reparando pela primeira vez. — É, obrigada.

Ela vai até uma cafeteira sofisticada que deve ter custado mais do que o meu carro. O monstro de olhos verdes resmungão.

— Cappuccino, latte, espresso?

Eu me seguro para não dizer *Nescafé*.

— Só café preto, obrigada. Sem açúcar.

—Tudo bem.

Enquanto a máquina gorgoleja, vou até as portas articuladas e olho para fora. Parte do campo foi isolada com uma cerca para formar um jardim. Nessa área há uma casinha de madeira com escorrega e uma cama elástica, onde Poppy está pulando. Ela vai para cima e para baixo, o cabelo voando. Mas o rosto, quando ela se vira, está inexpressivo. Sem sorriso ou alegria. A imagem é meio desconcertante.

— Ela faz isso por horas. — Emma se aproxima e me entrega uma caneca de café.

— Ela deve adorar.

— É difícil saber. Com Poppy, é difícil saber o que ela sente pelas coisas. — Ela se vira para mim. —Você tem filhos, reverenda?

— Só uma. Florence, Flo. Ela tem quinze anos.

— Ah, a mesma idade da minha mais velha, Rosie. Florence vai estudar na Warblers Green Community College?

—Vai.

— Ah, que bom. A gente devia apresentar as duas.

— Seria legal.

Não consigo visualizar essa combinação. Mas nunca se sabe.

— Seu marido é vigário também?

— Era. — Engulo em seco. — Mas morreu quando Flo era pequena.

— Ah, sinto muito.

— Obrigada.

—Você criou Flo sozinha? Deve ter sido difícil.

— Criar um filho é difícil, seja como for.

— Nem me diga. Se eu soubesse o trabalho que Poppy daria em comparação a Rosie, talvez eu tivesse ficado com uma só… — Ela para de falar. — Não que eu fosse ficar sem ela.

Vamos até a mesa e nos sentamos nos bancos. São estilosos, mas não muito confortáveis.

— Como Poppy está? — digo, direcionando a conversa para o motivo da minha visita. — Ela não me pareceu muito bem ontem.

— Ah, bom, sim. Foi um incidente muito infeliz.

— Deve ser difícil impedir que as crianças se apeguem aos animais.

— É. Simon mostrou o abatedouro para Rosie quando ela tinha a idade de Poppy.

— É mesmo?

— Faz parte da herança delas. Nosso ganha-pão. Rosie não se abalou. Ela não é como Poppy.

— Ela estava cuidando de Poppy ontem?

— Estava. Ela é muito boa com a irmã. Mas Poppy sabe ser difícil. A pobre Rosie ficou arrasada.

— Ainda não consegui entender como Poppy ficou coberta de sangue.

Ela abre um sorriso contido.

— Tem muito sangue num abatedouro.

Disso eu sei. Mas não responde minha pergunta. Olho pela janela e vejo que a cama elástica está vazia. A porta da cozinha se abre, e Poppy entra.

— Oi, querida — diz Emma.

Poppy me vê sentada à mesa.

— Oi, Poppy. Se lembra de mim, de ontem?

Ela assente.

— Como você está?

— Vou ganhar um hamster.

Ergo as sobrancelhas.

— Que legal.

— Foi ideia do Simon — diz Emma. — Mas lembre que você vai ter que limpar, Pops. Não é a mamãe que vai fazer isso.

— Nem o papai — diz uma voz grave atrás de nós.

Eu me viro. Simon Harper está à porta usando um suéter puído, uma calça jeans manchada e meias grossas. Ele vem até a cozinha, pega um copo e o enche de água gelada. Não parece surpreso de me ver, mas pode ser por ter visto meu carro lá fora. O adesivo na parte de trás ("Vigários agem com reverência") me entrega. Não é meu, devo acrescentar. Como a maioria das coisas, herdei o carro de um predecessor.

— Reverenda Brooks. Bom vê-la de novo.

O tom dele sugere outra coisa.

— Espero que você não se importe com minha visita repentina. Só queria ver como Poppy estava.

— Ela está bem, não está, Pops?

Poppy assente, obedientemente. A presença do pai parece ter feito ela voltar a ser muda.

Ele olha para Emma.

—Você deveria ter me ligado para avisar que tínhamos visita.

— Desculpa, achei que você estivesse ocupado.

— Eu arrumaria tempo.

— Bom, não achei...

— Não. Não achou.

As palavras pairam no ar, carregadas de acusação. Olho de um para outro e me levanto antes que eu diga algo que uma pessoa na minha posição não deve dizer.

— Emma, obrigada pelo café. Foi um prazer conhecer você. Bom te ver de novo, Poppy.

— Eu a acompanho — diz Simon.

— Não precisa.

— Faço questão.

Vamos até o saguão. Assim que saímos de perto delas, ele diz:

—Você não precisava vir aqui vigiar a gente.

— Não foi isso.

Ele baixa a voz.

— Eu sei sobre você, reverenda Brooks.

Fico tensa.

— É mesmo?

— Sei de onde você vem.

Tento manter o rosto sob controle, mas sinto o suor nas axilas.

— Entendi.

— E sei que sua intenção foi boa, mas você não está em Nottingham. Isto aqui não é um buraco de gente pobre em que nós abusamos das crianças. Não somos como aquela gente.

— *Aquela gente*?

—Você entendeu o que eu quis dizer.

— Não. — Lanço um olhar frio para ele. — Por favor, explique melhor.

Ele amarra a cara.

— Só cuide do seu rebanho que eu cuido do meu, está bem?

Ele segura a porta aberta e eu saio, o corpo tenso. A porta bate atrás de mim. *Que babaca.*

Vou até o carro, o sol da tarde assolando minhas costas. De repente, paro. Duas linhas fundas e irregulares foram feitas na porta do passageiro, formando uma cruz cristã de cabeça para baixo. Olho para o símbolo ocultista, e o suor congela. Tenho certeza de que os riscos não estavam aí quando saí de manhã, apesar de não ter checado. Olho ao redor. A entrada de carros está vazia. Mas tenho a sensação de estar sendo observada. Olho para cima, enfrentando o sol ofuscante. Rosie está debruçada em uma das janelas do andar de cima. Ela sorri e balança os dedos, dando um tchauzinho debochado.

Seja cristã. Seja cristã.

Sorrio para ela. Depois, mostro o dedo do meio, entro no carro e saio, deixando uma nuvem de terra para trás.

O garoto tem mais ou menos a idade dela. É magro, de calça skinny, um moletom com uma caveira nas costas e coturnos. Ele está se contorcendo no chão, com o cabelo comprido e tingido de preto caído no rosto.

— Eu fiz uma pergunta.
— Olha, desculpa. Eu venho aqui às vezes e…
— E o quê?
— Eu… gosto de olhar… e desenhar.
— Que tipo de coisa?
— Umas coisas.

Com certa dificuldade, ele tira um caderno amassado do bolso de trás e entrega para ela, o braço tremendo. Flo dá uma olhada nas páginas. Os desenhos são quase todos de carvão, de túmulos e da igreja, mas misturados com monstros estranhos e figuras fantasmagóricas exóticas.

— São muito bons.
— Você acha?
— Acho. — Ela fecha o caderno e entrega para ele. — Mas você não deveria fazer nossa casa de banheiro.
— *Você* mora aqui agora?
— Minha mãe é a nova vigária.
— Olha, é que eu estava muito, você sabe, *apertado*, e não gosto de… — Ele indica os túmulos, o braço tremendo ainda mais. — Parece errado fazer aqui fora.

Flo olha para ele por mais um instante, avaliando-o. Ele parece sincero, e ela está com um pouco de pena dos espasmos esquisitos e involuntários. Ela estica a mão para levantá-lo.

— Me chamo Flo.

— Lucas W-Wrigley.

Na hora que ele fala, seu corpo sofre uma convulsão.

— Meu soco foi tão forte assim?

— N-não, eu tenho tremores crônicos.

— Ah.

— Pois é. Aliás, se ouvir falar de algum Tremelucas por aí, prazer, sou eu mesmo.

— Que droga. Aposto que isso foi coisa de algum babaca.

— Acertou. Típica coisa de babaca.

— Verdade.

— O nome oficial é distonia. Dos tremeliques. Os médicos dizem que é neurológico. Que tem alguma coisa errada com meu cérebro.

— Não dá para fazer nada?

— Não.

— Que merda.

— É. — Ele olha para a câmera pendurada no pescoço dela. — Você é fotógrafa?

Ela dá de ombros.

— Eu tento. Estava pensando em transformar a casinha em um quarto escuro.

— Legal.

— É, mas isso antes de eu saber que é usada como banheiro.

— Desculpa.

Ela balança a mão.

— Acho que vou olhar o porão.

— Você acabou de se mudar?

— Ontem.

— O que está achando daqui?

— Posso ser sincera?

— Claro.

— Um buraco.

— Bem-vinda ao fim do mundo.

—Você mora aqui?

— Moro do outro lado, com a minha mãe. E você?

— Somos só eu e a minha mãe também.

— E você vai estudar na Warblers Green Community College?

—Vou.

— De repente a gente se fala na escola, então.

— De repente.

— Beleza.

Com o assunto momentaneamente esgotado, eles ficam parados se olhando. Os olhos dele são estranhos, verdes, meio prateados, ela repara. Quase felinos. Seriam ótimos de fotografar. Ela conseguiria destacar os pontos estranhos. De repente, ela se pergunta por que está pensando tanto nos olhos dele.

— Bom, a gente se vê.

— A gente se vê.

Wrigley faz menção de ir, mas para e olha para trás.

— Sabe, se você gosta de tirar fotos, posso mostrar um lugar bem legal.

— É mesmo?

—Tem uma casa velha e abandonada nos campos, para aquele lado. — Ele aponta com o braço trêmulo. — É bem sinistra.

Flo hesita. Wrigley é estranho, mas estranho não necessariamente quer dizer ruim. E, se não fossem os tremores esquisitos, ele até que seria bonitinho.

— Está bem.

—Você pode amanhã?

— Bom, minha agenda está meio lotada…

—Ah.

— Brincadeira. Não tenho nada. Que horas?

— Sei lá. Duas?

— Combinado.

— Tem um balanço de pneu num campo depois do cemitério. Encontro você lá.

— Está ótimo.

Ele sorri para ela por baixo do cabelo antes de sair andando, todo desajeitado. *Tremelucas*. Flo balança a cabeça. Ela espera que não tenha acabado de aceitar se encontrar com o psicopata de estimação da cidade.

Ela tira algumas fotos, mas está perdendo o entusiasmo. Começa a voltar para a capela quando prende o pé em alguma coisa e quase sai voando, mas consegue recuperar o equilíbrio a tempo de impedir que a câmera bata na lápide à frente.

— Merda.

Ela procura o que a fez tropeçar. É uma lápide caída, escondida pela vegetação, meio coberta de musgo, a inscrição quase apagada. Ela levanta a câmera para tirar uma foto, mas franze a testa. Está meio embaçada. Ela mexe no foco. Não adianta. Ela se vira para tentar focar em outra coisa ao longe e quase cai dura.

Tem uma garotinha a poucos metros de distância.

Ela está nua. E pegando fogo.

As chamas alaranjadas lambem os tornozelos e as pernas, enegrecendo as pernas e subindo até o púbis liso, sem pelos. Só por isso Flo sabe que é menina. Seria difícil perceber de outra forma.

Pois a aparição tem os braços e a cabeça decepados.

Droga. Acelero pelas vias estreitas, xingando Simon Harper, a família dele e a mim mesma.

Acho que já é seguro dizer que meu período aqui não está sendo o idílio de tranquilidade que Durkin pretendia. Na verdade, as coisas não poderiam piorar nem se eu parasse nua no meio da cidade e sacrificasse algumas galinhas. Ou faisões. Eles parecem determinados a cometer suicídio embaixo das minhas rodas mesmo.

Mas eu deveria saber por experiência própria que as coisas *sempre* podem piorar.

Paro em frente à capela, vou até o chalé e entro. Percebo o silêncio na mesma hora.

— Flo!

Não há resposta. Franzo a testa. Ela mencionou que ia tirar fotos no cemitério. Eu me pergunto se ela ainda está lá fora, nos fundos. Estou prestes a ir olhar quando ouço um rangido no andar de cima.

— Flo.

Subo a escada. A porta do quarto dela está aberta. Mas ela não está. Tento abrir a porta do banheiro. Trancada. Eu bato.

— Flo. Você está bem?

Não há resposta. Mas ouço movimento.

— Flo... fala comigo.

— Espera! — diz ela, com urgência e irritação.

Eu espero. Depois de mais alguns segundos, escuto o trinco sendo puxado. Interpreto como minha deixa e abro a porta, delicadamente.

— Rápido — sussurra Flo, e entendo o motivo na mesma hora.

Uma caixa de papelão desmontada foi usada para cobrir a janelinha do banheiro. Tem equipamento fotográfico cobrindo cada superfície disponível e a maior parte do piso de linóleo rachado. O pequeno aposento fede a produtos químicos de revelação. A luz vermelha dela, que funciona a bateria, está no topo do armário. A cortina foi toda puxada para um lado e o suporte está sendo usado para pendurar os papéis fotográficos para secar. As fotos molhadas estão presas com pregadores da lavanderia. Enquanto eu estava fora, Flo improvisou uma câmara escura no banheiro.

Ela pega cuidadosamente uma folha de papel fotográfico na bandeja e pendura no cano do chuveiro.

— O que você está fazendo, querida?

— O que parece?

— Parece que vai ser muito azar se eu precisar fazer xixi.

— Preciso revelar esse filme.

— Não dá para esperar?

— Não. Preciso ver a garota.

— Que garota?

— A garota do cemitério. — Ela ajusta a fotografia no pregador e observa a fileira de imagens em preto e branco.

Ela fez o cemitério e suas lápides caóticas ficarem sinistramente lindos. Mas não vejo nenhuma garota nas fotos.

— Não estou vendo ninguém.

— *Pois é!* — Ela se vira, frustrada. — Mas ela estava lá. Estava pegando fogo e não tinha cabeça nem braços.

Olho para ela sem entender.

— Como assim?

Ela inclina o queixo para mim em posição de desafio.

— Eu sei o que parece.

— Certo...

— Parece maluquice, né?

— Não falei nada disso. — Hesito. — Você acha que viu o quê? Um tipo de fantasma?

Ela dá de ombros.

— Não sei o que ela era. Parecia real. De repente, sumiu.

O movimento de ombros é casual demais. Ela está tentando manter o controle e não falar com histeria, mas eu conheço a minha filha. Está com medo. O que quer que tenha visto, foi uma coisa que a abalou muito.

— Certo — digo com delicadeza. — Pode haver outra explicação?

— Eu *sei* o que vi, mãe. Foi por isso que tentei tirar umas fotos. Sabia que ninguém ia acreditar em mim.

— Bom, e se fosse uma estátua ou algum tipo de, sei lá, truque estranho de luz?

Fui longe demais agora. Flo cruza os braços e aperta os olhos.

— Era uma garota em chamas, sem cabeça e sem braços. Seria um baita truque de luz, hein? — Ela se vira e estreita os olhos para examinar as fotos. — Mas por que ela não apareceu no filme?

— Não faço ideia.

Mas as palavras de Joan voltam a mim de repente.

Elas assombram a capela. Se você vir as garotas em chamas, é porque uma coisa ruim te aguarda.

Olho ao redor, para os objetos no banheiro.

— Olha, por que a gente não desce e volta para ver isso depois?

Ela bufa tão forte que chega a ser dramático.

— Tudo bem. Eu acabei mesmo.

Ela me deixa levá-la para fora do banheiro.

— Por que você demorou tanto? — pergunta ela enquanto descemos.

— Visitas paroquiais.

— Quem você foi visitar?

— Simon Harper.

— Achei que era para você não se intrometer em nada aqui.

Sinto uma pontada de culpa.

— E é mesmo. Vem. Vou fazer o almoço.

— Você foi fazer compras?

Droga. Com tudo o que aconteceu, acabei esquecendo. Sou uma péssima mãe.

— Desculpe, esqueci. Será que você não quer uma pizza, para variar?

— Por mim, tudo bem.

Nós entramos na sala. São só duas horas, mas o céu está nublado, e o dia está sombrio e escuro. Pela janela, vejo a ponta das lápides em meio à grama alta. Nós paramos e olhamos para o cemitério.

— Será que ela podia ser uma das garotas da história que você me contou? — pergunta Flo. — As que foram mortas por serem mártires.

Fico relutante em alimentar essa fixação, mas ela viu *alguma coisa*.

— Alguns moradores acreditam que as garotas assombram a capela... mas é só folclore.

— Mas é possível?

Eu suspiro.

— É possível.

Ela passa o braço ao redor da minha cintura e apoia a cabeça no meu ombro. Daqui a pouco, ela vai estar alta demais para fazer isso, penso com tristeza. *Querido Deus, sei que ela precisa crescer, mas tem que ser tão rápido? Não posso segurá-la comigo e protegê-la só mais um pouquinho?*

— Mãe.

— O quê?

— É melhor ou pior nós duas acreditarmos agora que uma garota em chamas, sem cabeça e sem braços está assombrando o cemitério?

Aperto os ombros dela, tentando sufocar minha inquietação.

— Não vamos ficar pensando nisso.

Mas eu fico pensando, claro. Mais do que Flo, que agora está em um sono pesado no quarto, os membros compridos de adolescente enrolados no edredom do *Estranho Mundo de Jack*.

Nós arrumamos o quarto escuro improvisado. Falei que avaliaria o porão para ela no dia seguinte. A casinha não serve, pelo que entendi. Não tem eletricidade nem bloqueio de luz.

À noite, esquentamos as sobras de pizza e batata rústica no micro-ondas e assistimos a comédias antigas no DVD. *Black Books. Father Ted.* Flo vai para a cama pouco depois da meia-noite. Eu, logo em seguida.

Como sempre, antes de me deitar, eu me sento de pernas cruzadas e rezo um pouco.

Não sei se Deus me ouve. De certa forma, espero que ele tenha coisas melhores a fazer do que ouvir minha falação. Mas nossas conversas noturnas me confortam. São uma válvula de escape para os meus medos, minhas preocupações e minha alegrias. Acalmam minha alma e limpam minha mente. Lembram quem eu sou e por que entrei para o sacerdócio.

Hoje, tenho dificuldade. Não consigo encontrar as palavras. Minha cabeça está lerda e desorganizada. Como se vir para cá tivesse revirado tudo que deixo metodicamente guardado e agora eu não soubesse mais onde está nada.

Resmungo alguns agradecimentos e louvores superficiais, apago a luz e me deito de lado. Mas, como era de se esperar, não consigo dormir. O quartinho está muito quente e apertado. E eu nunca peguei no sono com facilidade. Não gosto do escuro. Não gosto do silêncio. E, sobretudo, não gosto de ficar sozinha com meus pensamentos. Nem todas as orações do meu repertório conseguem impedir que as coisas que caçam a minha mente saiam dos cantos escuros, procurando um banquete.

Olho para o teto irregular, mandando meus olhos pesarem, mandando o sono começar a me pegar, mas minha mente resiste com teimosia.

Ela estava pegando fogo e não tinha cabeça nem braços.

Se vir as garotas em chamas, é porque uma coisa ruim te aguarda.

Folclore, lenda urbana. Baboseira. Mas continuo sentindo certo desconforto embrulhando meu estômago.

Flo não é uma adolescente fantasiosa. Ela é pragmática, sensata, racional. Não inventaria uma coisa assim. Então, qual é a alternativa? Foi algum tipo de aparição?

Como vigária, acredito na continuidade da existência após a morte. Mas fantasmas? Entidades físicas que continuam presas ao nosso plano, procurando vingança ou resolução? Não. Nunca vi nada que pudesse me convencer disso. Mais do que isso, eu não *quero* ver nada que possa me convencer disso. Prefiro que minhas assombrações continuem sendo metafóricas e não físicas.

Eu me sento, ligo o abajur e tiro as pernas da cama. Sinto o piso de madeira frio e áspero em meus pés. *Tapetes*, penso, acrescentando mentalmente outro gasto à lista de "coisas para deixar o chalé ligeiramente confortável".

Enfio os pés nos chinelos puídos e saio andando até o corredor, acendo a luz e desço a escada.

Na cozinha, abro uma gaveta e mexo debaixo do pano de prato para pegar minha latinha de tabaco e as sedas. Meus dedos tateiam, mas não encontram nada. Eu xingo baixinho. *Flo.*

Felizmente, tenho um plano de contingência. Vou até a sala. A maioria dos meus livros ainda está encaixotada, mas tirei alguns para botar na estante velha, inclusive uma Bíblia grossa com capa de couro. Parece uma relíquia de igreja, mas eu a comprei num bazar. Em vez de conter a palavra de Deus, a Bíblia é oca.

Um bom esconderijo para uma garrafinha de bebida para quem gosta, ou, no meu caso, para uma segunda latinha de tabaco, um pacote de seda e um isqueiro.

Volto para a cozinha, enrolo um cigarro e abro a porta. O ar da noite está pesado e denso com cheiros sufocantes que me são familiares de canária, dama-da-noite e jasmim. *Flores noturnas.* Lembro do aroma entrando no meu quarto quando eu era criança.

Dou uma tragada forte no cigarro para espantar a lembrança, sugando a nicotina, mas não está ajudando muito a aliviar a ansiedade. Estou muito atenta ao silêncio, ao escuro, aos meus pensamentos estridentes.

A escuridão ali é diferente da escuridão da cidade. Lá, é suavizada pelas luzes da rua, pelo brilho das lojas, dos carros passando. Aqui, a escuridão é real. A escuridão que tínhamos antes do fogo e da eletricidade. A escuridão faminta, cheia de olhos escondidos. *Aqui jaz o mal*, penso, e me pergunto de onde isso veio. Meu cérebro está fora de si hoje.

Levo o cigarro aos lábios... e paro. Tem uma luz na capela.

Mas o que...

Brilha numa janela de cima. Seria o reflexo de um farol de carro? Não, a janela é virada para o chalé, não para a rua. E lá está de novo. Uma luz balançando no andar de cima. Uma lâmpada com defeito? Um fio desencapado? Ou um invasor.

Olho para a luz, dividida. Mas apago o cigarro, volto para o chalé e abro o armário embaixo da pia. Lembro de ter visto uma lanterna aqui ontem. Há uma boa chance de estar sem pilha, mas não tem a menor chance de eu ir lá no escuro, só com a luz do celular. Ligo a lanterna. Ela emite um raio de luz forte.

Pego a chave e vou pelo caminho estreito do chalé até a capela, empunhando a lanterna. Uma vozinha interior me repreende, dizendo que é exatamente isso que as pessoas fazem nos filmes de terror. Pessoas burras que inevitavelmente sofrem uma morte repugnante antes do título aparecer na tela. Tento ignorar essa voz.

Chego à porta da capela, que eu tranquei ontem à noite. Lembro de ter girado a chave pesada. Ficou presa, e precisei botar todo o meu peso nela para conseguir virá-la.

Agora, está entreaberta.

Eu hesito e a empurro mais. Entro na capela. A lanterna ilumina uma seção triangular da igreja. A escuridão me oprime dos dois lados. Onde estão os interruptores? Eu me viro para o lado e tateio na parede. E agora a escuridão está atrás de mim. Onde estão os malditos interruptores? Meus dedos encostam em plástico.

As luzes zumbem e se acendem. As lâmpadas são fracas e amareladas, cobertas de poeira e teias de aranha. Não afastam muito bem as sombras. A igreja parece vazia. Mas esse é o problema de qualquer igreja. São cheias de cantinhos e buracos onde uma pessoa pode se agachar e se esconder.

— Olá! Tem alguém aqui?

Não há resposta, surpreendentemente. Aperto a lanterna com mais força. É uma lanterna robusta o suficiente para servir de arma. Na outra mão, seguro a chave pesada. Eu a coloco entre os dedos, com a ponta afiada para fora. Como fazia na cidade à noite.

Vi a luz no andar de cima, então subo os degraus na lateral da igreja até o mezanino. Está ainda mais escuro aqui em cima. Só duas lâmpadas oferecem iluminação. E lá vem aquele cheiro estranho de novo. De fumaça e queimado. Viro a lanterna. Não tem nada além das fileiras de bancos de madeira. Avanço, apontando o feixe de luz para as áreas escuras entre eles. Mas não tem ninguém escondido.

No fim do mezanino tem uma porta pequena e estreita. Deve ser um depósito. Continuo andando, com a chave e com a lanterna estendidas. Chego na porta e a abro. Uma pilha de almofadas cai.

Dou um pulo para trás, o coração em disparada. E me permito uma risada de alívio. *São só almofadas, Michael.*

Olho dentro do armário de novo. É pequeno e está lotado de almofadas e livros de oração; não tem espaço para ninguém se esconder. Pego as almofadas que caíram, percebendo agora que estão pretas e chamuscadas, como se tivessem sido queimadas. É estranho, mas pode explicar o cheiro de fumaça. Eu as enfio no armário e fecho a porta. Quando faço isso, ouço um barulho abaixo. Um rangido, como a porta da capela sendo aberta. Meu coração pula na boca. Passo correndo pelos bancos e desço a escada, tomando o cuidado de não torcer o tornozelo.

No pé da escada, viro a lanterna para a nave. Não vejo ninguém. Paro e me volto para o altar. A lâmpada de leitura está acesa. Tenho certeza de que não estava antes.

Vou até lá. Tem alguma coisa em cima do altar. Uma Bíblia. Pequena e azul. O tipo de Bíblia que as crianças na escola dominical recebem. Foi deixada aberta, com uma passagem destacada: *2 Coríntios 11:13-15*

Pois tais homens são falsos apóstolos, obreiros enganosos, fingindo-se apóstolos de Cristo. Isto não é de admirar, pois o próprio Satanás se disfarça de anjo de luz. Portanto, não é surpresa que os seus servos finjam que são servos da justiça. O fim deles será o que as suas ações merecem.

Olho para as palavras e sinto um frio tomar conta do meu corpo. Pego a Bíblia. Um canto está meio preto, como se tivesse sido queimado por uma chama. Abro na primeira página. Quando eu frequentava a escola dominical, nós tínhamos que escrever nosso nome na contracapa da nossa Bíblia. E tem mesmo um nome lá. Escrito com tinta azul, agora quase completamente desbotado. Passo os dedos pelas letras fantasmagóricas:

Merry J. L.

Elas se deitaram na grama alta atrás da casa. Escondidas nas frondes ondulantes. O estudo da Bíblia havia terminado. Elas tinham um tempo só delas antes de terem que voltar para casa.

Merry mexeu no bolso da calça jeans e tirou um cigarro amassado e um isqueiro Bic.

— Quer dividir?

— Não posso. O reverendo vai tomar chá lá em casa.

— Por quê?

— Minha mãe quer que eu faça mais lições da Bíblia.

— Mais? Com o velho Cara de Xereca?

— Não. Com o novo. Você já o viu?

Merry deu de ombros.

— Vi.

— Ele parece um pouco o Christian Slater.

— Continua sendo um chato de Deus.

— Você não deveria dizer isso.

— Por quê?

— Deus pode ouvir.

— Deus não existe.

— Você quer ir para o inferno?

— Você parece a minha mãe falando.

Joy se inclinou e tocou de leve no hematoma em volta do olho da amiga.

— Dói?

— Dói. Tira a mão.

— Você a odeia?

— Às vezes. Às vezes eu queria que ela morresse. Mas, em geral, só queria que ela fosse diferente.

Elas ficaram deitadas em silêncio por um tempo. Mas Joy logo se levantou.

— Tenho que ir. Posso ligar mais tarde?

— Pode.

Merry se sentou e viu a amiga sair andando pela grama. Olhou de novo para a casa. Ouvia sua mãe gritando lá dentro. Ela pegou a Bíblia e o isqueiro. Segurou a chama perto do canto e assistiu ao couro ficar preto. Mas, antes que pegasse fogo, ela jogou a Bíblia na grama de novo, se deitou e acendeu o cigarro.

Não ligo se for para o inferno, pensou ela. Não pode ser pior do que isso.

Fecho a camisa e ajusto o colarinho branco. Ajeito a batina. Saio andando do vestíbulo até o altar. Olho para a congregação. Os fiéis estão sentados, inclinados para a frente, as cabeças curvadas, os rostos nas sombras.

— Bem-vindos — digo, e uma a uma as figuras erguem o rosto para me olhar.

Vejo meu marido, Jonathon, primeiro. Sorrindo. Sempre sorrindo. Até nos piores dias. Mesmo agora, com a cabeça afundada de um lado, cabelo sujo de sangue e massa cinzenta. Ao lado dele está Ruby. Claro. Com um olhar acusatório. O rosto está machucado e inchado dos socos, chutes e golpes que levou com os próprios brinquedos de madeira. Está segurando um coelhinho de pelúcia. O que encontrei com ela. Ela amava aquele coelhinho, mas agora percebo que é um coelho de verdade no colo dela. Sem tirar os olhos de mim, ela inclina a cabeça e morde um pedaço de uma das orelhas dele.

Dou um passo para trás, o coração disparado, e alguma coisa encosta na minha cabeça. Olho para cima. O reverendo Fletcher está pendurado no mezanino acima de mim, os pés tremendo numa dança mortal macabra.

— *Se você vir as garotas em chamas* — ofega ele com os lábios rachados e pretos —, *é porque uma coisa ruim te aguarda.*

Seguro um grito. Mais rostos me olham dos bancos. Alguns eu reconheço. De alguns, mal me lembro. Duas figuras se levantam e começam a vir pelo corredor na minha direção. Na metade do caminho, pegam fogo. Mas continuam se aproximando.

Cambaleio para trás. Sinto um toque frio no ombro. Entendo meu erro. Sinto o bafo rançoso dele e ouço uma voz...

— Mãe. *MÃE!*

Eu me debato, emergindo das águas do sono como uma mulher afogada respirando na superfície de um lago escuro e fétido.

— *Mãe.* Acorda!

Abro os olhos e encaro Flo, que está segurando meus ombros com uma cara de preocupação e raiva.

— Meu Deus, você me assustou.

— Eu... eu...

—Você estava tendo um pesadelo.

Foi sonho. Só um sonho. A realidade volta aos poucos. Estou encolhida no sofá, minhas roupas fedem a suor e fumaça de cigarro. Coloco as pernas no chão e me sento. A luz do dia entra pelas frestas nas cortinas.

Flo se senta diante de mim.

— Mãe?

— Eu... hã... não consegui dormir. Desci para fumar um cigarro e vi uma luz na capela. Fui dar uma olhada...

— Você saiu sozinha no meio da noite? — Flo se levanta e me olha de cara feia, as mãos na cintura. — Mãe, que *burrice.* Você poderia ter sido atacada, morta.

— Eu sei, eu sei. Mas não tinha ninguém lá.

— E a luz?

— Não sei. Podia ser uma lâmpada ruim. Ou minha imaginação.

— Só isso?

— Só.

— Por que você está dormindo no sofá? Você está fedendo a cigarro.

—Acho que devo ter me deitado um segundo e acabei pegando no sono.

Ela continua a me olhar com desconfiança. Mas suspira e balança a cabeça.

—Tudo bem. Quer café?

— Quero, obrigada... Na verdade, que horas são?

— Quase nove horas.

Nove horas. Nove da manhã. De segunda. Hora da reunião. *Droga.*

★   ★   ★

— Bom dia, pessoal. Peço desculpas pelo pequeno atraso.

Abro um sorriso para o grupinho na minha frente, tentando abrir minha versão própria do sorriso benevolente de Durkin. Não sei bem se está funcionando. E, para piorar, estou ofegante, com a cara vermelha e ainda colocando o colarinho clerical.

O reverendo Rushton se levanta.

— Posso fazer as apresentações?

— Obrigada — digo com gratidão. *Maldito colarinho.*

Estamos enfiados numa salinha na capela principal que já parecia apertada quando não tinha ninguém, e agora, com toda a equipe da paróquia, parece coisa de Hobbit.

Tem papéis empilhados para todo lado. Um quadro cheio de avisos de segurança, informativos da paróquia e pedidos de serviço. Até as paredes estão lotadas de coisas, fotos históricas da capela e dos membros anteriores do clero: um Rushton bem mais jovem; um homem com ar severo e cabeleira preta ("Reverendo Marsh", diz a legenda embaixo) e o reverendo Fletcher, um homem bonito na casa dos cinquenta anos, com cabelo grisalho e uma barba bem aparada. Ao lado de Fletcher, tem uma área retangular mais clara de onde uma foto parece ter sido retirada. Eu me pergunto por quê.

Mal tem espaço para uma mesa e duas cadeiras. Ainda bem que nossa "equipe" é formada por cinco pessoas, sendo que só quatro estão presentes.

— Este é Malcolm, nosso leitor leigo — diz Rushton.

Um homem esguio de óculos assente e sorri.

— O Aaron você já conhece.

Nós assentimos um para o outro.

— Nossa administradora, June Watkins, infelizmente está muito doente e não conseguirá continuar o trabalho. Felizmente, temos uma pessoa para ocupar a vaga temporariamente...

Na mesma hora, a porta se abre e uma mulher alta e bonita de vestido florido com cabeleira branca presa num coque bagunçado entra, segurando uma garrafa térmica e uma pilha de copos de plástico.

— Oi, pessoal. Eu tinha deixado o café no carro.

Fico olhando enquanto ela coloca a garrafa térmica e os copos na mesa.

— A maioria de vocês conhece Clara — diz Rushton. — Ela vai ajudar de forma voluntária, um anjo enviado do céu.

Clara olha ao redor e sorri.

— Ele *tem* que dizer isso. Eu sou esposa dele!

Então ela me vê e estica a mão.

— Jack? É um prazer conhecer você. É apelido?

— Hã... Jacqueline.

Os olhos dela brilham.

— Lindo nome. Os dois.

— Obrigada.

— A equipe é pequena, como você pode ver — conclui Rushton.

Uma equipe bem pequena mesmo. Mas, atualmente, não há demanda suficiente para toda igreja rural ter vigário próprio, que dirá um administrador com dedicação exclusiva e uma equipe. Além de Chapel Croft e Warblers Green, Rushton e eu vamos supervisionar duas outras pequenas igrejas da paróquia, Burford e Netherton, dividindo nosso tempo da melhor forma que der.

— É bom conhecer todo mundo — digo, tentando recuperar a compostura. — Como vocês já sabem, meu nome é Jack Brooks e vou trabalhar como interina até que um titular seja encontrado.

—Você tem ideia de quando isso pode acontecer? — pergunta Malcolm, talvez um pouco depressa demais.

— Infelizmente, não — digo. — É melhor presumir que vocês vão ter que me aguentar por um tempo.

— Não tem nada a ver com "aguentar" — observa Rushton. — Estamos felizes de ter você aqui. E faremos o que puder para ajudar na sua adaptação, é só pedir.

— Sim, claro. — Clara assente. — Acho que estamos prontos para um novo começo, depois... bom, você sabe.

Eu estava me perguntando quem seria o primeiro a tocar no assunto.

— Fiquei muito triste quando soube do reverendo Fletcher.

— Se a gente ao menos soubesse o que ele estava enfrentando — diz Malcolm. — Nós sabíamos que ele estava estressado, mas tirar a própria vida...

— Quem está determinado a tirar a própria vida costuma esconder bem dos melhores amigos e dos familiares — digo. — O suicídio é uma tragédia para todos.

— E um pecado.

Eu olho para Aaron.

— O quê?

— A vida é um presente de Deus. Só ele pode tirá-la. — Ele me encara, desafiador.

Mantenho a voz calma.

— Essa não é a visão da Igreja Anglicana há muito tempo, Aaron.

— Então nós escolhemos ignorar a palavra da Bíblia?

— Não há condenação explícita ao suicídio na Bíblia. E, enquanto eu for vigária aqui, prefiro não ouvir esse tipo de coisa na capela.

Encaro Aaron e fico satisfeita quando ele desvia o olhar.

— Então... — Rushton limpa a garganta. — Como dizem, a vida continua. Vamos prosseguir com as atividades da semana que vem?

E assim fazemos. Estou aliviada de me ver voltando à rotina normal, não muito diferente da minha paróquia anterior. Cafés da manhã, festa da cidade, grupo jovem, três casamentos e quatro funerais em breve. Apesar de meu trabalho oficial só se iniciar em duas semanas, fica combinado que devo começar a frequentar alguns eventos da igreja para que me conheçam.

— Ah, claro, ainda tem a questão do conserto do piso da capela.

— Vi que alguns ladrilhos estavam quebrados. O que houve?

— Ah, só desgaste do tempo mesmo. Vamos chamar alguém para dar uma olhada em breve. Enquanto isso, Jack, não deixe ninguém chegar perto daquela área. A última coisa de que precisamos é alguém nos processando por ter quebrado o tornozelo.

— Certo.

— Que bom. Acho que acabamos. Quer acrescentar mais alguma coisa?

Rushton vira o rosto vermelho para mim. Eu penso. Obviamente, perguntar quem pode estar me deixando mensagens estranhas e sinistras passa pela minha cabeça. Mas, enquanto eu não souber mais, acho melhor não falar nada. Por enquanto.

— Hum, não. Acho que cobrimos tudo.

— Excelente. Não tenho como explicar o alívio que é ter você a bordo para assumir parte do fardo.

— Fico feliz em ajudar.

Todo mundo começa a se mexer, a pegar as coisas. Malcolm me cumprimenta com a mão ossuda quando sai.

— É ótimo ter você aqui, querida.

Aaron faz questão de me ignorar e se ocupa com as anotações.

Quero muito ir embora, mas sinto Clara me observando enquanto enfia os braços num cardigã colorido comprido.

— Eu soube que você tem uma filha, Jack.

— Tenho.

— Quantos anos?

— Quinze.

— Uma idade difícil.

— Bom, a gente teve sorte até aqui. Você tem filhos?

— Nós não fomos abençoados — diz Rushton. — Mas ganhamos muitos afilhados ao longo dos anos. E Clara era professora, então sempre tivemos gente jovem nas nossas vidas.

Faço que sim com educação e penso: *Professora. Claro.*

— Há quanto tempo vocês são casados?

— Comemoramos vinte e oito anos juntos faz pouco tempo.

Eles são um par estranho. A alta e elegante Clara e o baixo e atarracado Brian. Não que eu queira ser crítica.

— Parabéns.

— Você é viúva? — pergunta Clara, me lembrando o quanto odeio a palavra.

— Meu marido morreu, sim.

— Você cria Flo sozinha.

— Como falei, tive sorte. Ela é uma boa menina.

— E como ela está se adaptando? — pergunta Rushton. — Infelizmente, não tem muita coisa para os jovens fazerem na cidade.

— Bem, ela gosta de fotografia. Estávamos pensando em transformar o porão num quarto escuro.

— Ah.

— Tem algum problema no porão?

— Não. É só que ainda tem muita coisa do reverendo Fletcher lá — diz Clara. — Eu arrumei o máximo que pude...

— Ele não tinha familiares?

— Infelizmente, não. Deixou tudo para a Igreja, e os itens que podíamos doar, como móveis, roupas, o laptop, nós já doamos. Mas tinha muito...

— Lixo — diz Rushton, com menos tato. — Para falar a verdade, não é tudo do reverendo Fletcher. Tem muita coisa da igreja em geral. Não sabíamos o que fazer e deixamos no porão.

— Bom, parece que vou ter muita coisa para me ocupar nas próximas semanas.

Outra coisa passa pela minha cabeça.

— O reverendo Fletcher está enterrado aqui? Acho que eu deveria prestar as minhas homenagens.

— Na verdade, não — responde Rushton. — Ele está em Tunbridge Wells. Perto da mãe.

— Ele não queria ser enterrado aqui — acrescenta Aaron de repente, atrás de mim.

Eu me viro.

— Ah. Por quê?

— Ele disse que a capela tinha sido corrompida.

— *Corrompida?*

— Como Malcolm mencionou — diz Clara —, o reverendo Fletcher estava passando por muito estresse.

— Ele queria que fosse exorcizada — continua Aaron. — Isso foi logo antes...

— Aaron! — diz Rushton rispidamente.

Aaron olha para ele de um jeito estranho.

— Ela precisa saber.

— Saber o quê?

Rushton suspira.

— Pouco antes de morrer, o reverendo Fletcher tentou botar fogo na capela.

— Não foi a primeira vez que alguém tentou, claro. — Rushton toma um gole do café com leite.

Estamos sentados a uma mesa no canto do salão comunitário, que, de acordo com um cartaz colorido escrito à mão na porta, fica "aberto para café às segundas, quartas e sextas, das 10h às 12h". Clara se juntou a nós. Aaron não, o que não foi surpresa alguma.

Fico impressionada com a quantidade de gente. Em Nottingham, os cafés da manhã costumavam ser frequentados apenas pelos fiéis mais fervorosos e pelos sem-teto. Imagino que a maioria das pessoas devia ter medo de ouvir um sermão religioso ou, pior, de tomar café ruim.

Os paroquianos são mais velhos, mas bem-vestidos. Tem algumas mães com bebês. O café até que é bom. Estou positivamente surpresa. E é a primeira vez que isso acontece desde que cheguei.

— O que aconteceu? — pergunto.

— Separatistas católicos. Descendentes dos executores da rainha Mary. A capela foi queimada até não sobrar nada no século XVII. Tudo ficou destruído, inclusive a maior parte dos registros da paróquia. A capela atual foi construída pelos batistas alguns anos depois.

— Desculpe. Eu estava me referindo ao que aconteceu com o reverendo Fletcher.

— Ah. Bom, felizmente ele não chegou tão longe. Aaron o encontrou antes de o fogo se espalhar.

— O que Aaron estava fazendo lá?

— Foi tarde da noite. Aaron por acaso estava passando e viu uma luz na capela. Encontrou o reverendo Fletcher parado na frente de uma pilha de almofadas em chamas.

— Ele disse que alguém tinha entrado na capela — conta Clara, colocando um segundo sachê de açúcar no café.

Obviamente, o corpo magro não é preservado com dieta.

— Seria possível? — pergunto, pensando na porta destrancada e na luz que vi ontem à noite.

— Não havia sinal de arrombamento. Aaron e eu somos as únicas pessoas com a chave da capela — responde Rushton.

— Certo. — Registro isso mentalmente. — Podia ter sido deixada destrancada?

Rushton suspira.

— Matthew, o reverendo Fletcher, estava se comportando de um jeito estranho havia um tempo.

— De que forma?

— Ele alegava ter visto aparições — diz Clara.

Fico tensa.

— Que tipo de aparições?

— Garotas em chamas.

Dedos gelados tocam meu couro cabeludo.

— É uma lenda local — diz Clara, um brilho no olhar. — Duas garotinhas, Abigail e Maggie, que foram queimadas na fogueira com seis outros mártires no século XVI.

— Eu sei — digo. — Pelo menos uma parte da história.

— Jack fez o dever de casa — comenta Rushton. — Ela até sabia das bonecas.

— É mesmo? — Clara ergue as sobrancelhas. — Onde ouviu falar disso?

Tem algo em seu olhar penetrante que me deixa incomodada.

— Ah, na internet.

— Muita gente as acha meio fantasmagóricas.

— Nem consigo imaginar por quê.

Ela sorri.

— As cidades pequenas têm dessas coisas.

— Eu não teria como saber.

— Você cresceu em Nottingham?

— Cresci.

— Não tem muito sotaque, se me permite dizer.

— Bom, minha mãe era do sul.

— Ah, isso explica essas vogais macias. — Ela toma um gole de café casualmente, mas não há nada de casual nas perguntas dela.

Então olho para Rushton.

— Não é porque o reverendo Fletcher achava que a capela era mal-assombrada que ele era instável. Conheço alguns padres que acreditam em aparições.

— Não era só isso — diz Rushton. — Ele estava ficando cada vez mais paranoico. Obsessivo. Acreditava que alguém queria pegá-lo. Que estava sendo ameaçado. Alegava que tinham deixado Garotas em Chamas na capela e presas na porta do chalé.

— Ele procurou a polícia?

— Procurou. Mas não tinha provas.

— Alguém tinha motivo para ameaçá-lo?

— Não — diz Clara. — Matthew era vigário aqui havia quase três anos. Todos gostavam dele.

— Mas ele tinha perdido o pai e a mãe havia pouco tempo — acrescenta Rushton. — Um amigo próximo tinha sido diagnosticado com câncer. Ele estava enfrentando muitas questões pessoais. Renunciou um pouco depois do incêndio na capela. Acho que ele aceitou que tinha chegado ao seu limite.

Eu reflito um pouco. A Igreja ainda está muito atrás das outras instituições no reconhecimento de doenças mentais. Não somos encorajados a falar sobre isso, e qualquer coisa do tipo é vista como uma espécie de fracasso, possivelmente porque a maioria dos sacerdotes é homem.

A oração é um meio útil de concentrar a mente. Mas não é uma cura mágica. Deus não é terapeuta nem psiquiatra. Ainda precisamos do apoio de outras pessoas, e às vezes de profissionais. Eu me pergunto com frequência se as coisas teriam sido diferentes se meu marido tivesse procurado ajuda mais cedo.

Pego meu café e tomo um gole. Não está mais tão gostoso.

Escolho minhas palavras seguintes com cuidado.

— Alguém desconfia que a morte do reverendo Fletcher pode *não* ter sido suicídio?

— Não. Claro que não. Quem diria isso?

— Uma pessoa da paróquia mencionou uma coisa…

Rushton revira os olhos.

— Joan Hartman. — Ele balança a mão, indicando que não preciso negar nem confirmar. — Joan é uma figura, mas eu não levaria o que ela diz muito a sério.

— Porque ela é velha?

— Não. Porque ela vive isolada, tem imaginação fértil e lê romances policiais demais. — Rushton se inclina para a frente. — Jack, posso dar um conselho?

Tenho vontade de dizer não. Geralmente, quando as pessoas perguntam se podem dar um conselho, é uma coisa tão útil quanto uma pilha de esterco. Mas abro um sorriso e digo:

— Claro.

— Não se incomode com o passado. Sua chegada é um novo começo. Uma oportunidade de deixar as circunstâncias trágicas da morte do reverendo Fletcher para trás. E, como pode ver, tem muita coisa aqui para manter você ocupada.

Meu sorriso fica congelado no rosto.

— Você deve estar certo mesmo.

Ele coloca a mão gorducha sobre a minha e aperta de leve.

— Falando nisso, temos que voltar. Preciso encontrar os Baker para falar do funeral dos pais deles.

Ele se levanta. Clara vai atrás.

— Até mais tarde. E lembra o que falei.

— Pode deixar. Tchau.

Eu os vejo sair do salão, se despedindo de algumas pessoas. Penso em tomar outro café, mas olho o relógio. Não. Preciso muito fazer compras. Uma mulher e sua filha não podem viver só de pizza.

Estou me levantando quando ouço o estrondo. Eu me viro. Uma mulher idosa de outra mesa está caída no chão, cercada de louça quebrada e borra de café. Algumas pessoas olham e um casal começa a se levantar, mas estou mais perto. Corro até lá, me ajoelho e seguro a mão dela.

— Você está bem? Se machucou?

Ela parece meio atordoada. Será que bateu a cabeça?

— Está tudo bem. Descanse um momento — digo.

Ela olha para mim. Seus olhos focam.

— É você?

Tento puxar a mão, mas ela fecha os dedos.

— Onde ela está? Me diz.

— Sinto muito. Eu não…

Uma voz calorosa e calma diz:

— Tudo bem. Ela fica confusa às vezes.

Uma jovem de cabelo curto, usando um macacão e uma camiseta, se agacha ao meu lado e fala delicadamente com a senhora:

— Doreen? Você caiu. Estamos no salão comunitário. Está tudo bem?

— No salão comunitário? — A senhora afrouxa a mão e solta a minha.

— Vamos sentar?

— Mas preciso ir para casa. Ela está esperando o chá.

— Claro, mas, primeiro, que tal você tomar um pouco de água?

— Posso buscar — digo.

Quando levo a água até a senhora, ela está sentada em uma cadeira, com expressão um pouco menos atordoada.

— Aqui está.

Ela pega o copo de papel com a mão trêmula e toma um gole.

— Me desculpe. Não sei o que me deu.

Ela sorri, constrangida. E lembro a mim mesma que a velhice não é uma doença e sim um destino.

— Tudo bem — respondo. — Todo mundo pode ter um momento de tontura.

— Tem alguém que possa te levar para casa, Doreen? — pergunta a mulher de cabelo curto.

Doreen. Onde já ouvi esse nome? *Doreen*. De repente, eu lembro. A conversa que tive com Joan.

A mãe de Joy, Doreen, sofre de demência.

A mãe de Joy. Olho para ela. Doreen deve ter só setenta e poucos anos, mas aparenta estar perto dos noventa. Ela é tão frágil. O rosto parece uma massa flácida, o cabelo fino como teia de aranha em cachos ralos.

— Eu ia andando, querida.

— Não sei se é uma boa ideia — diz a mulher de cabelo curto.

Há uma hesitação, durante a qual eu poderia dar uma desculpa perfeitamente plausível de ter que ir fazer compras e encontrar minha filha. Mas, quando dou por mim, estou dizendo:

— Posso dar uma carona para Doreen.

A mulher de cabelo curto sorri.

— Obrigada. — Ela olha para a senhora. — Tudo bem, Doreen? Se essa moça gentil levar a senhora para casa de carro?

Doreen olha para mim.

— Sim. Obrigada.

A mulher estica a mão.

— Meu nome é Kirsty. Coordeno o grupo jovem e ajudo aqui quando necessário.

— Jack. — Aperto a mão dela. — A nova vigária.

— Imaginei. O colarinho te entregou.

Eu olho para baixo.

— Ah. Sim. Esse é o problema do colarinho. É tipo uma tatuagem. A gente esquece que tem até alguém olhar torto.

Ela ri e puxa a manga da camiseta para mostrar uma caveira grande tatuada.

— Só posso concordar.

Doreen mora numa viela estreita perpendicular à rua principal. É lotada de casinhas geminadas, a maioria cheia de vasos e cestas penduradas nas janelas.

Eu saberia qual é a casa de Doreen mesmo se Kirsty não tivesse me dado o endereço. Os tijolos estão sujos, a grama do jardinzinho na frente não é cortada há muito tempo e as janelas são encardidas e escuras. Dor e luto pairam sobre o lugar como o véu de uma viúva.

Paro em frente à casa. Doreen não falou quase nada no trajeto curto e ficou girando um lenço nas mãos contorcidas. Eu também não puxei assunto. Às vezes, tentar preencher um silêncio só o torna mais pesado.

Saio do carro e seguro a porta para ela, ajudo-a a sair e a levo até a porta de entrada. Ela mexe na bolsa e tira uma chave.

— Obrigada de novo, querida.

— Não foi nada.

Ela abre a porta.

— Quer entrar para tomar uma xícara de chá?

Eu hesito. Não deveria fazer isso. Não deveria sequer estar ali. Flo está sozinha, preciso fazer compras e terminar de arrumar o chalé. Por outro lado, olho a casa abandonada. Alguma coisa se revira dentro de mim.

Eu abro um sorriso.

— Seria ótimo.

O saguão está escuro e tem cheiro de comida velha e umidade. O tapete estampado está puído. Há um telefone antigo de disco em uma mesinha lateral lascada debaixo de um quadro grande da Virgem Maria, cujos olhos tristes nos seguem até uma cozinha suja que parece intocada desde meados dos anos 1970: piso de linóleo rachado, bancadas de fórmica e portas de armário verdes e bambas. Na parede, tem uma mesinha semicircular, com duas cadeiras, uma de cada lado; logo acima, uma cruz pendurada com duas plaquinhas: "Mas eu e a minha família serviremos ao Senhor"; "Aquietai--vos, e sabei que eu sou Deus".

Doreen tira o casaco e vai até a chaleira.

— Quer ajuda?

— Minha mente pode não ser mais como era, mas eu lembro como se faz uma xícara de chá.

— Claro.

Os idosos têm seu orgulho. Puxo uma cadeira e me sento embaixo das frases de efeito de Deus enquanto ela faz chá numa chaleira decente.

— Então você é a nova vigária? — Ela leva a chaleira até a mesa com as mãos trêmulas.

— Sou. Reverenda Brooks. Mas me chame de Jack, por favor.

Ela vai até o armário e volta com duas xícaras meio manchadas e pires.

— Não tenho açúcar.

— Tudo bem.

Ela se senta na cadeira em frente.

— Minha nossa. Esqueci o leite.

— Quer que eu pegue?

— Obrigada.

Vou até a pequena geladeira e a abro. Dentro não tem nada além de duas refeições prontas, queijo e uma garrafinha de leite. Está vencido há um dia. Cheiro rapidamente e levo até a mesa mesmo assim.

— Prontinho. — Coloco um pouco em cada chá.

— Na minha época não tinha vigárias mulheres.

— Não?

— A Igreja não era lugar para mulheres.

— Bom, os tempos eram outros.

— Os párocos eram sempre homens.

Ouço muito isso, principalmente de paroquianos idosos. Tento não levar para o lado pessoal. Nós nem sempre acompanhamos o ritmo do progresso. A vida em algum momento começa a nos deixar para trás. Nós tentamos com nossos andadores ou até cadeira de rodas elétricas, mas, no fim das contas, não alcançamos nunca. Se eu chegar aos setenta ou oitenta, acho que vou olhar para o mundo com essa mesma surpresa, querendo saber o que aconteceu com todas as coisas que eu achava que eram verdade.

— Bem, as coisas mudam — digo, tomando um gole e segurando uma careta.

— Você é casada?

— Viúva.

— Sinto muito. Filhos?

— Uma filha.

Ela sorri.

— Eu tenho uma filha. Joy.

— Que nome lindo.

— Nós escolhemos Joy porque ela era um bebê tão feliz. — Ela pega a xícara com a mão trêmula. — Ela foi embora.

— Ah?

— Mas vai voltar. A qualquer dia.

— Que bom.

— Ela *é* uma boa menina. Não é como aquela outra. — O rosto dela se fecha. — Aquela lá é má influência. Má.

Ela balança a cabeça, os olhos se turvam, e eu a vejo se afastando, resvalando entre as frestas invisíveis do tempo.

Engulo em seco.

— Posso usar o seu banheiro?

— Ah. Pode. Fica…

— Eu encontro. Obrigada.

Saio da cozinha e subo a escada estreita, passando por mais citações bíblicas na parede. O banheiro fica à esquerda. Eu me fecho lá dentro, dou descarga e molho o rosto com água fria. Esta casa está mexendo comigo. É hora de ir embora. Quando saio do banheiro, paro ao ver uma porta à direita com uma plaquinha pendurada dizendo: "Quarto da Joy".

Não faça isso. Desça a escada, peça licença e vá embora.

Abro a porta devagar.

O quarto, assim como o resto da casa, ficou parado no tempo. Um tempo em que Joy ainda morava lá. Parece estar intocado desde que ela desapareceu.

A cama está feita, e com uma colcha florida desbotada. Em frente há uma penteadeira com uma escova e um pente, mas nenhuma bijuteria ou maquiagem.

No canto do quarto tem um armário simples, e, embaixo da janela, uma estante baixa guarda vários livros cheios de orelhas. Enid Blyton, Judy Blume, Agatha Christie e alguns títulos mais pomposos como *Jesus na sua vida*, *Cristianismo para meninas* e, em cima de todos, de lado, uma Bíblia grande com capa de couro.

Vou até lá e pego a Bíblia. É leve. Leve demais para conter a palavra do Senhor. Eu me sento na beira da cama e a abro. Como a minha Bíblia, tem um buraco dentro. Mas aquele foi feito por ela. As páginas do meio foram cortadas com uma tesoura ou faca para criar um espacinho grande o suficiente para esconder algumas coisas preciosas.

Pego cada uma delas: um broche feito com uma concha bonita. Um pacote de chiclete Juicy Fruit. Dois cigarros e uma fita cassete. Claro. Trocar fitas cassete gravadas com uma seleção de músicas. Além de roupas e bijuterias. É o que melhores amigas faziam, na época.

No encarte da fita, letras espremidas. Sempre ficavam assim porque o espaço era muito pequeno para todos os nomes das músicas e das bandas. The Wonder Stuff, Madonna, INXS, Then Jericho, Transvision Vamp. Abro um sorriso carinhoso. Bons tempos.

Coloco a fita de lado e retiro o último item. Uma fotografia de duas garotas de braços dados, sorrindo para a câmera. Uma delas tem uma beleza cativante, com olhos azuis grandes e o cabelo louro preso numa trança longa. Uma Sissy Spacek adolescente. A outra é morena, com um corte de cabelo estranho, tipo cuia. É muito magra, os olhos parecem buracos escuros no rosto e o sorriso é contido, parece mais uma careta. As duas usam colares de prata com pingentes de letras. M de Merry. J de Joy.

"Quinze anos. Melhores amigas. Desapareceram sem deixar vestígios."

Uma cadeira é arrastada no chão no andar de baixo. Tomo um susto. Coloco os objetos dentro da Bíblia e a guardo de volta na estante, onde a encontrei.

A fotografia continua na cama. Olho para ela.

Merry e Joy. Joy e Merry.

Enfio a fotografia no bolso.

— Sabe, com dezesseis anos a gente pode sair de casa. Ninguém pode impedir.

Elas estavam sentadas na cama de Joy. Merry quase nunca era convidada para entrar. Mas a mãe de Joy tinha saído para fazer compras.

— Falta quase um ano para a gente fazer dezesseis.

— Eu sei.

— Para onde a gente iria?

— Londres.

— Todo mundo vai para Londres.

— Então, para onde?

— Para a Austrália.

— A água desce pelo ralo girando para o lado errado lá.

— Sério?

— É. Eu li em algum lugar.

Joy aumentou o volume do aparelhinho de som. Elas estavam ouvindo uma fita cassete que Merry tinha gravado. Madonna cantava "Like a Prayer".

— Adoro essa música — disse Joy.

— Eu também.

— Aah. — Joy se virou de repente. — Tenho uma coisa para você.

— O quê?

Ela enfiou a mão na estante e pegou a Bíblia preta volumosa. Tinha aberto um compartimento secreto dentro. Merry sabia que era lá que Joy escondia as coisas que não queria que a mãe visse. Ela abriu a Bíblia, tirou um saquinho de papel e o ofereceu para Merry.

Merry pegou e virou o conteúdo do saquinho na colcha. Duas correntes prateadas caíram. Uma com a letra M pendurada. Uma com a letra J.

— Colares da amizade — disse Joy.

Merry pegou um, deixando a letra refletir a luz.

— São lindos.

— Vamos colocar.

Ela sorriu para a amiga.

— Tive uma ideia…

A porta da frente bateu no andar de baixo. Elas se olharam.

— Merda.

— Joy Madeleine Harris. Você está ouvindo música pagã aí em cima?

Joy pulou da cama e tirou a fita do aparelho de som. Enfiou dentro da Bíblia. Passos subiram a escada. Não havia para onde ir. A porta do quarto foi aberta.

A mãe de Joy parou na porta, uma mulher pequena com uma aura de cabelo dourado e olhos azuis intensos. Ela era menor do que a mãe de Merry e com menos ímpetos de violência, mas era bem assustadora quando estava com raiva. Olhou de cara feia para Merry.

— Eu deveria imaginar.

— M-mãe — disse Joy em tom de súplica.

— Eu já falei. Ela não é bem-vinda aqui.

— Ela é minha amiga, mãe.

— Quero que ela vá embora.

— Mas…

— Tudo bem — disse Merry. — Eu vou.

Ela pegou o colar, o rosto quente, e saiu correndo do quarto.

Antes de descer, olhou para trás. A mãe de Joy tinha pegado o aparelho de som. Então, foi até a janela e o jogou lá embaixo. Houve um baque seco. Joy escondeu o rosto nas mãos.

Merry fechou as mãos com força.

Fugir. Agora. Se ao menos elas pudessem.

"Fui fazer uma coisinha e depois vou fazer compras. Se ficar com fome, tem dinheiro no pote."

Flo lê a mensagem da mãe (que ela enviou três vezes, provavelmente porque as duas primeiras não estavam indo) e olha para o relógio. Já passa das onze.

A noção de tempo da mãe pode ser bem catastrófica nas melhores condições, que dirá naquela manhã, em que ela estava muito desnorteada. Aconteceu alguma coisa de noite, e, embora realmente acredite na história da luz na capela, Flo tem a sensação de que houve mais coisa. A mãe deve achar que está sendo protetora, mas Flo sempre tem vontade de dizer: *Você não me protege quando esconde coisas de mim, só me preocupa.*

É esse o problema das mães. Podem dizer que querem tratar os filhos como adultos, mas Flo sabe que, quando sua mãe olha para ela, ainda vê uma garotinha de seis anos.

Depois que ela saiu de casa correndo, ainda ajeitando o colarinho, Flo procurou alguma coisa para comer de café da manhã nos armários da cozinha e só encontrou meio pacote de biscoito e um saco de batatinha sabor queijo e cebola, que ela devorou enquanto terminava o livro do King (definitivamente um dos melhores dele). Mas seu estômago está roncando de novo. Além disso, ficou com aquela sensação irritante de que está desperdiçando o dia. Nada de televisão, nada de internet. Ela precisa se levantar e *fazer* alguma coisa.

Poderia dar uma olhada no porão, avaliar se vai servir como quarto escuro, mas não está muito animada com a ideia de se meter em um buraco cheio de teias de aranha. Apesar de não gostar de admitir, ainda está um pouco apavorada com o que viu no cemitério ontem.

Claro que, na luz do dia, após uma noite de sono, sua memória está ficando menos distinta, e a mente está se esforçando para racionalizar tudo. Talvez tenha sido mesmo um truque de luz. Talvez tenha sido alguém pregando uma peça. Tudo aconteceu rápido demais. Ela podia estar confusa, enganada pelos próprios olhos. E, se *tivesse* alguma coisa lá, a câmera teria capturado.

Flo nunca acreditou em fantasmas. Por causa do trabalho da mãe, ela conviveu com cemitérios e com a morte mais do que a maioria dos adolescentes. Para ela, isso não tem nada de remotamente assustador ou sinistro. Os mortos estão mortos. Nossos corpos são pilhas de carne e osso.

Por outro lado, ela até aceitava a ideia de que deixamos marcas no mundo, quase como uma imagem fotográfica. Um momento capturado no tempo por uma combinação de produtos químicos e condições.

Seu estômago ronca de novo. Bom, chega de ficar pensando em fantasmas. Flo vai até o pote de vidro na janela da cozinha, onde tem uns trocados, e pega um total de sete pratas. Há um mercadinho no centro que fica a uns quinze minutos de caminhada.

Ela enfia o dinheiro no bolso e sai de casa, trancando a porta. Mas hesita. A câmera. Pode ser que ela encontre coisas legais para fotografar no caminho. Volta a entrar, pega a câmera e a pendura no pescoço.

A rua asfaltada que leva até o centro é estreita. Às vezes, é engolida completamente pela grama alta e pela urtiga que espeta. Quase não há carro passando, só se escuta o maquinário de fazenda e, de vez em quando, um mugido lamentoso de alguma vaca. É estranho estar em um lugar tão silencioso.

Ela interrompe a caminhada algumas vezes para tirar fotos. Um celeiro abandonado, uma árvore ferida por um raio. Em pouco tempo, ela começa a ver sinais de habitação. Um salão comunitário à direita cercado de campos esportivos, um parquinho infantil centenário, onde uma mãe empurra o filho num balanço.

Mais para a frente, há uma escolinha à esquerda, e as casas começam a ficar mais próximas umas das outras, com algumas ruas menores seguindo em ambas as direções. Ela passa por um pub pintado de branco, cheio de cestas de flores penduradas. "The Barley Mow", diz a placa.

O mercadinho fica ao lado. Loja de Conveniência do Carter. Ela abre a porta, fazendo um sino antiquado tilintar. Uma mulher de meia-idade com um elmo denso de cabelo grisalho está sentada atrás do balcão e fica olhando para Flo, que sorri e diz:

— Bom dia.

A mulher continua encarando, como se Flo tivesse duas cabeças. Finalmente, emite um resmungo:

— Dia.

Flo tenta ignorar a sensação de ser observada enquanto anda pelo mercadinho. As pessoas desconfiam de adolescentes, principalmente os que têm uma aparência um pouco diferente. Ela percebe isso o tempo todo. Os olhares preocupados das pessoas mais velhas, como se todo adolescente tivesse um desejo secreto de roubar a bolsa delas. Muitas vezes, ela tem vontade de gritar: *Nós só somos jovens. Não somos todos ladrões, sabe.*

Ela compra pão, manteiga, uma barra de chocolate e uma Coca Diet. Deve bastar para aguentar até a mãe voltar do supermercado. A mulher a atende depressa, como se quisesse que Flo fosse embora logo. *Pode deixar que eu também quero*, pensa a garota.

Ela come a barra de chocolate enquanto volta andando e toma um gole de Coca. Está quase no salão comunitário quando lhe ocorre que talvez ali no centro haja um sinal decente. Pega o celular. Três barras. Milagre. É o suficiente para enviar uma mensagem para Kayleigh e Leon. Ela olha ao redor. A mãe com a criança foi embora. O parquinho está vazio. Ela vai até lá, se senta em um banco bambo e abre o Snapchat.

Mal começou a digitar quando ouve o portão do parquinho ranger. Flo vê dois adolescentes entrando. Uma garota loura com cara de patricinha, vestida com uma calça skinny e um top justo, e um garoto fortinho de cabelo escuro, camiseta e short. Não são do tipo dela. E, na mesma hora, algo no gingado deles liga o sinal de alerta. Mas é tarde demais para se levantar e sair andando. Seria ridículo. Esse é o tipo de coisa que os pais não entendem. O campo minado diário que é ser adolescente. Tentar constantemente evitar situações que podem explodir na sua cara.

Flo mantém a cabeça baixa quando os dois se sentam nos balanços ali perto, mas não consegue mais se concentrar no que está fazendo. Sente que está sendo observada por eles. E, de fato, a garota chama:

— Ei! Vampirina!

Flo a ignora. Então ouve o gemido dos balanços quando eles se levantam e se aproximam. O garoto fortinho se senta ao lado dela, invadindo deliberadamente seu espaço. Ele tem cheiro de desodorante barato e cecê mal disfarçado.

—Você é surda?

Maravilha. Eles vão mesmo fazer isso.

Ela olha para ele e diz educadamente:

— Meu nome não é Vampirina.

— Deveria ser. Gótica.

— Eu não sou gótica.

A loura olha de cima a baixo para ela.

— O que você é, então?

— Alguém que cuida da própria vida.

Não se levante. Não dê abertura e logo eles ficarão entediados.

—Você é nova aqui.

—Você é muito perceptiva.

A loura olha para ela com curiosidade. E estala os dedos de unhas pintadas.

— *Espera aí*. Sua mãe é a nova vigária?

Flo sente as bochechas ficarem vermelhas.

A loura sorri.

— É, não é?

— E daí?

— Deve ser um saco.

— Até que não.

— Então você é fanática religiosa?

— Sou. Exatamente isso. Uma gótica fanática religiosa.

O fortinho indica a câmera dela.

— Que negócio de museu é esse no seu pescoço?

Ela fica tensa.

— Uma câmera.

— Qual é o problema do seu celular?

— Nenhum.

— Deixa a gente olhar.

Ele estica a mão para pegar. Flo segura a alça e dá um pulo. Na mesma hora, se arrepende. Ela mostrou fraqueza. Um ponto vulnerável. Dá para ver o brilho nos olhos do fortinho.

— Qual é o seu problema?

— Nenhum. Por que você e a Taylor Swift não largam do meu pé?

Ele se levanta.

— Então me deixa olhar sua câmera.

— Não.

Acontece muito rápido. O garoto dá um pulo para a frente, e, instintivamente, Flo estica a mão. Bate no nariz dele, que grita e leva as mãos ao rosto. O sangue jorra e suja sua camisa branca.

— Aahhh... puta que pariu.

— Tom! — A loura solta um arquejo. — Você quebrou o nariz dele, sua vaca maluca.

Flo olha para os dois, paralisada, a mão ainda meio esticada.

— Me desculpa — murmura ela. — Eu...

A porta do salão comunitário se abre. Uma mulher atarracada de cabelo escuro bota a cabeça para fora.

— O que está acontecendo aí? Ah, minha nossa, Tom... você está sangrando.

Quando Flo está prestes a começar se explicar, a loura vai para a frente dela:

— É só um sangramento no nariz, sra. C. Tem lenço de papel aí?

— Ah, claro, Rosie. Sim, sim. Entrem.

Tom vai cambaleando até o salão comunitário, ainda segurando o nariz ensanguentado e olhando de cara feia para Flo.

A loura se vira para Flo e sussurra:

— Some daqui.

— Mas...

— Já falei. — Ela abre um sorriso venenoso. — *Corre, Vampirina.*

Flo não quer ouvir isso de novo. Ela corre. O mais rápido que consegue, uma das mãos segurando a câmera preciosa. Só para quando está quase na capela. Então se curva e tenta recuperar o fôlego. Onde ela estava com a cabeça? E se ele a denunciar por agressão? Sua mãe vai surtar. Mas nesse momento ela se lembra da expressão nos olhos da loura.

Corre, Vampirina.

Flo conhece aquele olhar. É a expressão de um gato quando está atormentando um rato. Brincando com a presa.

Isso não acabou. É só o começo.

O supermercado está cheio, provavelmente por ser o único num raio de cinquenta quilômetros. Faço tudo o mais rapidamente possível, mas uma das desvantagens do colarinho clerical é que não nos deixa ser grosseiros com as pessoas e nem passar empurrando quando alguém bloqueia a passagem com o carrinho, nos atropela com a cadeira de rodas ou fura fila (se bem que minha experiência ali confirma minha crença de que os caixas em que o cliente passa suas próprias compras *são* obra do diabo).

O trajeto até em casa leva quarenta minutos por mais estradas sinuosas de interior. Os romanos esqueceram as réguas quando chegaram em Sussex. Sinto a fotografia no bolso. Eu não deveria ter pegado. Mas alguma coisa nela me levou a isso. Faço a curva e ouço as compras caírem e uma garrafa se quebrar. Piso de repente no freio.

— Merda!

Tem um MG velho parado no acostamento, a traseira ainda na via estreita. Um homem de cabelo escuro, calça jeans e camiseta está agachado ao lado, tentando sem nenhum sucesso levantar o carro com um macaco. Por pouco não teve uma colisão feia.

Penso em abrir a janela e pedir que ele tire o carro dali. Pode acabar provocando um acidente ou morrendo. Por outro lado, ele parece estar com uma dificuldade real e... *seja cristã*.

Suspiro, paro o carro atrás dele e saio.

— Precisa de ajuda?

O homem se levanta. Parece estar com calor, irritado, e é ligeiramente familiar. Quarenta e tantos anos, rosto maltratado pelo sol, o cabelo preto salpicado de fios brancos. De repente, eu me lembro. Ele estava na missa ontem.

O homem abre um sorriso envergonhado.

—Você pode rezar para eu aprender a trocar pneu melhor?

— Não, mas posso ajudar a posicionar o macaco direito.

Uma expressão de surpresa.

— Ah. Tudo bem. Quer dizer, obrigado. Seria ótimo. Sou péssimo com essas coisas de carro.

Vou até o macaco e movo a alavanca.

— Chave de roda?

— Ah, sim.

Ele pega uma chave de roda enferrujada no chão e deixa cair no pé.

— Ai! — grita, segurando os dedos.

Eu seguro um sorriso.

—Você *é mesmo* péssimo nisso, né?

— Obrigado pela solidariedade. Muito cristão da sua parte.

—Vou fazer uma oração pelo seu dedão mais tarde.Você está bem?

— Meus dias de balé acabaram, mas, fora isso — ele bota o pé no chão com cuidado —, estou.

Pego a chave de roda, encaixo na porca e solto rapidamente, uma de cada vez. Em seguida, tiro o pneu, coloco na grama e limpo as mãos na calça.

— Estepe?

— O quê?

— Seu pneu estepe.

—Ah. — Ele vai até a mala. Seu rosto se transforma. — Droga.

— O quê?

— Eu esqueci. Não tenho estepe.

Olho para ele.

— *Você não tem estepe.*

— Bom, eu tinha. — Ele olha para o pneu que acabei de tirar do carro. — Era esse aí.

Meu Deus.

—Você por acaso não tem seguro para caso de emergências?

Ele fica ainda mais envergonhado.

— Certo. Bom, você pode ligar para uma oficina e esperar aqui...

— Preciso muito voltar para casa.

— Onde você mora?

— Nos arredores de Chapel Croft.

— Nesse caso, posso te dar uma carona.

— Obrigado. É muita gentileza.

Ele tranca o MG e me segue até o carro.

— Acho que não sei seu nome — digo.

— Ah. Mike. Mike Sudduth.

Ele estica a mão e nos cumprimentamos.

— Jack Brooks.

— Eu sei. A nova vigária.

— As notícias se espalham rápido.

— Não tem muito assunto por aqui.

—Vou me lembrar disso. — Olho para o carro dele, abandonado no acostamento. — Seu carro vai ficar bem?

— Acho que ele não vai a lugar nenhum.

— É verdade, mas e se alguém bater nele?

— Seria um favor.

Olho para o MG com os inúmeros amassados e arranhões.

—Também é verdade.

Entro no carro. Mike abre a porta do passageiro. Ele franze a testa e olha para a cruz de cabeça para baixo riscada na lataria.

— Sabia que vandalizaram seu carro?

— Sabia.

Ele entra e bota o cinto de segurança.

— Isso não incomoda você?

Incomoda, mas não vou admitir.

— É coisa de criança. Que acha que está sendo esperta.

— Fazendo desenhos satânicos?

— Devo ter feito pior quando era adolescente.

—Tipo o quê?

Eu ligo o motor.

—Você não vai querer saber.

★　★　★

São só uns quinze minutos até Chapel Croft. Coloco uma música do The Killers.

— O que você está achando das coisas aqui? — pergunta Mike enquanto Brandon lamenta que não há motivo para aquele crime e que Jenny era amiga dele.

— Bom, faz poucos dias e...

— Está esperando para fazer seu julgamento?

— É isso.

— Quando você começa oficialmente?

— Daqui a duas semanas. A diocese costuma nos dar tempo para nos acomodarmos e conhecermos a paróquia.

— Bom, se quiser conhecer a sua paróquia, The Barley Mow é um bom lugar para começar. Você vai encontrar a maioria das pessoas lá no domingo à tarde. Servem um assado bem razoável e uma excelente seleção de vinhos e cervejas. — Ele olha para mim rapidamente. — Foi o que me disseram.

—Você não bebe?

— Não mais.

—Você mora aqui há muito tempo?

— Estou em Chapel Croft há dois anos. Eu morava em Burford. Me mudei para cá depois que eu e minha esposa nos separamos.

—Ah.

— Não, tudo bem. Foi bom. E ainda vejo meu filho com frequência. Você tem filhos?

— Uma filha. Flo. Ela tem quinze anos.

— Ah, a adolescência. O que ela acha do seu trabalho?

— Como a maioria dos adolescentes, ela acha a mãe patética e constrangedora a maior parte do tempo.

Ele ri.

— É, o Harry tem doze, então ainda está chegando nessa fase.

— Bom, acho que você tem sorte. Pelo que eu sei, os meninos são mais fáceis. Eles só se fecham no quarto. As meninas forçam os limites sempre que podem.

Abro um sorriso, mas ele não retribui. Na verdade, o rosto dele se enrijece, uma expressão que não consigo interpretar. Não sei se devo falar de novo, mas chegamos a uma casa bonita de tijolos vermelhos.

— Ah, aqui estamos — diz ele.

— Que bom.

GAROTAS EM CHAMAS

— Ah, e... — Ele enfia a mão no bolso e tira um cartão amassado. — Aqui tem meu número. Se tiver qualquer coisa que você queira saber sobre a cidade, posso dar uma luz.

Olho para o cartão. *Michael Sudduth. Weldon Herald.*

—Você é repórter.

— Bom, se você acha que dá para chamar assim. Em geral, cubro feiras e brechós, mas às vezes temos algum evento animado, quando alguém rouba um cortador de grama.

Percebo que fiquei tensa. Repórter.

— Certo. Bem, obrigada pelo cartão.

— E obrigado pela ajuda com o pneu.

Ele sai do carro e se vira.

— Olha, se você quiser dar uma entrevista sobre sua chegada, um ponto de vista feminino sobre ser a nova vigária, eu adoraria...

— Não.

—Ah.

Olho para ele de cara feia.

— Foi por isso que você foi à missa ontem? Para me sondar?

— Na verdade, vou à capela todos os domingos.

— É mesmo?

— É. Pela minha filha.

—Achei que você tivesse um filho.

— E tenho. Minha filha morreu. Dois anos atrás. Ela está enterrada no cemitério da capela.

Meu rosto fica quente.

— Me desculpe. Eu não sabia...

Ele olha para mim com uma expressão sombria.

— Obrigado pela carona. Mas talvez seja melhor trabalhar nessa coisa de deixar os julgamentos para depois.

Ele bate a porta do carro e vai até a casa sem olhar para trás.

Que ótimo. Parabéns pela habilidade no trato com pessoas, Jack.

Fico sentada no carro por um momento, me perguntando se devo ir atrás dele para pedir desculpas. Mas decido que é melhor deixar as coisas como estão por enquanto. Talvez só piorasse tudo.

Abro o porta-luvas e enfio o cartão de Mike lá dentro. Quando faço isso, um pedaço de papel cai. Eu o pego... e solto um palavrão.

Eu tinha me esquecido que aquilo estava ali. Ou melhor, tinha me esforçado muito para esquecer que estava.

Como clériga, falo muito sobre honestidade, mas sou hipócrita. A honestidade é uma virtude supervalorizada. A única verdadeira diferença entre uma verdade e uma mentira é a frequência com que se repete.

Não aceitei a transferência só por causa do ultimato de Durkin. Não foi nem por causa de Ruby e da minha necessidade de remediar. Foi por causa disso.

Serviço prisional de Nottingham. Aviso de libertação antecipada.

Enfio a carta no porta-luvas de novo e o fecho.

Ele saiu.

E só posso rezar para que aqui seja o último lugar onde ele vai me procurar.

"Eu te amo tanto assim." É o que a mãe sussurrava. "Mesmo com você tendo sido tão mau."

E ela o colocava no buraco. Sem comida. Sem água. Olhando desesperadamente para o pequeno círculo de céu, com pássaros sobrevoando.

Os gritos dos corvos o levam de volta. *Bando*, pensa ele. Um bando de corvos. Ele olha para o prédio antigo. Era um manicômio na época vitoriana. Uma estrutura grande e ornamentada nos arredores de Nottingham, cercado de gramados verdejantes. Nos anos 1920, foi convertido em hospital. Mas, em algum momento, as portas se fecharam pela última vez, as janelas grandes em arco foram cobertas por tábuas, e o prédio e o terreno, abandonados para apodrecerem.

Ele sabe disso porque tem sido a casa dele há um tempo, desde que fugiu. Ele invadiu a construção com outros sem-teto. Drogados, alcoólatras, pessoas com problemas de saúde mental. Meio irônico, até. Ele mendigava durante o dia e conseguia o suficiente para um pouco de comida e água. Os outros eram gentis com ele na maior parte do tempo, com pena do mais novo.

Depois, outro grupo foi para lá. Cinco homens e mulheres jovens de cabelo comprido e piercings. Usavam calças largas e blusas multicoloridas e se sentavam à noite fumando cigarros de cheiro estranho e falando sobre "política" e o "regime fatalista".

Regime *fascista*, ele percebeu anos depois.

— Eles não são como nós — um dos bêbados mais velhos, Gaff, disse para ele.

— Como assim?

— Eles têm casa. Têm pais. Só não querem morar lá.

— Por quê?

— Eles se acham rebeldes, né? — disse Gaff com desprezo, cuspindo catarro manchado de sangue no chão.

Ele ficou chocado. Por alguém escolher aquela vida, escolher viver em meio aos destroços e ao cocô de passarinho, sem aquecimento e sem luz, podendo, a qualquer momento, ir para casa. Para pais que gostavam deles. Depois, sentiu raiva. Como se os recém-chegados estivessem debochando dele.

Ele detestava um dos caras do grupo, um homem magrelo e com dreadlocks chamado Ziggy. Ziggy se aproximou e tentou falar com ele algumas vezes. Sentou-se perto demais. Ofereceu um dos cigarros esquisitos. Uma ou duas vezes, ele experimentou. Mas não gostou da sensação. Ficou meio aéreo e com ainda mais fome. Depois, ele superou isso. Ficar "aéreo" se tornou um meio de vida.

— Por que você está falando comigo? — perguntou ele a Ziggy.

— Só estou sendo legal.

— Por quê?

— Meus pais são ricos, sabe. Eles mandam dinheiro.

— E daí?

—Você precisa de dinheiro.

— É.

— Se você for legal comigo, pode ser que eu te dê dinheiro.

Ziggy piscou para ele e abriu um sorriso de dentes amarelos.

Algumas noites depois, ele acordou com um barulho estranho. Uma espécie de gemido, sussurrante. Ele se sentou. Ziggy estava parado ao seu lado, a mão dentro da calça, mexendo para cima e para baixo com vigor.

— O que você está fazendo?

Ziggy sorriu.

— Me chupa. Te dou dez pratas.

— Como é que é?

Ziggy chegou mais perto, baixou a calça e exibiu o pênis ereto cercado de pelos ruivos encaracolados.

—Vamos lá, cara. Só uma chupadinha.

— Não.

A expressão de Ziggy mudou.

— Anda, seu merdinha.

O sangue rugiu nos seus ouvidos. Sua visão foi tomada de vermelho e o cegou. Ele se levantou e empurrou Ziggy para longe. Chapado, Ziggy tropeçou e caiu para trás.

— Porra, cara!

Ele olhou ao redor. Havia destroços e tijolos quebrados para todo o lado no manicômio em ruínas. Ele pegou um pedaço de tijolo, levantou e golpeou a cabeça de Ziggy. Várias vezes, até Ziggy parar de se mexer.

Ele deu um passo para trás. A fúria tinha diminuído, mas ele ainda estava vendo tudo vermelho. No chão todo, no tijolo e nos dreadlocks sujos de sangue de Ziggy.

Ele ouviu a voz dela.

O que você fez?

— Ele queria que eu chupasse o pau dele — respondeu, sem emoção. — Desculpa.

Você não pode ficar aqui. Tem que ir embora. Hoje.

— E ele?

Ele olhou para Ziggy. A cabeça do cara estava melada e meio torta, mas ele ainda respirava fraco.

Você não pode deixá-lo assim.

Ele balançou a cabeça.

— Não posso procurar a polícia...

Não. Eu falei que você não pode deixá-lo assim. *Ele poderia te identificar.*

Ziggy gemeu; um olho azul olhou por entre o sangue, impotente.

Ele entendeu. *Ela* sempre sabia o que fazer.

Ele foi até Ziggy e ergueu o tijolo.

Os corvos grasnam. Ele fecha os olhos. Não é mais aquele garoto. Também não é o jovem viciado que passou a maior parte dos vinte anos entrando e saindo da prisão por vários crimes menores: drogas, agressão, furto. Ele tinha mudado. Todos disseram isso para ele. Os terapeutas. O comitê de condicional. Mas não basta. Ele precisa ouvir *dela*.

Ela escreveu para ele depois que foi embora na primeira vez. Foi assim que ele soube onde procurá-la. Mas Nottingham é uma cidade grande. E, quando ele finalmente a encontrou de novo, a raiva transbordou, ele fez uma coisa ruim e estragou tudo.

Ela só foi visitá-lo na prisão uma vez. Suas cartas eram devolvidas ainda fechadas. Ele não a culpa. Ela teve seus motivos. E ele a perdoou.

Agora, ela só precisa fazer o mesmo. E eles vão poder ficar juntos de novo. Como antes.

Ele vai mostrar para ela.

Eu te amo tanto assim.

Flo desce a escada quando estou guardando o resto das compras. Na mesma hora, reparo que está tensa.

— Oi. Como estão as coisas?

— Tudo bem.

— O que você andou fazendo?

— Fui até o mercadinho.

— Alguma coisa interessante para contar?

— Não. — Ela puxa uma cadeira e se senta sem me encarar. — Como foram as coisas que você teve que fazer?

— Tudo bem.

— Alguma coisa interessante para contar?

Paro com um saco de ervilhas na mão, pensando na mãe de Joy, na fotografia no meu bolso e no meu encontro com Mike Sudduth. Balanço a cabeça.

— Não. — Enfio as ervilhas no freezer. — Depois do almoço, achei que a gente podia dar uma olhada no porão para fazer seu quarto escuro. Mas precisa ser esvaziado. Parece que tem um monte de tralhas lá.

— Ah. Beleza.

Não foi a reação entusiasmada que eu esperava.

—Você não queria um quarto escuro novo?

— Eu quero. Mas estava planejando sair para tirar mais fotos depois do almoço. O Wrigley diz que tem…

Eu me viro para ela.

— Opa, volta um pouco. Quem é Wrigley?

Ela olha para baixo e mexe no zíper do moletom.

— Uma pessoa que conheci ontem.

— Você não me falou que conheceu uma pessoa ontem.

— Eu esqueci.

— Certo. Bom, vou precisar de um pouquinho mais de informação do que isso.

— É só um garoto, está bem?

Não, não está bem. Mas eu não podia dizer isso. E não é que eu não quisesse que Flo tivesse amigos meninos. Amigos. Prefiro que fique só nisso o máximo de tempo possível.

— Esse Wrigley... que nome estranho.

— É sobrenome. O nome é Lucas.

— Certo. E como você o conheceu?

— No cemitério. Ele desenha. E manda bem.

— Ele desenha túmulos. Que legal.

— Eu tiro fotos de túmulos.

— Obviamente, um par perfeito, então.

— Mã–ãe. — Ela revira os olhos tão intensamente que fico surpresa de não pularem do rosto. — Não é assim. Está bem?

— Está bem — digo, sem acreditar nela nem por um segundo. — E o que o Wrigley disse?

Ela hesita.

— Que lugar? — pergunto.

— É... — Outra hesitação. — Um bosque lindo.

— Sei.

Ela me olha de cara feia.

— Não fala assim.

— O quê?

— Você sabe.

— Olha, não sei se quero você andando pelo bosque com um garoto que acabou de conhecer.

— Você prefere que eu vá sozinha?

— Não.

— Mas também não quer que eu vá com um amigo que conhece a região. Entendi.

Ah, ela é boa, essa minha filha. Não quero que vá nem de um jeito nem de outro. Mas ela tem quinze anos. Precisa de liberdade. Também precisa de amigos aqui. E proibi-la só vai aumentar a vontade dela.

Dou um suspiro profundo.

— Tudo bem. Pode ir…

— Obrigada, mãe.

— *Mas*… toma cuidado. Leva seu celular. Para o caso de você cair numa vala ou algo assim.

— Ou ser atacada por uma vaca louca?

— Isso também. — Olho para ela com desconfiança. — E quero conhecer esse Wrigley.

— Ah, meu Deus. Mãe.

— O acordo é esse.

— Eu *acabei* de conhecê-lo.

— Não precisa ser agora, mas quero saber com quem minha filha está saindo.

— Não estou… ah, pelo amor de Deus, tudo bem.

— Que bom.

— Ótimo.

— E você não está inventando isso para escapar de ter que me ajudar a arrumar o porão, né?

— Eu mentiria para você?

— Você tem quinze anos. A resposta é sim.

— E você nunca mente?

— Claro que não. Eu sou vigária.

Ela balança a cabeça e vejo um ligeiro sorriso.

— Vigária ou não… você vai para o inferno.

— Você nem faz ideia. Agora, o que quer de almoço?

Fico na janela do quarto de Flo olhando-a seguir pelo cemitério nos fundos do chalé, uma menina de pernas finas e cheia de atitude, a câmera pendurada no pescoço. Meu estômago se contrai bruscamente. Ela está escondendo alguma coisa de mim. Mas não posso repreender minha filha por guardar segredos.

Desço a escada. A fotografia se revira no meu bolso. Pego para dar outra olhada. Merry e Joy. Uma loura, uma morena. As duas magras, de suéteres largos e leggings, com colares de amizade cintilando no pescoço.

Joy é a mais bonita. Parece uma boneca com os olhos azul-claros e o cabelo fino. A garota ao lado dela não tem uma beleza tão óbvia. O sorriso é menos aberto, o olhar, defensivo. Um rosto que já fala de esperança perdida, medo, desconfiança.

O que aconteceu com vocês?

Guardo a foto na minha Bíblia-esconderijo e fico parada na sala, me sentindo perdida. Penso em enrolar um cigarro e mudo de ideia: preciso fazer uma coisa que seja mais produtiva e menos prejudicial aos meus pulmões. Falei para Flo que arrumaria o porão, então melhor começar.

Depois de pegar sacos de lixo e luvas de borracha no armário da cozinha, vou até a porta do porão, que fica embaixo da escada, no canto entre a cozinha e a sala.

Olho para a porta por alguns instantes. Como é aquela fala de *Donnie Darko*? Algo como: de todas as combinações infinitas de palavras na história, "porta do porão" é a mais bonita.

Verdade. Mas duvido que alguém já tenha se aproximado de uma porta de porão sem uma sensação de mau agouro. Uma porta que leva à escuridão, a um aposento escondido na terra. Digo a mim mesma para deixar de ser idiota e abro a porta, o que liberta um cheiro de mofo e uma nuvem de poeira. Depois de tossir um pouco, limpo o nariz na manga. Vejo um barbante pendurado no teto, perto da entrada. Dou um puxão. Uma luz amarela se espalha nos degraus irregulares, como uma mancha de urina. Acho que vou ter que levar a lanterna.

Desço com cuidado, um pouco agachada por causa do teto baixo. Felizmente, no pé da escada, o teto fica mais alto e o porão se revela à minha frente.

— Meu Deus! — exclamo, olhando ao redor.

Quando Rushton falou que havia muito lixo, ele não estava brincando.

Caixas e mais caixas, jornais amarelados e móveis quebrados ocupam quase todos os cantos do porão espaçoso. Aponto a lanterna para os dois lados e vejo mais caixas e montes não identificáveis cobertos de lençóis velhos. Não sei por onde começar. Talvez o melhor fosse chamar uma empresa de limpeza e deixar que eles resolvessem.

Por outro lado (olho para as caixas com rebeldia), quanto uma empresa cobraria para retirar isso tudo? Várias centenas de libras. A Igreja não vai contribuir, eu não tenho grana, e não sei se um evento de arrecadação para fazer uma limpa no porão abarrotado da nova vigária vai fazer sucesso na agenda do conselho da paróquia.

Dou um suspiro e me aproximo da pilha menos intimidante. Primeiro, vou cuidar das caixas, porque acho que a maioria vai estar cheia de coisas para reciclagem. E sempre tem a chance de eu encontrar algum tesouro perdido que poderia acabar valendo um bom dinheiro.

Meia hora depois, fica claro que não vou aparecer em nenhum programa de caçadores de relíquias tão cedo. Na verdade, coloquei numerosos exemplares antigos do jornal *Church Times* em sacos pretos. Joguei fora informativos da igreja e sermões antigos, copos de plástico e pratos de papel que seriam usados em festas e outros eventos, mas que foram engolidos pelo mofo. Uma caixa contém uma pilha de chapéus velhos de Papai Noel, guirlandas de Natal e biscoitos podres.

Vou até outra caixa. Essa parece estar cheia de DVDs. Do reverendo Fletcher, suponho. *Star Wars* (originais), *Blade Runner*, a trilogia *O Poderoso Chefão*, *Os Caça-Fantasmas*. Fletcher tinha bom gosto para filmes. Vejo *Anjos e Demônios* no fundo (bom, acho que todo mundo tem um ponto fraco). A caixa seguinte está cheia de CDs. A maioria é da Motown e de música soul. Alguns compilados pop genéricos. Algumas coisas dos anos 1980. Alison Moyet, Bronski Beat, Erasure. Certo. Bem eclético. Mas, como alguém que gosta de ouvir My Chemical Romance alto no carro, quem sou eu para julgar?

Uma terceira caixa está cheia de livros. Lembro que Clara afirmou ter tirado a maioria das coisas do reverendo Fletcher. Pelo visto não fez um bom trabalho.

Pego alguns exemplares. São volumes de capa dura, grossos. C. J. Sansom, Hilary Mantel, Ken Follett, Bernard Cornwell. Tomos enormes de não ficção sobre história, lendas locais, superstições.

Os interesses de Fletcher ficam claros. E, pela primeira vez, sinto que estou conhecendo meu predecessor um pouco melhor. Talvez não se possa julgar um livro pela capa, mas dá para julgar uma pessoa pelos seus livros. Acho que eu teria gostado de Fletcher. Se ele ainda estivesse vivo, provavelmente teríamos uma conversa agradável tomando um café.

Pego mais alguns livros. E franzo a testa.

A classe de bruxaria. Uma chuva de feitiços. Os caçadores de covens.

Não combinam com os outros. Leio a contracapa de um deles. É uma série adolescente sobre uma escola de bruxas: uma mistura de *Malory Towers* e *Jovens Bruxas.*

A autora se chama Saffron Winter. Já ouvi esse nome em algum lugar. Será que é de algum livro juvenil que foi adaptado para o cinema (embora isso não ajude muito)?

Abro no fim do livro. Tem uma fotografia pequena em preto e branco de uma mulher que parece ter a minha idade, com cabelo cacheado volumoso e um sorriso sábio. Eu me pergunto por que os autores sempre saem tão arrogantes nessas fotos. *Olha, eu escrevi um livro. Não sou um gênio?*

Então, vejo que tem um pedaço de papel saindo das páginas, usado como marcador. Parece uma lista antiga de tarefas.

> Festa de verão — voluntários?
> Cafés da manhã, chaleira nova
> Falar com Rushton sobre planos
> Aaron
> Fazer compras on-line no Sainsbury's e retirar lá

Fico olhando com uma tristeza repentina. É só uma lista cotidiana. Mas essas são as coisas mais comoventes. Lembro-me de uma paroquiana que tinha perdido o marido me contando que não foi o enterro nem o velório e nem mesmo a notícia da morte que acabaram com ela. Foi quando chegou uma entrega da Amazon de uns livros que ele tinha comprado em pré-venda.

"Ele estava tão ansioso para ler aqueles livros, mas agora não vai ler nunca."

Aquelas páginas impecáveis, intocadas. Foi o que a fez desabar no chão, chorando.

Mas todos nós fazemos esses pequenos investimentos no futuro. Entradas para um show, reservas de jantar, uma viagem programada. Sem jamais nos permitir cogitar que talvez não estejamos presentes para usufruir disso; que algum evento ou encontro aleatório pode nos arrancar da existência. Todos nós apostamos no amanhã. Apesar de cada dia ser um salto de fé, um desvio do abismo.

Passo o braço na testa. O ar aqui embaixo está úmido e abafado. Deve haver ventilação em algum lugar, mas provavelmente foi obstruída por poeira e bloqueada pelas caixas onipresentes. Já enchi três sacos de lixo e mal alterei a metrópole de papelão.

Pausa para um descanso. Vou levar os sacos para cima, fazer um café e resolver mais depois. Pego dois sacos. Estou me sentindo suja e empoeirada e...

— *Droga.*

Quando estou saindo, um deles esbarra na ponta de outra pilha alta de caixas. Percebo no segundo em que estão prestes a desabar e não posso fazer nada para impedir. Largo os sacos e tento pegar as caixas, em vão. A pilha toda cai e me joga no monte de lixo no chão. A queda felizmente foi amortecida pelos sacos cheios de revistas, mas meu cotovelo bate com força no piso áspero. Solto um palavrão e massageio com força o osso latejante.

— Que inferno.

Xingo de novo e me levanto, ainda massageando o cotovelo machucado. Olho ao redor. Felizmente, a maioria das caixas caídas não contém nada quebrável nem pesado demais, só mais jornais e revistas velhas. Eu me levanto e começo a colocar tudo de volta nos sacos pretos. Ao fazer isso, reparo numa coisa. Outra caixa. Ao contrário das outras, é mais nova e não está com mofo. Está selada com fita marrom. Devia estar dentro de uma das caixas mais velhas. Escondida? Puxo a caixa para perto de mim, enfio minhas unhas inexistentes na ponta da fita marrom e depois de muito tentar consigo arrancá-la para abrir as abas.

A primeira coisa que vejo é uma pasta, presa com um elástico. Na frente está escrito "Mártires de Sussex". É volumosa, tem papel saindo pelos lados. Tem outra embaixo, mais leve. Na frente está escrito "Merry e Joy". O reverendo Fletcher estava *mesmo* interessado na história da cidade. Ali parece haver muita pesquisa.

Olho dentro da caixa de novo. Tem outra coisa no fundo. Uma coisa pequena, retangular e preta. Enfio a mão e pego.

É um gravador portátil antigo, com uma fita cassete. Fico olhando com uma sensação de enjoo. No rótulo, está escrito com caligrafia clara e precisa:

"Exorcismo de Merry Joanne Lane."

Wrigley já está lá, o corpo magro sentado no balanço de pneu, balançando para a frente e para trás. Ele levanta a mão quando Flo se aproxima, o braço tremendo de um lado para outro. Ela abre caminho pela grama emaranhada.

— Oi.

—Você veio.

— Por que não viria?

— Achei que você pudesse ter desistido de encontrar com o esquisito da cidade.

— Não se dê tanto crédito assim. Você não conheceu a minha mãe.

Ele desce do balanço.

— Ela não pode ser tão estranha. É vigária, né?

— Exatamente.

Os dois caminham juntos. Há uma trilha de mato pisado que leva a um pequeno bosque.

— E a sua mãe? — pergunta Flo.

Ele dá de ombros.

— O que tem?

— Só estou perguntando.

— Ela é legal, mas às vezes sabe ser meio intensa.

— Ah, é?

— As coisas foram muito difíceis na minha última escola. Foi por isso que nos mudamos. Minha mãe é meio superprotetora.

— Acho que esse é o trabalho dela.

— É constrangedor.

— Todas as mães são.

— É mesmo.

Eles chegam a uma cerca com vegetação alta. Apesar dos tremeliques esquisitos, Wrigley pula com tranquilidade. Flo tem um pouco de dificuldade — além de não estar acostumada com isso, tem uma câmera pesada pendurada no pescoço. Wrigley oferece a mão trêmula, e, com relutância, ela aceita, mas logo que aterrissa do outro lado puxa a mão de volta.

— E aí, você escuta alguma besteira por sua mãe ser vigária?

Flo pensa nas pichações da antiga casa. Nas janelas quebradas da igreja. Nas mensagens nas redes sociais.

Puta. Vaca. Assassina de criancinhas.

— Até que não. A maioria das pessoas não está nem aí.

— Bom, toma cuidado aqui.

— Por quê?

— Cidade pequena. Em algumas partes do mundo, estão gritando: "Revolução, revolução!" Aqui, estão gritando: "Evolução, evolução! Queremos polegares!"

Flo olha para ele, surpresa.

— Bill Hicks?

Ele se vira e sorri.

— Você conhece.

— Minha mãe é fã. Ela me fez ver muita coisa dos anos 1980 e 1990.

— Que legal. Qual é seu filme favorito?

— Bom, *Os Garotos Perdidos* é um clássico. E o seu?

— *Os Suspeitos.*

— Keyser Söze?

— "O maior truque do diabo foi fingir que não existia."

Eles sorriem um para o outro. E, em seguida, olham para baixo rapidamente.

— Enfim — diz ele. — Só para você saber. Muitos adolescentes daqui são parentes entre si.

— Nossa.

— Mas é verdade.

— Bom, eu sei me cuidar.

Ele dá de ombros de novo e o corpo todo treme.

— Só estou dando um aviso.

Eles seguem por uma trilha irregular entre as árvores, tão estreita que precisam andar em fila única. Flo se pega observando o progresso irregular do Wrigley, pensando que a lembra alguma coisa. De repente, ela se toca: Edward Mãos de Tesoura. Ele tem o mesmo tipo de movimentação mecânica esquisita. Tem algo de estranhamente atraente nisso.

Para. Nada de crushes esquisitos. Você não sabe nada sobre ele.

O que provavelmente significa que segui-lo por um bosque escuro até uma casa abandonada não é a ideia mais inteligente do mundo.

— Fica ali — diz Wrigley. — Tem uma ponte por cima de um riacho.

Eles atravessam a ponte; o caminho sobe e o pequeno bosque termina em outra cerca. Wrigley pula, e Flo vai em seguida com um pouco mais de dignidade agora.

— Opa!

À frente, ela vê a carcaça de uma construção antiga. É alta e indiferente, os tijolos escurecidos, as janelas vazias. Se estivessem procurando uma casa sinistra perfeita para um filme de terror, a pessoa responsável por providenciar a locação teria um ataque quando visse essa casa.

— Legal, né? — comenta Wrigley, se movendo ao lado dela.

— É.

Flo ergue a câmera e começa a fotografar. Tem algo mesmo muito ameaçador na construção, mesmo pela lente. Se a capela tem uma espécie de melancolia gótica, este lugar exala...

O mal.

A palavra escapa como um pedaço de gelo descendo pela garganta. Idiotice. Loucura. Ela nem acredita no mal. Não existe isso. Só gente escrota fazendo coisas escrotas.

— Esse é o único jeito de chegar aqui? — pergunta ela, um pouco desconcertada.

— Tem uma trilha por uma estrada ali. — Ele aponta para além dos campos. — Mas está toda coberta por vegetação. Além do mais, alguém botou um portão... para impedir adolescentes de virem para cá. — Ele sorri.

— Certo.

— Vem. Espera só para ver lá dentro.

— Lá dentro?

Ele já saiu andando em seu passo estranho.

— A casa toda ainda tem móveis e um monte de coisas. Como se as pessoas tivessem se levantado e ido embora.

GAROTAS EM CHAMAS

Ele pula um muro de pedra em ruína e entra num jardim. É só uma casa, ela diz para si mesma. Uma casa vazia e sinistra. Ela corre para alcançá-lo, pula o muro e olha ao redor.

A grama bate nos joelhos, cheia de ervas daninhas e espinheiros. Em um canto, um balanço enferrujado está meio caído. Um triciclo antigo está praticamente encoberto por urtiga. Crianças moraram ali. Uma família. É difícil imaginar. Ela olha para a casa abandonada e tenta imaginá-la com janelas, uma porta pintada de cor forte, talvez com flores roxas subindo pelas paredes.

Levanta a câmera de novo. Não consegue o ângulo certo. Dá uns passos para trás. E mais alguns. Wrigley segura o braço dela de repente e a puxa para o lado com tanta força que ela tropeça e quase cai.

— Meu Deus! O que você está fazendo? — Ela desvencilha o braço e olha para ele de cara feia, o coração disparado.

— O poço!

— O quê?

—Você quase caiu no maldito poço.

Ele aponta para o local onde ela estava. E agora ela vê: um círculo de pedras irregulares, quase totalmente camuflado pela grama e pelas ervas daninhas. Ela chega perto da beira e olha com cautela. É uma longa queda na escuridão. Mais um passo, e ela teria caído lá dentro. Ela olha para Wrigley, se sentindo idiota.

— Me desculpe. É que você me assustou...

— Por quê? O que você achou que eu ia fazer?

— Nada.

—Te atacar? Te matar?

— Claro que não.

— É o que gente esquisita como eu faz, né?

— Não seja idiota. Me *desculpa*. Está bem?

Ele olha para ela por baixo da franja longa, os olhos indecifráveis. E sorri.

— Se eu quisesse mesmo te matar, não teria avisado sobre o poço. — Ele se vira e sai andando. —Vem.

Flo hesita por um momento. Olha para o poço. *Porra*. E vai atrás dele.

Sinto o sangue latejar nos ouvidos, o coração se expandindo e se contraindo, se expandindo e se contraindo. *Exorcismo. Merry Joanne Lane.* O nome na Bíblia. *Merry J. L.* A pasta velha de couro. Aperto o botão de ejetar, mas a fita está presa. Tento, mas não consigo puxar com as unhas. Preciso de uma chave de fenda pequena ou de uma caneta.

Eu me levanto. O latejar nos meus ouvidos fica mais alto. De repente, me dou conta: está vindo do alto. Olho para cima. Tem alguém batendo na porta de casa. Droga.

Com relutância, fecho o gravador e o coloco na caixa, junto com as pastas. Subo correndo a escada e abro a porta.

Aaron está ali, o cabelo oleoso brilhando no sol leve, usando o terno preto de sempre com a camisa cinza.

— Aaron. O que você está fazendo aqui?

— Eu só vim... Você está bem?

De repente, me dou conta de como devo estar: sem fôlego e coberta de poeira. Passo a mão na roupa para tentar recuperar a dignidade.

— Estou. Eu só estava organizando umas caixas no porão.

— Entendi. Bom, tenho um recado do reverendo Rushton.

— Ele não podia ligar?

— Eu estava de passagem.

Aaron parece estar sempre de passagem por todos os lugares. Lembro de Rushton falando: "Aaron e eu somos as únicas pessoas com chave da capela."

— Reparei que vandalizaram seu carro — acrescenta ele. — Que desagradável.

— Sim, eu sei — digo com impaciência. — Qual é a mensagem?

— O reverendo Rushton tinha que se encontrar com um jovem casal amanhã de manhã para falar do casamento, que vai acontecer em breve, mas ele marcou outra coisa no mesmo horário. Como você vai ser a vigária residente quando a cerimônia acontecer, o reverendo achou que você poderia falar com eles.

— Tudo bem. Você tem os detalhes?

— Sim. Escrevi tudo.

Ele pega uma folha de papel dobrada no bolso e entrega para mim.

— Obrigada.

Nós nos olhamos. Desejo que ele vá embora. Ele fica parado pacientemente, como se esperando alguma coisa... o Segundo Advento, talvez.

Eu suspiro.

— Quer entrar para tomar um café?

— Obrigado, mas não consumo cafeína.

— Ah. Bom, não tenho descafeinado. — *Porque café descafeinado não faz sentido.* — Mas talvez tenha chá de hortelã no fundo do armário.

— Seria ótimo, obrigado.

Que beleza. Ele me segue até a cozinha.

— Sente-se — digo.

Ele puxa uma cadeira e se senta na beirada, como se pudesse acionar um botão ejetor caso se sentasse mais para trás.

Coloco a chaleira para ferver e pego duas canecas.

— Ainda não tivemos chance de conversar, não é?

— Não.

— Há quanto tempo você é o responsável pela igreja aqui?

— Oficialmente, há uns três anos.

— Me perdoe pelo que vou dizer, mas você é bem jovem para essa função.

A maioria dos responsáveis pelas igrejas é aposentada e, apesar das roupas antiquadas, Aaron não deve ter mais do que trinta e poucos anos.

— Pode ser, mas eu ajudo na capela desde que era criança.

— Sua família era muito envolvida com a capela?

Ele olha para mim de um jeito estranho.

— Meu pai foi vigário aqui por mais de trinta anos.

— Seu *pai*?

— O reverendo Marsh.

Marsh. Nunca perguntei o sobrenome do Aaron. Mas agora vejo a semelhança com a fotografia no escritório. O mesmo cabelo escuro e feições angulosas.

—Você ficou surpresa — diz Aaron.

— Eu, hã, não. Eu só não tinha me dado conta.

Eu me viro e coloco um saquinho de chá numa caneca e colheradas de café com a mão trêmula na outra.

— Então aqui era a casa da sua família?

— Era. Até meu pai se aposentar.

A ideia de que Aaron passou a infância ali, tem suas lembranças pessoais do lugar, me dá a sensação desconfortável de ser uma intrusa.

— E sua mãe e seu pai ainda moram na cidade?

— Minha mãe morreu quando eu tinha seis anos. Câncer do colo do útero.

— Sinto muito. E seu pai?

— Meu pai está muito doente. Foi por isso que ele se aposentou.

— Entendi. Ele está internado?

— Eu cuido dele em casa. Ele tem doença de Huntington. Não tem nada que um hospital possa fazer por ele.

— Ah, que triste.

Triste mesmo. A doença de Huntington é uma doença horrível e cruel que rouba aos poucos os movimentos das pessoas, seus pensamentos, a capacidade de falar, de comer e até de respirar. É incurável e implacável. E, pior, é hereditária; o filho tem cinquenta por cento de chance de herdar o gene defeituoso do pai.

—Você é o único cuidador dele?

—Tem algumas enfermeiras que ajudam. Mas o principal sou eu.

Olho para Aaron com mais solidariedade. É difícil ser cuidador. É preciso botar a vida em segundo plano; a pessoa acaba se isolando dos demais, é impossível ter um emprego. Acho que foi assim que Aaron acabou com a função de cuidar da capela: ele pode trabalhar enquanto cuida do pai e lhe dá um propósito. Percebo que sinto pena dele, mas penso em seguida que ele provavelmente não quer minha pena.

— Bom, fico agradecida pela sua ajuda e dedicação à capela, principalmente com todas as outras exigências do seu tempo.

— Obrigado. Sempre foi parte da minha vida.

— E do seu pai?

— Sim.

— Você deve saber muita coisa sobre a história daqui.

— Você está falando das Garotas em Chamas? — Ele abre um sorriso fraco. — Todo mundo na cidade sabe sobre elas. Se bem que imagino que, para uma pessoa de fora, deva parecer um costume estranho.

— Ah, nem tanto. Já vi coisas mais estranhas.

— Meu pai não gostava da queima das efígies. Achava que era um costume pagão, mas não se pode mudar uma tradição de centenas de anos em um vilarejo.

— Bom se fosse assim, nós ainda estaríamos queimando bruxas e usando sanguessugas para curar doenças mentais.

Ele me lança aquele seu olhar perturbado.

— Desculpe. — Balanço a mão. — Só acho que a palavra "tradição" muitas vezes é usada para defender coisas que seria certo condenar em qualquer outra circunstância. — *Principalmente na Igreja.*

Levo as bebidas até a mesa e me sento em frente a ele.

— Tem uma outra coisa que eu queria te perguntar...

— Sim?

— A caixa que você me deu quando eu cheguei. Tem alguma ideia de quem pode ter deixado para mim?

— Não. Por quê? O que tinha dentro?

— Um kit de exorcismo.

— *O quê?*

Ele parece genuinamente chocado, e acho que Aaron não tem habilidades de atuação.

— Parece bem velho. Estou tentando imaginar de onde pode ter vindo.

— Não sei. Você já perguntou ao reverendo Rushton?

— Não. Ele saberia quem deixou?

— Bom, ele sabe tudo da igreja. É vigário de Warblers Green há muito tempo.

— Quanto tempo?

— Quase trinta anos.

— Ele conhecia seu pai?

— Sim, meu pai o treinou como pároco auxiliar depois que... — Ele hesita, se segura.

— Depois de quê? — pergunto.

— Depois que o pároco auxiliar anterior foi embora.

Penso no espaço na parede do escritório. Como se uma foto tivesse sido tirada e ninguém a tivesse substituído.

— Ah. Para onde ele foi?

— Não sei. Me desculpe, mas o que isso tem a ver?

— Só estou curiosa para saber por que alguém me deixaria um kit antigo de exorcismo. Parece um tipo de mensagem.

— Como falei, não tenho ideia. Nenhum de nós sabia que você viria para cá até uns dias atrás. Tudo foi feito às pressas. Mas a coisa toda foi um choque.

Percebo que as pessoas ficam repetindo que o suicídio do reverendo Fletcher foi um choque. Mas, ao mesmo tempo, fazem questão de acrescentar que ele estava tendo algum tipo de colapso nervoso. A conta não fecha.

—Você e o reverendo Fletcher eram próximos?

— Matthew e eu éramos colegas.

Colegas? Além disso, reparo o uso do primeiro nome do reverendo Fletcher.

— Foi você que o encontrou?

Ele fica branco.

— Desculpe — digo. — Eu não pretendia…

—Tudo bem. Só foi muito… desagradável — responde ele, balançando a mão.

Um eufemismo, tenho certeza. Acrescento, rapidamente:

— Eu só queria saber um pouco mais sobre ele. Como ele era?

Sinto-o relaxando um pouco.

— Ele era um bom homem. Gentil, generoso. Cheio de vida. Todo mundo no vilarejo gostava dele, e ele era muito entusiasmado com a paróquia e a capela.

— Eu soube que ele tinha interesse na história da capela, certo?

— Sim. Principalmente dos mártires.

— Ele alguma vez mencionou os nomes Merry e Joy?

— As garotas que desapareceram?

—Você já ouviu falar delas?

Um tremor de irritação.

— A cidade é pequena. Coisas assim não acontecem todos os dias.

— Mas foi muito tempo atrás. Você devia ser muito novo.

Ele suspira.

— Reverenda Brooks… Matthew e eu discutíamos questões da igreja. Qualquer outra coisa é melhor você falar com Saffron Winter.

Saffron Winter. Demoro um instante para me lembrar. O nome nos livros. A autora.

— Ela é escritora — diz Aaron, interpretando minha testa franzida como falta de familiaridade com o nome. — Se mudou para cá recentemente. Matthew ficou amigo dela alguns meses antes de morrer.

Percebo um tom de reprovação na voz dele. E isso me faz pensar instantaneamente que talvez eu fosse gostar dessa Saffron Winter. Também explica os livros no porão. Preciso pesquisar sobre ela depois... quando tivermos internet.

Tomo um gole de café e tento suavizar a voz.

— Aaron, você se importa se eu perguntar... Matthew parecia a você uma pessoa com tendências suicidas?

Uma expressão surge no rosto dele. Algo que não consigo interpretar.

— Acho — diz ele lentamente — que Matthew não precisava... ter feito o que fez.

— Talvez ele sentisse que não havia para onde ir.

— Ele podia ter procurado Deus.

— Deus não tem todas as respostas.

— Isso não faz do suicídio a resposta certa.

— Não, nem sempre.

Ele inclina o queixo numa postura desafiadora.

— Meu pai está morrendo, reverenda. Ele não consegue falar. Tem dificuldade para comer. Em breve, o sistema nervoso dele vai parar de funcionar de vez. Ele *sabia* o que ia acontecer. Mas nunca pensou em se matar.

— Nem todo mundo é tão forte.

Ou egoísta. A ponto de condenar o filho a anos de prisão, cuidando dele. Eu me pergunto se Aaron ter tanta raiva de Fletcher por ter se matado é porque seu pai não fez o mesmo.

— Aaron...

Ele faz questão de olhar para o relógio.

— Sinto muito. Se você me der licença, preciso ir para casa.

Ele se levanta abruptamente e esbarra na mesa, derrubando o chá, quase intocado.

— Desculpe.

— Tudo bem.

— Sou meio desajeitado.

Penso na rigidez estranha dos movimentos. No controle quase robótico. Na recusa da cafeína, um estimulante. E lembro que a doença de Huntington é hereditária.

Ele sabe o que o futuro reserva.

Eu assinto.

— Claro.

Levo Aaron até a porta e fico olhando enquanto ele vai embora. Um homem estranho. Isso não quer dizer que seja um homem ruim. Mas ele sabe mais do que está dizendo.

Ele *reconheceu* os nomes de Merry e Joy na mesma hora. E também se segurou quando estava falando sobre o predecessor de Rushton.

O que mais será que ele sabe?

A casa fede. Urina, merda, fumaça velha, maconha. De certa forma, Flo pensa, faz com que o lugar seja menos sinistro. Pode ter ficado sem moradores por anos, mas não ficou desocupado. Pessoas, provavelmente adolescentes, estão ocupando o espaço. Claro. Se existe uma casa abandonada, a única certeza é de que haverá adolescentes usando o lugar para ficar com os amigos, fumar, beber, usar drogas e fazer sexo.

No andar de baixo há dois aposentos. Uma cozinha e o que deve ter sido a sala de estar. A cozinha é só a carcaça. Tanto a bancada quanto a pia foram arrancadas em algum momento. O piso está rachado. Há portas de armários abertas, revelando algumas latas antigas enferrujadas e cocô de rato.

A sala não está muito melhor. No canto tem um sofá fundo e coberto de mofo, as molas pulando para fora como fios de cabelo soltos. Um aparador está tombado por cima de outro, as gavetas já retiradas para virar lenha. O piso está coberto de quadros e objetos decorativos quebrados.

Flo levanta a câmera e tira fotos. Depois se agacha para tirar fotos de close dos enfeites quebrados. Imagens de anjos e de Jesus. Cruzes e artefatos religiosos. Material valioso.

Wrigley fica por perto, inquieto, o corpo não conseguindo segurar os tremores e sacudidelas. Flo reparou que os espasmos aumentam quando a mente dele está desocupada. Ela demora um pouco mais tirando fotos. Ainda não o perdoou pelo incidente do poço.

— Está pronta para ver lá em cima? — pergunta ele.

— É muito diferente daqui de baixo?

— Bem melhor.

Flo olha para ele com desconfiança.

— Tudo bem.

Ela o segue por uma escada meio bamba, que emite uns estalos preocupantes. Flo pensa em podridão e cupim. Um patamar no alto leva a mais três aposentos. Ela enfia a cabeça no banheiro. É pequeno e sujo, a pia e a banheira manchadas com uma coisa desagradável e não identificável. Ela sai rapidamente e vai para o outro lado, com cuidado por causa dos buracos no piso de madeira. Fantasmas, tudo bem, mas cair lá embaixo e morrer já é demais.

O primeiro quarto não tem móveis. Só algumas fotografias tortas nas paredes, desbotadas e danificadas pela água, mas ela consegue identificar cenas e citações bíblicas.

"Honra a teu pai e a tua mãe, para que se prolonguem os teus dias na terra que o SENHOR teu Deus te dá."

"Filhos, obedeçam a seus pais em tudo, pois isso agrada ao Senhor."

"Sujeitai-vos, pois, a Deus, resisti ao diabo, e ele fugirá de vós."

— Acho que sua mãe se sentiria em casa aqui — diz Wrigley, enfiando o dedo num buraco na parede e soltando um pouco de pó.

— Duvido — retruca Flo, tirando algumas fotos. — Ela não gosta de levar trabalho para casa.

Na verdade, Flo pensa, sem o colarinho ninguém diria que sua mãe é vigária. Às vezes, Flo se pergunta como ela acabou entrando no sacerdócio. A mãe não fala muito sobre isso e normalmente desvia do assunto falando em "vocação", mas uma vez deixou escapar que não teve uma infância muito boa e que alguém da Igreja a ajudou.

Flo vai até a janela e olha para fora. Dá para ver o poço, uma boca aberta na extremidade do jardim com vegetação alta. Mais além, só há árvores e suas sombras. Dali, o bosque parece mais perto da casa. Como se as árvores se aproximassem de fininho quando não tem ninguém olhando. Ela reprime um tremor. Uma coisa branca chama sua atenção entre os esconderijos escuros das árvores. Uma pessoa? Ela levanta a câmera de novo. Clique, clique.

— Pronta para ver o que tem por trás da última porta?

Ela toma um susto. Wrigley está logo atrás, tremendo.

— Chego a ficar sem fôlego de tão ansiosa.

Ele abre um sorrisinho.

— É bom. Confia em mim.

Ela não tem certeza se confia, mas vai atrás dele pelo patamar até o segundo quarto. Wrigley abre a porta.

Ela entra e olha ao redor.

— Puta merda.

O quarto é grande. Ainda tem uma cama no meio, coberta por um colchão encardido e mofado. Flo não gosta de pensar no que pode ter acontecido no aposento, repleto de latas de sidra e numerosos baseados jogados no chão.

Mas não é isso que tira seu ar. São as paredes. Cobertas de papel de parede descascando e pichações. Não são as coisas comuns do tipo "Kerry piranha" e "Jordan dá pra mendigos". É pior.

Tem pentagramas, cruzes de cabeça para baixo, olhos macabros, inscrições estranhas no que parecem, ao seu olhar destreinado, palavras em latim, assim como bonecos de palitinho esquisitos, cabeças de bode, a cruz de Leviatã. Muita coisa é rudimentar, mas o efeito repetido, cobrindo todas as paredes e até parte do chão, é de arrepiar em sua magnitude.

Ela anda pelo quarto. De perto, dá para ver que os desenhos e inscrições estão em camadas, com os novos por cima dos velhos, mais desbotados. Pessoas, adolescentes estão fazendo isso há anos. E levando a sério. Ninguém rabiscou um pênis aleatório ou uma piadinha ali no meio.

— Isso é muito *A Bruxa de Blair*, né? — comenta Wrigley, e estica a mão para tocar nas paredes.

Flo sente um impulso forte de dizer para ele não fazer isso.

Ela pega a câmera de novo.

— O que é isso? Adoração satânica? Você vem aqui e sacrifica bodes?

— Eu não. Eu gosto de bodes. Venho para desenhar.

— Então quem fez isso tudo?

— Sei lá. Essas coisas aparecem aqui desde sempre. E sempre tem algo novo.

— Mas por quê? Aconteceu alguma coisa ruim aqui?

Ele anda pelo quarto, chutando poeira com as botas. Então se senta na beirada do colchão encardido.

— Bom, a história é que a filha da família que morava aqui desapareceu. Com a melhor amiga. Alguns acham que elas fugiram, outros, que foram assassinadas. Mas ninguém nunca conseguiu provar. Aí, um ano depois que a garota que morava aqui desapareceu, a mãe e o irmão dela fizeram o mesmo. Sumiram da noite para o dia. Puf! Nunca mais foram vistos, e a casa ficou abandonada, apodrecendo.

— Uma família inteira desapareceu do nada?

— É. Alguns anos atrás, outra família ia comprar a casa, mas a filhinha deles morreu em um acidente. As pessoas dizem que a casa é amaldiçoada, assombrada, enfeitiçada. Pode chamar como quiser.

Flo ri com deboche.

— Não quer dizer que tenha a ver com o diabo.

— Você não acha que tem lugares que são simplesmente podres? Tipo buracos negros na terra. Atraindo coisas ruins.

Flo baixa a câmera. Ela quer dizer que não, que não acredita naquelas besteiras, mas no fundo lembra de certa ocasião, quando estava tirando fotos no cemitério Rock, em Nottingham.

Ela já tinha andado por lá, mas, daquela vez, se viu em uma parte diferente, uma área escondida por árvores à sombra de uma pequena formação rochosa. Era um lugar bonito, mas alguma coisa lá parecia errada. Ela tinha tirado algumas fotos, mas o tempo todo ficou com uma sensação de *estranheza*, como uma coceira na nuca. Saiu de lá mais depressa do que pretendia, mas o sentimento nunca mais lhe abandonou, como os resquícios de um pesadelo.

No dia seguinte, ela comentou com Leon, que arregalou os olhos.

"Você não sabia? Uma garota foi assassinada lá uns anos atrás."

Ela não acreditou; Leon gostava de um melodrama. Mas depois pesquisou no Google para ver se era verdade. E encontrou a história. Uma garota de dezesseis anos foi estuprada e assassinada quando estava voltando para casa de uma noitada e seu corpo foi abandonado no cemitério. A foto mostrava a mesma formação rochosa.

Ela dá de ombros para Wrigley.

— Não sou supersticiosa.

— Acho que tem gente que vem aqui, faz sessão espírita, usa tabuleiro Ouija, esse tipo de coisa.

— Você não?

— Eu não sou a primeira opção nem para os adoradores de Belzebu. Além do mais, isso é horrível. Tratar a morte como se fosse um jogo. Se alguém que você ama morresse, você não ia querer um bando de babacas bêbados atormentando a pessoa por diversão, né?

Ela pensa no pai. Ela era pequena quando ele morreu, e sua mãe nunca o menciona. Flo acha que ainda é difícil. Mas entende o que Wrigley quer dizer.

A morte não é motivo de brincadeira. Os mortos merecem paz e respeito. Ela sente que está gostando dele de novo.

— Acho que não — diz ela.

Ele se levanta abruptamente.

— E aí, acabou?

— Hã, acabei.

Ela mal colocou a tampa na lente da câmera, e Wrigley já está descendo a escada. Flo dá uma última olhada no quarto e vai atrás dele, quando pisa em alguma coisa, que se quebra. Ela olha para baixo esperando ver um pedaço de garrafa. Mas é um porta-retrato.

Flo se abaixa, curiosa. A moldura ainda guarda uma fotografia velha, sem brilho e desbotada. Só dá para ver duas crianças. Uma adolescente de cabelo escuro e um garoto mais novo. Ela fica observando por um momento, mas então se sobressalta ao ouvir um estalo alto. *Merda.* O que foi aquilo? Outro estalo, desta vez seguido do barulho de asas batendo e um coral de grasnidos agudos. Tiros, ela acha.

— Wrigley?

Ela desce a escada correndo e sai da casa, a luz forte do dia ofuscando sua vista por um momento. Ela pisca algumas vezes e o localiza, agachado, segurando alguma coisa.

— O que está acontecendo?

Quando ele se vira, ela recua. Ele está aninhando um corvo grande nos braços. As penas brilham como óleo no sol, o bico afiado um pouco aberto. Um olho foi estourado, dando lugar a um buraco ensanguentado. O outro ainda brilha com uma luz fraca e apavorada. A ave, então, estrebucha, e o olho é tomado pela escuridão.

Wrigley se levanta, o corpo todo tremendo de raiva. Seu rosto está pálido, imóvel. Ele grita para a floresta:

— Você matou um. Está feliz agora?

Silêncio. Um silêncio enorme depois dos tiros e dos gritos apavorados dos pássaros. Flo olha para o bosque. Se mais cedo estava lindo, com o sol pontilhando o chão de dourado, agora parece envolto por uma atmosfera de medo.

— Wrigley. Eu acho…

Outro tiro. Uma telha sai voando da casa e se estilhaça aos pés deles. Wrigley cambaleia para trás, a mão no rosto. Flo vê sangue escorrendo pela bochecha dele.

— Wrigley?

Ele tira a mão: tem um corte feio acima do olho. Parece superficial, mas é difícil ter certeza com tanto sangue.

— A gente tem que sair daqui. — Ela se vira, mas para.

Duas pessoas saíram do bosque. A loura alta e o garoto daquela manhã. Rosie e Tom. *Qual é a probabilidade?* Tom carrega uma espingarda de pressão. Para melhorar o cenário.

Wrigley solta o ar baixinho.

— Filhos da puta.

—Você conhece os dois?

— Rosie Harper e o primo dela, Tom. Dois babacas.

— Encontrei com eles hoje de manhã.

— E como foi?

— Nada bem.

— Não estou surpreso.

Harper, ela pensa. Não lhe é estranho. De repente, ela tem um estalo. A garotinha e o pai. Rosie seria irmã dela?

Os dois chegam mais perto. Ela vê agora que o nariz de Tom está inchado, com hematomas se formando embaixo dos olhos. Eles pulam o muro em ruínas.

Rosie sorri.

— Olha só, é a Vampirina e o Tremelucas.

Wrigley olha para ela com expressão sombria.

— Olha só, são os idiotas que matam animais inocentes por diversão.

— Só estávamos atirando em pragas.

Tom sorri.

— Que corte feio, Wrigley.

— Como está seu nariz? — pergunta Flo docemente. — Doendo?

O sorriso some.

— Sorte sua ter fugido, sua vadia psicopata.

Wrigley se vira para ela.

— *Você* fez aquilo?

— Foi sem querer.

— O que vocês dois vieram fazer aqui? — pergunta Rosie. — Trepar?

— E por que seria da sua conta? — retruca Flo, com um olhar desafiador.

— Bom, considerando que meu pai acabou de comprar essas terras, é muito da minha conta. Vocês estão invadindo propriedade particular.

GAROTAS EM CHAMAS

127

— Tudo bem. A gente estava mesmo indo embora. — Flo segura o braço de Wrigley. — Vem.

Eles começam a se mexer. Tom levanta a espingarda.

— A gente ainda não disse que vocês podiam ir.

Flo fica imóvel, o coração disparado.

Tom indica a câmera.

— Me dá essa merda pendurada no seu pescoço. Depois vocês podem ir.

Não demonstre medo. Não demonstre medo.

— Não.

Wrigley dá um passo à frente.

— Deixe a Flo em paz.

— Fica fora disso, retardado. A gente tem um assunto para resolver. — Tom aponta a arma para o peito dela. — Já *falei* para me dar a câmera.

Flo segura a alça. O sangue pulsa na sua garganta.

Dá a câmera para ele. Não vale a pena. É o que sua mãe diria.

Mas *vale*. Para ela.

Ela baixa a mão.

— Vai se foder.

Ele sorri.

— Sua puta.

E puxa o gatilho.

Todo mundo tem esconderijos. Não só físicos. Lugares dentro de nós onde guardamos as coisas que não queremos que os outros vejam. As partes menos palatáveis. Eu chamo de "nossa caixa de São Pedro". A que rezamos para que ele não encontre quando estivermos tentando entrar sorrateiramente pelos portões do céu.

Pego minha lata de fumo e a seda na Bíblia oca na estante, enrolo um cigarro e paro do lado de fora da porta da cozinha, inspirando fundo, saboreando o efeito da nicotina. Todos nós temos nossos vícios também. Hábitos, necessidades, desejos. E, neste caso também, alguns mais palatáveis que outros.

Penso no gravadorzinho preto.

Exorcismo de Merry Joanne Lane.

A Igreja não tem um histórico glorioso no que diz respeito ao tratamento de mulheres. O exorcismo não é exceção. Não é à toa que a maioria dos exorcismos era executado em mulheres jovens. Mulheres que podiam estar deprimidas, sofrendo de doenças mentais ou somente em um episódio de "obstinação deliberada" por se recusarem a fazer o que o marido ou o pai mandava.

Toda forma de comportamento feminino "indesejado" podia ser atribuída a possessão demoníaca e, portanto, "curado" com exorcismos abusivos e violentos. Todos executados em nome de Deus.

A Igreja Anglicana assumiu uma abordagem mais moderada ao longo dos anos: cuidado pastoral no lugar da expulsão violenta do mal. Se bem que provavelmente muita gente se surpreenderia se soubesse que, mesmo agora, em dias de avanço científico, muitas dioceses têm um "Ministério da Libertação". Basicamente, uma equipe especialista que é chamada para cuidar de experiências paranormais. Pode ter acompanhamento de consultores em saúde mental, mas é um serviço real e reconhecido. Até os padres comuns podem ser chamados para investigar incidentes de possessão demoníaca e assombração.

Eu me lembro de uma visita que fiz quando era auxiliar, com meu mentor, o reverendo Blake, um homem pesado e calvo com olhar intenso e sotaque de Manchester mais intenso ainda. Eu tinha 27, havia cumprido três anos de treinamento, quando fomos chamados para visitar uma jovem na região de Meadows, em Nottingham.

Esperei o de sempre. Vício em drogas, alcoolismo, talvez violência doméstica. Mas não era isso (embora eu desconfie que podia haver, sim, drogas ou álcool no meio). A jovem acreditava que seu apartamento estava possuído, assombrado, e queria que fizéssemos um exorcismo.

—Você acredita em Deus? — Blake me perguntou na época.

Estávamos no carro dele, um Honda Civic velho, comendo um hambúrguer do McDonald's a caminho do prédio escuro onde a mulher morava.

Olhei para Blake por cima do meu Quarteirão, me perguntando se era uma pergunta capciosa. Até o momento, eu sempre sabia as respostas certas. Ou melhor, fui aprendendo. Noite após noite, estudando enquanto também trabalhava meio período. Eu tinha passado em tudo com notas ótimas. Porque ia bem nas provas, era boa de debate. Boa em dizer o que as pessoas queriam ouvir. Aprendi rápido, da pior maneira. Mas não podia mentir nem blefar com Blake. Ele me conhecia muito bem. E tinha que conhecer. Ele me salvou das ruas quando eu tinha dezesseis anos.

— Eu tenho fé — respondi.

— E nada pode abalar sua fé?

O Quarteirão entalou dolorosamente na minha garganta. Peguei a Coca e tomei um gole. O canudo gorgolejou no copo de plástico.

— Acredito que não.

— Então, de certa forma, não importa se Deus existe ou não, desde que tenhamos fé de que existe?

Franzi a testa, sem saber como responder.

Ele sorriu.

— Está tudo bem. Não estou tentando trazer você para um debate religioso estilo gato de Schrödinger.

— Então por que estamos falando disso?

— Porque sinto seu ceticismo em relação à visita de hoje.

Ele estava certo. Como sempre.

— Só não estou muito à vontade.

Ele assentiu enquanto limpava a boca com um guardanapo de papel e depois o jogava na embalagem de batata frita vazia. Então perguntou:

— Por quê?

— Parece que essa mulher precisa de acompanhamento psiquiátrico, terapia, talvez de remédios.

— E se isso não tiver ajudado?

— Exorcismo? Sério?

—Você não acredita em possessão demoníaca?

— Não.

Ele ergueu as sobrancelhas.

— Eu acredito que o mal existe — falei. — No coração de todos os homens e mulheres. Nosso lado sombrio, se você preferir. Demônios externos... Não, nisso eu não acredito.

— Mas essa jovem acredita. Completamente. Ela está desesperada e nos procurou pedindo ajuda. Devemos recusar?

— Não, claro que não.

— Jack, nossa crença não importa aqui. *Ela* acredita, e a mente humana é uma coisa poderosa.

— Nós não estamos apenas alimentando as ilusões dela?

—Você reza pedindo a ajuda de Deus em momentos de dificuldade?

— Rezo.

— Apesar de saber que ele provavelmente não vai largar tudo só para resolver seu problema?

Concordo com um resmungo.

— Mas oferece consolo?

— Sim.

— Nosso trabalho é executar os ritos do exorcismo. Se os demônios forem reais ou não, o exorcismo vai oferecer consolo. A jovem vai acreditar que o demônio foi embora e que sua casa está livre. Que Deus triunfou. A fé, até certo ponto, é um placebo. Se você acredita que funciona, funciona.

— Acho que sim — falei com dúvida.

Ele piscou.

— Que bom. Agora, vamos caçar uns fantasmas.

Sinto uma tristeza tomar conta de mim. Blake morreu cinco anos atrás. O tempo. É assustador pensar no tempo. Apago o cigarro e volto para a cozinha. A caixa do porão está na mesa. Pego o gravador e aperto o play sem muita esperança. Como era de se esperar, nada acontece. Então viro o aparelho. Os parafusos do compartimento de pilhas estão cobertos de ferrugem. Tento tirar a fita de novo, mas é inútil. O mecanismo está emperrado, e a fita, presa dentro.

Certo. Reviro as gavetas procurando uma chave de fenda ou uma caneta, mas acabo encontrando exatamente o que preciso num pote onde botei uma etiqueta que diz "chaves". Não tem nenhuma chave na caixa. Só clipes de papel, massa adesiva, pregadores de roupas, um fone de ouvido velho e uma chave de fenda prateada pequena, que desenterro lá do fundo, triunfante, e começo a puxar a fita cassete. Consigo começar a soltá-la e ela pula de repente... mas a fita arrebenta.

— Droga!

Ainda estou olhando para a fita cassete danificada, me perguntando se lembro como se conserta (durex?), quando a porta da frente bate com tanta força que o chalé treme. Na mesma hora, largo a fita e o gravador na caixa, coloco-a no chão e enfio debaixo da mesa com o pé.

Eu me viro. Flo está na porta escorando um adolescente com o rosto sujo de sangue. O cabelo dela está desgrenhado e a Nikon pendurada no pescoço está quebrada.

Ela me olha e diz as palavras que são garantia de ataque cardíaco para qualquer mãe e pai:

— Mãe... não briga comigo.

— Espingarda de pressão? Meu Deus. Achei que era em Nottingham que a gente tinha que se preocupar com armas, não aqui.

Limpo a cabeça de Wrigley. Estou limpando sangue de alguém pela segunda vez em três dias.

— Eu sei — murmura Flo.

— Você viu quem atirou?

— Não, estava muito longe.

Tenho vontade de contradizê-la. Não entendo muito sobre armas de pressão, mas aposto que o alcance não é muito longo.

— Temos que prestar queixa na polícia.

— Foi só um acidente.

— Como você sabe? Você poderia ter morrido. Vocês dois.

— Aii — geme Wrigley.

Estou limpando a ferida com muita força, mas não porque eu ache que tudo isso seja culpa dele. Não totalmente.

— Desculpa.

Jogo o pano sujo de sangue na pia. O ferimento é superficial, mas qualquer machucado na cabeça sangra muito. Peguei a caixa de primeiros socorros no banheiro lá em cima. Passo antisséptico e grudo dois band-aids grandes, depois levanto o queixo dele para ver o resultado do meu trabalho. Descubro que ele é um garoto bem bonito. Queria saber que tremores são esses. Algum tipo de síndrome neurológica?

— Pronto. Vai quebrar o galho.

— Obrigado, reverenda. Agradeço mesmo. Minha mãe não é tão tranquila com esse tipo de coisa, como você.

Eu o encaro.

— *Tranquila?* Eu não estou *tranquila.* Estou longe de *tranquila.* — Eu me viro para Flo. — Tem algum maluco andando no mato e dando tiros com uma arma de pressão. Vocês dois poderiam ter morrido. Quantas vezes preciso dizer isso?

— Nós estamos bem — diz Flo com impaciência.

— Não é essa a questão.

Pego a Nikon na mesa. A lente está estilhaçada. A bala está alojada no fundo, formando uma protuberância no metal da parte de trás.

— Olha só. Mais alguns milímetros e poderia ter perfurado o seu coração. — Sinto um enjoo só de dizer isso.

— Mãe, você está sendo dramática.

— Não estou, não.

— Ele não mirou no meu coração. Só na câmera.

— *Ele?* Achei que você tivesse dito que não sabia que idiota tinha disparado.

— A gente não sabe. Eu só disse "ele" porque, sabe como é, jeito de falar.

Olho para os dois desesperada. Tem mais coisa nessa história. Mas não dá para arrancar nada de adolescentes. Às vezes, é preciso dançar conforme a música. Eu poderia ameaçar. Poderia botar Flo de castigo. Poderia proibir a televisão, a internet (se a gente tivesse algum sinal). Mas, se ela não quiser me contar, não vai contar.

Todo mundo tem seus segredos. Os adolescentes mais ainda. Eu guardei muitos segredos da minha mãe. E nem com todas as crueldades que fez comigo ela conseguiu me dobrar.

— Me prometam uma coisa — digo. — Vocês não vão mais sair andando pelo mato.

Eles se olham. Flo olha para a câmera.

— Agora que a minha câmera está quebrada, não tem mais muito sentido.

— A gente promete, reverenda Brooks — diz Wrigley.

Flo suspira.

— Prometo.

— Que bom. — Olho para o relógio. Quase seis horas. A tarde evaporou.

— Wrigley... quer ficar para o jantar?

— Acho que é melhor eu voltar para casa.

— Quer carona?

— Não, tudo bem. Posso ir andando.

—Tem certeza? Onde você mora?

— Do outro lado da cidade. Não tem problema. Mas obrigado.

— Está bem.

Eu o levo até a porta.

— Obrigado de novo, reverenda — diz Wrigley. — Só quero que você saiba…

Eu levanto a mão.

— Na verdade, tem uma coisa que eu quero que *você* saiba. — Fecho parcialmente a porta atrás de mim. — Por mais que me chamem de "reverenda", não deixe o colarinho te enganar. Antes de tudo, eu sou mãe. Se algum mal acontecer à minha filha por sua causa, minha missão na vida vai passar a ser ferrar a sua de uma forma inacreditável. Está claro?

Só por um momento, os tremores maníacos parecem cessar. Ele me encara com olhos que são de um verde distintamente prateado.

— Como água.

E então o corpo dele todo voltar a tremer. Ele se vira e sai andando. Eu observo, com inquietação. Fecho a porta e volto para dentro de casa.

Flo está sentada à mesa da cozinha com a Nikon quebrada nas mãos. Ela olha para mim quando entro.

— Agora que o Wrigley foi embora, você vai tirar o meu couro.

Eu me sento ao lado dela e balanço a cabeça.

— Não.

Estico os braços, como fazia quando ela era criança e tinha acabado de fazer pirraça. O consolo sempre afasta a raiva com mais rapidez do que qualquer gritaria. Ela se aninha no meu corpo e eu a abraço. Depois de um tempo, levanta a cabeça.

— Sinto muito, mãe.

— Eu sei. — Ajeito o cabelo dela. — Não é sua culpa.

Ela olha para a câmera.

— Não acredito que minha câmera está destruída.

— Isso tem conserto.Você, não.

—Vai custar uma fortuna.

— A gente dá um jeito.

Ficamos sentadas por um tempo, e ouço o estômago de Flo roncar.

— Com fome?

— Estou. Um pouco. — Outro ronco baixo. — Muito.

— Que tal ver um DVD comendo *stir fry*?

— Pode ser.

— O que você quer ver?

— Uma coisa bem trash e bem retrô.

— *Clube dos Cinco. Garota de Rosa-Shocking?*

Ela revira os olhos.

— Ah, não mesmo. A garota descolada que escolhe o atleta idiota no lugar do melhor amigo gentil e fofo?

— Tudo bem. Você escolhe.

— *Atração Mortal?*

A garota bonita se apaixona por um maníaco psicopata.

— Certo.

Ela sobe a escada para trocar de roupa. Abro a geladeira e pego alguns legumes. Pimentão, cogumelo, cebola. Coloco tudo numa tábua e pego uma faca grande.

Estou começando a picar tudo quando Flo volta de short largo e regata preta. Ela parece mais magra e cansada. Dolorosamente linda. Tenho vontade de envolvê-la nos braços e nunca mais deixá-la sair de casa.

Ela vai até a geladeira e pega uma Coca Diet.

— Mãe, o que você achou do Wrigley?

Tento manter a voz leve.

— Bom, não nos conhecemos na melhor das circunstâncias.

— Não foi culpa dele.

— Certo. Bom, ele parece legal. Por que os tremores?

— Distonia. É como se tivesse um fio errado no cérebro dele.

— Entendi. — Pego um pimentão vermelho grande. — A pergunta é: o que *você* acha dele?

Ela dá de ombros.

— Ele é legal. Sabe como é.

Eu sei. Seguro a faca com mais força, tentando dizer para mim mesma que ele é só um garoto. Provavelmente inofensivo. Nem todos os jovens são predadores.

Ela se aproxima e puxa uma cadeira.

— O que é isso? — pergunta, olhando para baixo.

Droga. A caixa ainda está no chão, embaixo da mesa.

— Ah, só umas coisas que eram do reverendo Fletcher. Ele estava pesquisando a história da cidade. Bem chato.

E mesmo assim ela enfia a mão na caixa e pega uma pasta.

— Quem são Merry e Joy?

— Ah, só... *aii!* Droga!

Ela se vira.

— Mãe, você se cortou.

Abri o dedo com a faca afiada. O sangue jorra do corte.

— Aqui. — Ela pega um band-aid na caixa de primeiros socorros.

— Obrigada, querida.

Coloco o dedo na água da torneira, seco e enrolo o band-aid com força.

— Você deveria tomar mais cuidado, mãe.

Eu levanto a sobrancelha.

— O sujo falando do mal lavado.

— É, é.

— Por que você não vai procurar o DVD?

— Tudo bem.

Ela sai da cozinha. Ouço-a remexendo nos DVDs na sala. Pego a pasta na mesa, coloco na caixa e enfio a caixa embaixo do armário debaixo da pia. Fora do campo de visão.

Levanto o dedo. Está doendo demais. Cortei mais fundo do que pretendia, mas pelo menos foi uma distração. Quando Flo encontra o DVD, já estou colocando os legumes na panela wok e toda a conversa sobre Merry e Joy já foi esquecida.

Ele continua a peregrinação. Do velho manicômio para a cidade. Ele dormiu ao ar livre lá por um tempo, debaixo de arcos junto ao canal e na passarela subterrânea perto do velho shopping center.

Os dois ainda são pontos populares. No começo da noite ele já vê sacos de dormir surgindo, caixas de papelão prontas. Aconteceu algo ruim ali. Um bêbado velho tentou roubá-lo, e ele precisou defender suas coisas. Ele lembra que o corpo do bêbado flutuou no canal perto da vegetação e que o peso das pedras nos bolsos o fez afundar na água imunda.

Ele vai na direção da Market Square. Está lotada. Nos meses de verão, a praça vira "A praia". Uma área suja de areia e uma piscina grande no meio da cidade, para as famílias fingirem que estão no litoral. Tem um bar, brinquedos e barracas vendendo comida e bebida. Cerveja morna em copos de plástico. Hambúrgueres oleosos e cebola frita dentro de um pão anêmico.

Ele para perto da multidão, mas não muito. Tem tanto barulho, tanta gente, tanta luz. Ele sente o aroma de pipoca, donuts e cachorro-quente, o estômago roncando lembra que ele não come desde o dia anterior. Crianças gritam e riem nos brinquedos.

Ele sente um desejo estranho no coração. Quando pequeno, ele nunca foi a um parque de diversões, nunca sentiu o giro vertiginoso do carrossel nem a onda de energia causada pelo açúcar do algodão-doce. Sua mãe via esses prazeres como pecaminosos. Mesmo antes de ele ir parar nas ruas, a comida era sempre básica ou vencida, um "prêmio" por passar o dia inteiro sem levar uma surra.

Só depois de fugir que ele entendeu que sua vida não era como a das outras crianças. Crianças que ele às vezes via passando, sorrindo, de mãos dadas com os pais, recebendo beijos, abraços, carinho. Enquanto ele mesmo não saía das caixas de papelão, fugindo de olhos curiosos que pudessem questionar por que um garoto tão pequeno estava dormindo na rua.

Ele leva um susto ao perceber que uma das mães está olhando para ele com desconfiança, o celular na mão. Então se dá conta da própria aparência. Uma figura curvada com roupas de segunda mão, limpas, mas não lá muito bem conservadas, olhando as crianças. Ele fica vermelho. Não é um bom homem, mas sem dúvida não *esse* tipo de homem. E o mais importante, porém, é que não pode correr o risco de ela chamar a polícia. Não pode voltar para a prisão. Tem coisas que precisa fazer.

Ele sai depressa, seguindo em frente apesar de o dia estar começando a pesar nas suas costas. Ele está com fome e com sede, mas só tem umas moedas no bolso. Felizmente, seu próximo destino deve resolver esse problema.

Os barulhos do parque de diversões somem atrás dele. Seus pés o levam para longe do centro da cidade, por ruas escuras e estreitas cheias de casas iguais. A lixeiras estão cheias, os cachorros latem, e a batida de uma música ecoa em algum lugar por ali. O clima é pesado, carregado de uma atmosfera de violência e cheiro de maconha. Certas coisas não mudam nunca. Ele enfim chega aonde queria. E olha para cima.

Um prédio grande, os tijolos escurecidos pela sujeira da cidade, as janelas de vitral protegidas por grades pesadas, a torre tentando tocar o céu cinza.

A igreja de St. Anne.

As portas estão abertas, a luz se derrama no caminho. Tem alguns sem-teto do lado de fora, fumando. Um cartaz escrito à mão, apoiado no portão, diz:

"Sopão de segunda. Coma, beba, fique e reze um pouco."

Ele sorri, segue pelo caminho e entra.

A igreja está quente, bem iluminada e com cheiro de comida saborosa, temperada. Seu estômago ronca de novo. Vai ser bom comer, mas esse não é o único motivo para ele estar ali. Seus olhos percorrem a igreja com avidez. Tem quatro voluntários de avental atrás de uma mesa grande montada sobre um cavalete, servindo ensopado e curry de panelas grandes. Onde está ela? Ele vê uma figura sair dos fundos da igreja, de terno escuro e um colarinho clerical branco.

A figura vai na direção dele e sorri, revelando dentes brancos deslumbrantes.

— Oi. Posso ajudar?

Ele olha para o vigário negro e corpulento.

— Quem é você?

— Sou o reverendo Bradley. — O sacerdote estica a mão. — E fico feliz em recebê-lo na nossa igreja.

— Não. — Ele balança a cabeça. Não está certo. Não foi assim que ele imaginou. Que planejou. — Onde está a outra vigária?

— Infelizmente, ela foi embora.

— Para onde ela foi? — Ele não consegue controlar o desespero na voz. O vigário franze a testa.

— Não sei.

Ele está mentindo. Esse vigário preto e gordo está mentindo. Ele sabe onde ela está. Só não quer contar.

O padre ainda está com a mão estendida.

—Você está bem?

Ele luta contra a raiva e aperta a mão do mentiroso. É grande e surpreendentemente macia.

— Estou. Só cansado e com fome.

— Por que você não pega um pouco de comida? Recomendo o frango ao curry.

Ele força um sorriso e assente com subserviência.

— Obrigado.

Ele entra na fila, pega o prato e se senta na beirada de um banco, botando garfadas na boca. O cheiro está bom, mas ele mal sente o gosto. Vai ter que voltar depois, pensa, quando o mentiroso estiver sozinho, e vai obrigá-lo a contar o que ele precisa saber. O padre pode ser grande, mas está fora de forma. Não deve demorar.

Ele se controla e balança a cabeça. Não. Ele não pode machucar o vigário. Ele mudou. Não é mais aquele homem. Controlar a raiva não é fraqueza. É força.

Mas ele precisa encontrá-la.

Então não precisa machucar muito.

Só o suficiente. Ele pensa. Controlar a raiva não é fraqueza. Talvez ele consiga. Ele sorri. Tudo bem.

E tente não gostar.

Ela se encolheu no porão, na escuridão.

Acima, dava para ouvir sua mãe se movimentando, *Canções de Louvor* tocando alto. Essa era sua punição por blasfemar num domingo. Ou foi o que a mãe disse. Na verdade, era só mais um dos seus jogos mentais. Favorecendo um filho, punindo o outro. Pelo menos, agora que eles estavam mais velhos (e maiores), eram poupados das piores punições. O poço. Ser colocada lá dentro. Deixada por horas.

O porão não era tão ruim. Fora a escuridão. E os ratos.

Ela pensou no plano. De fugir. Desde que elas discutiram sobre o assunto pela primeira vez, ela passou a ver Joy menos vezes. A mãe estava começando a mantê-las separadas. E agora, duas noites por semana, Joy estava fazendo aulas extras de Bíblia com o padre novo.

Joy passou correndo por ela outro dia e mal disse oi. Tinha algo de diferente nela. Um rubor nas bochechas. Algo de secreto no sorriso. Merry ficou preocupada. O que estava acontecendo? Seria o padre?

Muitas garotas tinham uma queda por ele. Mas Merry não gostava dele. Sempre que ele lia coisas da Bíblia, principalmente sobre pecado e perdição, seus olhos ficavam meio vidrados, e o rosto, vermelho. Ela jurava que uma vez viu que ele estava com uma ereção.

Acima, ela ouviu sua mãe aumentar o volume da televisão.

No canto, um farfalhar. Ela olhou atentamente para a escuridão. Odiava o escuro. Odiava ficar tão vulnerável sem conseguir ver nada. Tentou pensar em palavras reconfortantes de um antigo livro infantil. Recitou para si mesma.

— O escuro é legal, o escuro é gentil. O escuro…

A voz de sua mãe soou mais alta:

— Então minh'alma canta a ti, senhor. Quão grande és tu! Quão grande és tu.

O farfalhar chegou mais perto.

— Merda!

Abro os olhos. Minha camiseta está grudada, molhada de suor, o lençol jogado no chão. O quarto ganha forma ao redor. O *meu* quarto no chalé. Outro pesadelo.

Eu me sento e pego a água na mesa de cabeceira. Tomo tudo. Vejo a luz prateada da manhã contornando as cortinas. O chalé está silencioso e abafado. Olho para o relógio: seis e treze da manhã. Não vou conseguir voltar a dormir, então é melhor me levantar logo. Tenho o aconselhamento de casamento hoje e começar cedo não vai fazer mal.

Coloco minha calça de moletom e desço a escada barulhenta. O chalé está com o cheiro dos legumes que fiz no jantar. Flo e eu nos acomodamos no sofá com um pacote grande de M&M e vimos *Atração Mortal* até eu perceber que ela havia dormido no meu ombro. Eu a deixei assim por um tempo, aproveitando a sensação de ficar grudada com ela. Quando Flo era pequena, ela se encolhia no meu colo quando nós víamos filmes juntas. Só nós duas. Como sempre foi.

O pai da Flo morreu quando ela tinha só dezoito meses. Ela não se lembra dele. Ele foi atacado por um invasor na igreja. Durante a luta, ele caiu e bateu a cabeça. Contei para Flo assim que ela tinha idade para entender. Também contei que ele foi um ótimo pai e que a amou muito. E é verdade. Basicamente. Mas, como muitas coisas, é uma versão da verdade. Uma história contada tantas vezes que eu mesma quase acredito.

Em um determinado momento, pouco depois da meia-noite, acordei Flo, e nós duas fomos para a cama, cansadas. Os pratos sujos ainda estão na pia. A câmera quebrada de Flo está na mesa da cozinha. Vou até lá e a pego. Não tenho ideia do quanto vai custar para consertar, mas sei que vai ser mais do que as 6,50 libras que tenho de economias.

Olho para a câmera de novo e meu estômago se contrai. Os jovens acham que são invencíveis, mas conforme ficamos mais velhos, principalmente quando nos tornamos pais, vemos perigo em todos os cantos. Flo sabe quem disparou com a arma de pressão. Tenho certeza. Wrigley também. Mas, por algum motivo, eles não querem me contar. E Wrigley? Não consigo chegar a uma conclusão. Estou com um pé atrás com ele, mas ficaria com um pé atrás com *qualquer* garoto que Flo trouxesse para casa. Ou será que tem alguma outra coisa?

Dou um suspiro e, pela janela da cozinha, olho para a capela. Sinto uma vontade enorme de rezar. Obviamente, enquanto vigária, isso não é nada fora do normal. Rezo todas as noites e, às vezes, aleatoriamente durante o dia. Não são orações "de joelhos, mãos unidas". São mais como conversas curtas. Coisas que preciso desabafar.

Deus é um bom ouvinte. Ele nunca julga, nunca interrompe, nunca vem com uma história melhor. E, mesmo se eu estiver falando sozinha na maior parte do tempo, manifestar meus pensamentos é uma boa terapia.

Em alguns dias, assim como a vontade de fumar, a reza é uma compulsão. Como esta manhã. Ainda tenho resquícios do sonho na cabeça. Coisas que eu preferia não lembrar. As lembranças ruins são como farpas. Às vezes doem, mas a gente aprende a viver com isso. O problema é que elas sempre acabam voltando para a superfície.

Pego a chave da capela na bancada da cozinha e saio do chalé. As nuvens se abrem, e o sol brilha no céu. Olho para o cemitério, para o monumento. Vou até lá.

Tem mais bonequinhas de gravetos ao redor dele hoje. Quando chegamos, eram umas seis. Agora, devem ser umas dez ou doze. Algumas estão vestindo retalhos, o que lhes dá um aspecto ainda mais sinistro. Pesadelo de criança. Posso imaginá-las ganhando vida à noite, andando com as pernas duras, indo até o chalé, entrando pelas frestas das janelas abertas...

Para com isso, Jack. Você não é mais criança. Reprimo um tremor e observo o monumento. Tem uma inscrição perto do alto:

Em memória dos Mártires Protestantes citados abaixo, que, por seu testemunho fiel da verdade de Deus, foram, no reinado da rainha Mary, mortos queimados na frente desta capela no dia 17 de setembro de 1556. Este Obelisco, construído a partir de doações públicas, foi erigido em 1901.

Logo abaixo, uma lista de nomes:

Jeremiah Shoemann
Abigail Shoemann
Jacob Moorland
Anne Moorland
Maggie Moorland

Abigail e Maggie. As garotas em chamas. Encosto nas letras entalhadas na pedra. Está fria, ainda não absorveu o calor do dia.
Embaixo dos nomes das garotas:

James Oswald Harper
Isabel Harper
Andrew John Harper

Os Harper. Claro. O que Rushton disse, que Simon conhecia a história da família até a época dos Mártires de Sussex. Que bom para ele. Mas alguma coisa no momento me deixou melancólica. Mortes em nome da religião sempre me causam esse efeito. Pessoas disputando o direito a Deus. É a mesma coisa que disputar o céu ou o sol. E tenho certeza de que, sem Deus, as pessoas fariam isso.

Dou as costas para o monumento e para a congregação de bonecas de gravetos e vou até a capela. Olho para o prédio branco maltratado. *Aproveitem o Teo, pois os Dias são Maus.* Certo. Preciso fazer as pazes com esse lugar se quero que a situação dê certo. Destranco e abro a porta.

O sol entra pelas janelas e lança manchas douradas e vermelhas nos bancos. Sempre amei o efeito do sol entrando por janelas de vitral.

Então, de repente, eu me lembro. As janelas aqui não são de vitral.

Olho ao redor, piscando para clarear a visão. Manchas vermelhas no vidro, um cheiro pungente, metálico. Ando pelo centro, a inquietação aumentando, com uma sensação horrível de *déjà-vu*.

GAROTAS EM CHAMAS

Pinga pinga. Ninguém tira a minha Ruby.

Tem alguma coisa no chão ao lado do altar. Uma coisa grande, preta e vermelha.

Sinto a bile subir pela garganta.

Um corvo. Machucado, torturado, as asas quebradas, o corpo retorcido.

Deve ter ficado preso e entrado em pânico, debatendo-se nas janelas numa tentativa desesperada de sair. Eu me agacho ao lado da ave morta. E reparo em uma coisa escondida debaixo do corpo ferido. Chego o corvo para o lado com uma ligeira careta.

Sinto um arrepio. Outra boneca de gravetos. Essa vestida de preto com um retalho branco no pescoço. *Um colarinho clerical.* Um pedaço de papel dobrado está preso no peito da boneca. É um recorte de jornal. Eu o puxo e desdobro. Meu rosto me encara: "Vigária com sangue nas mãos."

Sinto uma veia pulsar na minha testa. *Como? Quem?* Então ouço um barulho atrás de mim. O rangido da porta da capela. Tomo um susto e me viro.

Tem uma figura na porta, com uma aura de luz da manhã. Aperto os olhos enquanto a pessoa vem até o altar. Alta, magra. Cabelo branco preso em um coque, legging de corrida e uma regata fluorescente. Clara Rushton. Enfio a boneca e o recorte de jornal no bolso.

— Bom dia, Jack! Acordou cedo.

— Posso dizer o mesmo.

—Veio treinar seus sermões?

— Na verdade, vim retirar um corvo morto.

Ela olha para o altar.

— Minha nossa. Pobrezinho.

— Queria saber como entrou.

— Bom, tem alguns buracos no telhado. Já entraram pombos, um pardal ou outro. Nunca um corvo. — Ela olha para mim com solidariedade. — Não é a melhor forma de começar o dia.

— Não mesmo. E não são nem sete da manhã. — Olho para a roupa de corrida dela. —Você sempre sai cedo assim?

— Saio. Brian me acha maluca, mas gosto da paz do amanhecer.Você corre?

— Nem para pegar o ônibus.

Ela ri.

— Eu já estava terminando quando vi que a porta estava aberta e pensei em dar um oi.

Parece presunção. Um pouco bisbilhoteiro, até. Quase como Aaron, que aparece volta e meia "de passagem". Como se eles estivessem de olho em mim.

— Bom, não quero atrapalhar — digo. — Preciso limpar essa sujeira aqui.

— Tem material de limpeza no armário no escritório — diz Clara. — E quatro mãos são melhores do que duas. Eu posso ajudar.

Não consigo pensar num motivo para recusar.

— Obrigada.

Claro que ela só quer ajudar. Mas, quando a sigo até o escritório, só consigo pensar em quanto tempo ela ficou parada na porta me observando.

Quarenta minutos depois, terminamos de limpar o sangue das janelas e o corvo morto foi colocado na lixeira na lateral da capela.

— Pronto! — Clara olha em volta. — Bem melhor.

E está mesmo. Na verdade, limpar a sujeira das janelas deixou a nave toda mais iluminada, menos sombria e sufocante.

— Obrigada — digo de novo. — Foi muita gentileza.

Ela balança a mão coberta com uma luva de borracha.

— Imagina. Nós todos cuidamos uns dos outros aqui em Chapel Croft.

— Que bom saber.

Ela sorri. Deve ter cinquenta e poucos anos, mas poderia se passar por mais jovem, mesmo com o cabelo branco. É verdade aquela história de que algumas mulheres são como vinho, melhoram com o tempo.

— Sabe, talvez você precise de alguma coisa para distrair sua cabeça de tudo isso — diz ela. — Por que não vem ao pub comigo e com o Brian à noite? Hoje é noite de quiz.

Minha expressão deve ter me entregado.

— Você não curte quiz?

— Não muito.

— E vinho tinto?

— Bom, isso eu topo.

— Que bom. Vai ser bom ter uma pessoa nova na equipe.

— Quem mais participa?

— Eu, Brian e Mike Sudduth. Não sei se…

— Eu já o conheci.

Garotas em chamas

— Ah, certo. Ele trabalha no jornal da região. — Seus olhos se iluminam.
—Talvez ele possa escrever um artigo sobre você...

— Acho melhor não — digo, um pouco rápido demais.

— Não?

— Eu sou bem chata. Não tem muito o que escrever sobre mim.

— Ah, tenho certeza de que não é verdade, Jack. — O tom dela é provocador. —Você deve ter histórias para contar.

Olho para ela sem pestanejar.

—Vou guardar para o programa *Jackanory*.

Ela ri.

— Muito bom. Mas, se você mudar de ideia, Mike é muito legal, apesar de ter passado por uns anos difíceis... — Ela hesita. —Você sabe sobre a filha dele?

— Sei. Ele me contou.

—Terrível. Ela era uma garotinha muito fofa. Só tinha oito anos.

Sinto um aperto no peito porque penso em Flo nessa idade.Tão inocente, começando a formar a personalidade. Uma criança, levada assim. Fico com um nó na garganta.

— O que aconteceu?

— Um acidente trágico. Ela estava brincando no jardim de uma amiga. Tinha um balanço de corda lá. De alguma forma, a corda se enrolou no pescoço da Tara. Quando perceberam, era tarde demais.

— Que horrível.

—Tentaram ressuscitá-la, mas Mike e a esposa tiveram que tomar a decisão de desligar os aparelhos.

— Muito difícil.

— É. Acabou separando as famílias. As mães eram boas amigas. Depois disso, Fiona nunca mais falou com Emma.

— Emma é Emma *Harper*?

— É, foi na casa dela. Poppy e Tara eram melhores amigas. Foi horrível para todos. Poppy ficou um ano sem falar nada. E hoje em dia quase não fala.

Penso no nosso encontro em frente à igreja. Na mudez estranha de Poppy. Agora, tudo começa a fazer mais sentido.Ver a melhor amiga morrer assim... que horror.

Eu balanço a cabeça.

— Só posso imaginar a dor. Ir brincar na casa de uma amiga e nunca mais voltar.

— E, claro, Fiona culpou Emma.

— Isso é compreensível, mas não dá para olhar crianças o tempo todo.

— Emma não estava lá.

— O quê?

— Ela tinha ido ao mercado. Fica na mesma rua, mas...

— Ela deixou as duas sozinhas?

— Não. Ela deixou a irmã da Poppy tomando conta. Rosie. Era ela quem estava tomando conta das duas quando a Tara morreu.

Já casei centenas de casais esperançosos (e muitos de ressaca). Enterrei corpos de gente jovem, de gente velha e de gente que mal tinha nascido. Ungi peles macias cobertas de penugem de incontáveis bebês e consolei vítimas de traumas terríveis. Visitei prisioneiros, trabalhei em cozinhas comunitárias servindo os pobres e fui jurada em inúmeras competições de confeitaria.

Mas acho que isso não vai fazer a menor diferença para Emily e o noivo, Dylan.

A jovem me olha com desconfiança:

— Você é vigária *de verdade*?

— Sou vigária atuante há mais de quinze anos.

Ela franze a testa.

— Já terminou seu treinamento?

Meu Deus, vai ser uma manhã longa.

Eu forço um sorriso.

— Terminei, sim.

— É que... — Ela segura a mão de Dylan. Ele é um jovem corpulento, de barba e cabelo despenteado. — Nós queremos que seja um casamento bem *tradicional*.

— Claro — digo. — O casamento é de vocês. Pode ser do jeito que quiserem. É para discutir isso que estamos aqui hoje.

Eles se olham.

— Nós gostamos muito do outro vigário — diz Dylan agora.

— Ele é um ótimo sacerdote — digo em tom neutro. — Mas vocês querem se casar no dia 26 de setembro, e o reverendo Rushton não está disponível nesse dia. Além do mais, eu sou a vigária de Chapel Croft.

— Certo.

—Vocês querem se casar aqui, nesta capela?

— Queremos. Tanto meus pais quanto os dele se casaram aqui. Sabe como é, virou...

— Tradição?

— É.

— Certo. Por que vocês não me contam um pouco mais sobre vocês? Silêncio. Mais olhares nervosos. Eu suspiro e deixo a caneta na mesa.

— Que tal então me contarem qual é o problema?

— Não é que a gente duvide do seu trabalho — diz Emily.

—Temos certeza de que você é qualificada e tudo — acrescenta Dylan.

— Que bom.

— Mas tem as fotos — diz Emily.

— Fotos?

— Bom — ela me olha de cima a baixo —, acho que você não vai ficar bem nas fotos.

Boto a água para ferver e pego um pedaço de pão para torrar. Mandei Emily e Dylan embora, para refletirem sobre o que é mais importante no dia especial deles: um casamento na capela ou o fato de que eu não tenho pênis (embora eu talvez não tenha dito exatamente assim).

A reunião não melhorou meu humor. A boneca de graveto e o recorte de jornal estão me incomodando. Não sou de me assustar nem me intimidar facilmente. Mas tenho que pensar em Flo. Não quero repetir o que passamos em Nottingham.

Botei ambos no fundo da lixeira, mas fico me perguntando quem mais sabe. Quem poderia ter lido a história no jornal ou na internet? Não é difícil pesquisar. Meu primeiro palpite foi Simon Harper. Ele me parece vingativo, do tipo que gosta de intimidar. Mas não sei se ele é tão criativo assim. Então, quem mais? Só Rushton, Aaron e eu temos a chave da capela. Mas será que isso é verdade? Chaves podem sumir, serem copiadas, emprestadas. Penso em Clara, parada na porta da capela, me observando.

GAROTAS EM CHAMAS

151

Coloco o pão na torradeira. Não consigo tirar o corvo morto da cabeça, o sangue manchando as janelas da capela. Meu apetite praticamente sumiu.

Estou procurando a geleia quando Flo desce. Olho para o relógio: dez e meia.

— Bom dia. Dormiu bem?

Ela boceja.

— Dormi.

— Quer torrada?

— Não, obrigada.

— Café?

— Não.

Ela abre a geladeira e pega o leite.

— Algum plano para hoje?

— Pensei em ir até Henfield.

Henfield é a cidadezinha mais próxima de Chapel Croft.

— Ah, sim. Para quê?

— Drogas. Bebida. Talvez pornografia.

Eu a encaro. Ela balança a cabeça.

— Para que tantas perguntas?

— Desculpa. Você está certa. Por que eu deveria me importar com o que a minha única filha faz? Não é como se ela quase tivesse morrido ontem mesmo.

Ela me olha de cara feia.

— Você não vai esquecer isso nunca?

— Talvez quando você tiver trinta ou quarenta anos.

Ela enche um copo de leite.

— Na verdade, vou a Henfield porque lá tem uma loja de fotografia.

— É mesmo?

— É. Dei uma olhada no Google e vi que fazem conserto lá.

— Tem sinal de internet lá em cima?

— Bem pouco. Quando a BT vem instalar a internet mesmo?

— Não sei. Vou correr atrás disso. — Eu cedo. — Precisa de carona?

— Não. Eu baixei o horário dos ônibus.

— Ah. Que bom.

Às vezes, fico orgulhosa de a minha filha ser tão prática, madura e independente. Em outras, eu desejo que ela precisasse de mim só mais um pouquinho. Quinze anos é a idade em que começamos a perdê-los. Se bem que, na verdade, começamos a perdê-los desde o momento em que eles saem do nosso corpo e respiram pela primeira vez.

— Não tem problema você andar de ônibus sozinha?

Ela me olha com uma expressão fulminante.

— Eu *já* peguei ônibus antes. É só um trajeto de quinze minutos.

— Eu sei, mas...

— Eu sei. Eu quase morri. Vou tentar não irritar nenhum aposentado homicida no ônibus.

— Bom, todo mundo sabe que eles andam em bandos.

Um sorrisinho.

— Eu vou ficar bem, mãe. Só quero levar minha câmera para consertar. Está bem?

— Está.

— E, sem querer ofender, mas preciso sair um pouco desta casa. Ir para algum lugar onde eu tenha acesso de verdade à internet. Não consegui falar com o Leon e com a Kayleigh direito. Só preciso de um tempo de volta à civilização. Bom — ela retifica —, semicivilização.

Claro que precisa. Sinto a culpa como um soco no estômago. Arranquei minha filha de uma cidade grande e a larguei aqui, no meio do nada. Para quê? Para me redimir. Porque Durkin não me deu muita escolha. Por causa da minha própria culpa? Posso dizer para mim mesma que estamos seguras aqui, mas estou mais preocupada com Flo do que nunca.

Forço um sorriso.

— Tudo bem. Mas, se houver qualquer problema, me liga e eu vou te buscar, está bem?

— Mãe, eu vou a uma loja de fotografia e depois a algum café que tenha wi-fi. Não vai haver problema.

— Tudo bem. — Levanto as mãos num sinal de rendição. — Você tem dinheiro para o ônibus e um café?

— Já que você falou nisso, pode me emprestar dez pratas?

Eu suspiro. Sem problema, ela disse.

Depois que Flo sai, faço um café, resisto à tentação de um cigarro e pego a caixa de Fletcher embaixo da pia da cozinha.

Olho para a fita cassete quebrada. Fita adesiva. Tenho quase certeza de que é disso que preciso para consertá-la, mas também tenho quase certeza de que não temos fita adesiva. Deixo a fita de lado e pego a pasta intitulada "Mártires de Sussex".

Muitas cidades pequenas têm um passado sombrio. A própria história está manchada com o sangue dos inocentes e foi escrita pelos impiedosos. O bem nem sempre triunfa sobre o mal. Orações não vencem batalhas. Às vezes, precisamos do diabo do nosso lado. O problema é que, depois que ele vem, é difícil se livrar.

Eu me sento e começo a remexer nas folhas de papel. Algumas foram impressas da internet. Outras parecem ter sido digitalizadas de livros. O texto é erudito, seco e lotado de datas e referências históricas sobre o reinado da rainha Mary e a expurgação em geral. Só na metade da pasta encontro alguma referência específica a Chapel Croft. Um artigo muito antigo, ao que parece, talvez tirado de algum periódico. A impressão está ruim e a linguagem é arcaica, mas Fletcher resumiu o texto e fez anotações nas laterais.

Vilarejo invadido, mártires arrancados das camas e reunidos. Os que se retrataram foram marcados, mas liberados. Os que se recusaram foram condenados por heresia e queimados na fogueira. Duas garotinhas, Abigail e Maggie, escondidas na capela. Deduradas. Arrastadas para fora. A punição das meninas foi ainda mais bárbara. Os olhos de Maggie foram arrancados. Abigail foi desmembrada e decapitada antes da fogueira.

Engulo em seco. Desmembrada e decapitada.

"Não tinha cabeça nem braços."

Não tinha como Flo saber disso. Pego meu café. Ficou frio, mas tomo mesmo assim. Fletcher escreveu nessa parte: "Deduradas por *quem*?"

A folha seguinte é maior e está dobrada várias vezes. Abro o papel na mesa. Levo um momento para entender o que estou vendo. É a planta da capela, ou melhor, da igreja que havia lá antes da capela. Este documento também é velho e bem desbotado.

Aperto os olhos para o desenho. A estrutura é a mesma. Identifico a nave, a sacristia. Mas tem outras partes que não consigo visualizar na minha cabeça. Áreas que parecem ter mudado com o tempo. Outro armário? Um porão? Achei que a capela não tivesse porão. Uma cripta, talvez? Olho para o desenho, pensativa, guardo todos os papéis na pasta e a fecho.

Pego a segunda pasta. *Merry e Joy*. A vontade de fumar agora está tão forte que minhas mãos ficam agitadas. Abro a pasta e começo a mexer nas matérias de jornal. Não tem tantas quanto era de se imaginar. Os desaparecimentos não atraíram muito interesse nacional. E isso não é comum. Merry e Joy eram jovens, brancas e mulheres. Sem querer parecer fria, é com esse tipo de garota que os jornais e a imprensa costumam se importar. Desde o começo, a polícia tratou o caso como o de duas meninas que fugiram. Fizeram apelos para que as garotas voltassem para casa, entrassem em contato com as mães. Pelo visto, em momento nenhum houve a suspeita de que elas talvez não pudessem fazer isso. E o fato triste, uma coisa que sei bem pelo meu trabalho com os sem-teto, é que a polícia tem mais probabilidade de gastar tempo procurando garotas mortas do que vivas.

Pelo que vejo, o jornal local publicou histórias sobre as garotas por bem mais tempo, mas até ali as matérias foram passando da primeira página para artigos menores para tapar buraco.

As mesmas fotos escolares das garotas foram usadas em todos os jornais. Não são fotos muito boas. São borradas, velhas. A duas parecem mais novas do que na que encontrei no quarto de Joy. Eu me pergunto se isso dificultou a busca.

Finalmente encontro um artigo mais longo, escrito um tempo depois do desaparecimento. E não para um jornal. Estreito os olhos. No alto da página, em letras pequenas, o cabeçalho diz: *Histórias de Sussex — Mistérios e lendas locais. Março de 2000. Edição 13.*

Começo a ler:

O MISTERIOSO CASO DAS FUGITIVAS DE SUSSEX

Merry e Joy eram melhores amigas. Inseparáveis, muitos diziam. Elas cresceram juntas, estudavam juntas, brincavam juntas, andavam de bicicleta juntas. E, durante uma semana na primavera de 1990, aos quinze anos, elas desapareceram juntas.

Estranhamente, não houve buscas frenéticas. Os moradores da cidade não saíram procurando na região. Não houve mergulhadores entrando em rios e riachos. Acreditou-se praticamente desde o começo que as duas garotas tinham fugido. A investigação da polícia foi no mínimo superficial, e o caso não chamou atenção dos jornais nacionais. Para entender por que o desaparecimento das garotas teve tão pouca visibilidade, talvez seja melhor começar com a cidade onde elas cresceram.

Chapel Croft é um vilarejo em East Sussex conhecido principalmente pelas fazendas e pela igreja. É uma área religiosa; protestante, com um passado sangrento de martírio.

Durante as perseguições religiosas da rainha Mary em 1556, oito moradores foram queimados na fogueira, inclusive duas garotinhas. Há um memorial no cemitério da capela. Todos os anos, no aniversário da expurgação, bonequinhas de graveto chamadas *Garotas em Chamas* são incendiadas em homenagem às mártires que morreram.

Pode-se dizer que, assim como muitas cidadezinhas, Chapel Croft é um lugar provinciano, isolado e protetor com sua igreja e suas tradições.

As famílias de Merry e de Joy eram religiosas. Ambas perderam os pais logo cedo. Mas as similaridades terminavam aí. Joy cresceu num lar rigoroso, mas amoroso. Doreen era boa mãe. Joy era filha única, e essa filha era sua vida.

Merry, por outro lado, cresceu num ambiente bem mais caótico. A mãe, Maureen, apesar de devota, era alcoólatra. Merry e o irmão nem sempre iam à escola. Usavam roupa de segunda mão que viviam sujas. Era comum que Merry aparecesse com hematomas sem explicação.

Hoje em dia, isso provavelmente seria visto como sinal de abuso e negligência. Mas, em uma cidade pequena uma década atrás, as pessoas ainda acreditavam que deveriam deixar as famílias cuidarem de seus próprios problemas. O reverendo Marsh, padre da paróquia na época, confessou depois que se arrependia de não ter feito mais: "Estava óbvio que tinha alguma coisa errada naquela casa. Talvez, se alguém tivesse interferido, uma tragédia pudesse ter sido evitada."

De fato. O único alívio de Merry das infelicidades de casa parecia ser sua amizade com Joy e o tempo que elas passavam juntas. Entretanto, isso também seria ameaçado.

A mãe de Joy nunca gostou muito do relacionamento da filha com Merry. Ela achava que Merry não era boa companhia. As duas garotas tinham lições da Bíblia com o reverendo Marsh. Mas ficou combinado que Joy faria aulas adicionais para "continuar no caminho certo".

As aulas de Joy eram com um padre novo, em treinamento na capela, Benjamin Grady. Grady era um jovem (tinha apenas vinte e três anos) ambicioso e bonito; um rapaz charmoso. Despertou interesse em muitas garotas da cidade. Teria também chamado a atenção de Joy?

Surgiram boatos, sem qualquer embasmento, de que a bela Joy tinha sido vista indo à capela à noite, às vezes fora dos horários das aulas. Entretanto, algumas semanas antes de seu desaparecimento, Joy parou abruptamente de ir às aulas de Grady.

Teria sido um coração partido ou um amor não correspondido o motivo para Joy ter fugido? Ou ainda algo mais sinistro? Grady, afinal, era adulto, em posição de poder.

A polícia falou com ele. Mas, quando Joy foi vista pela última vez, em um ponto de ônibus em Henfield, Grady tinha álibi. Ele estava preparando uma missa com o reverendo Marsh.

Joy nunca mais foi vista.

A polícia foi à casa de Merry perguntar sobre o desaparecimento da melhor amiga dela, mas foi informada que ela estava "doente". Por algum motivo, nunca voltaram.

Menos de uma semana depois, Merry sumiu.

Essa reviravolta só reforçou a opinião da polícia de que Joy tinha fugido. Joy tinha feito uma mala. Merry deixou um bilhete: *Me desculpa. Nós temos que fugir. Eu te amo.*

O uso da palavra "nós" dá a entender que as garotas haviam planejado fugir juntas. Talvez a intenção sempre tivesse sido fugir separadas para se encontrarem depois. A preocupação pela segurança das meninas deu lugar aos apelos para que elas fizessem contato.

Claro que elas não fizeram.

Estranhamente — talvez coincidência, talvez não —, logo depois que Merry desapareceu, o jovem Grady também deixou a cidade de repente. Não há registro seu trabalhando como padre novamente. Ele pode ter abandonado a Igreja, ou talvez até adotado um novo nome. Mas por quê? O mais estranho é que, quase um ano depois do dia em que Merry fugiu, a mãe e o irmão dela desapareceram, deixaram a casa sem levar nada. E nesse caso também não se teve mais notícias de nenhum dos dois.

Ninguém em Chapel Croft quer falar sobre as garotas. A mãe de Joy sofre de demência e ainda acredita que a filha está voltando para casa. Parece cruel privá-la disso.

Talvez Merry e Joy tenham mesmo escapado para vidas melhores. Talvez elas tenham encontrado destinos menos agradáveis. Talvez elas só não queiram ser encontradas.

Mas não dá para ignorar a sensação de que alguém, em algum lugar, deve saber o que aconteceu com as duas melhores amigas, as fugitivas de Sussex. Merry e Joy. Os nomes ainda inseparáveis.

Fico imóvel por um momento, digerindo emoções diferentes. Em parte, tristeza. Em parte, raiva. Olho para a assinatura do artigo. Tenho um estalo. Volto para as matérias, procurando o nome da repórter que cobriu os desaparecimentos para o jornal local. É o mesmo. *Claro.*

Uma vez repórter, sempre repórter.

J. Hartman. Joan.

— Eu diria que vai ficar em torno de cem libras, fora as peças.
O homem da loja de fotografia olha para ela com solidariedade.
Flo suspira.
— Certo.
— Não era o que você queria ouvir?
— Não, mas é o que eu esperava.
— Desculpa, querida.
— Obrigada mesmo assim.
— E se você pedir com jeitinho para sua mãe ou seu pai?
— É, talvez.
Ela vai até a porta.
— Ah, espera.
Ela se vira. Ele oferece uma caixa de filme.
— Tirei o filme para você. Acho que não foi danificado.
— Ah. Obrigada.
Ela guarda a caixa do filme. Pelo menos, não perdeu as fotos. Um pequeno consolo. Como ela vai arrumar cem pratas?
A garota sai desanimada da loja, e o sino toca com alegria atrás dela, o que só piora seu humor. *Maldito caipira filho da puta, que atira em corvos com uma espingarda de pressão.* Ela tinha se sentido meio mal por ter quebrado o nariz de Tom, mas agora torce para que fique torto. Para que ele sofra de sinusite pelo resto da sua vida podre.

Não é uma reação cristã, ela imagina a mãe dizendo, mas que se dane. A religião nunca trouxe nada de bom para elas mesmo. Tirou-as de casa. Obrigou-as a ir para aquele buraco. É, a devoção a Deus estava mesmo valendo a pena.

Ela vê um café do outro lado da rua e atravessa. Adoraria botar a conversa em dia com Leon e Kayleigh e se sentir um pouco normal, para variar. O café está cheio, mas ela vê uma mesa perto da janela. Coloca seu moletom no encosto da cadeira, entra na fila para comprar um café e leva um mocha e um bolinho para sua mesa.

Toma um gole e conecta ao wi-fi. Sinal ótimo. Aleluia. Ela abre o Snapchat. Flo não é muito fã de redes sociais. Não gosta de como todo mundo finge que tem uma vida incrível e de como botam um zilhão de filtros na cara até nem parecerem mais humanos. É tudo mentira ou falso. Ela nem gosta de tirar fotos com o celular; prefere a Nikon (embora a máquina vá ficar fora da jogada por um bom tempo), mas Kayleigh e Leon estão no Snapchat e é a única forma de manter contato com os amigos.

Ela sente saudade deles. E preferiria vê-los pessoalmente. Tenta não ficar para baixo, mas às vezes é difícil. Quando a mãe contou da mudança, Flo ficou com raiva. Elas brigaram, bateram portas, essa coisa toda. Tudo bem que ela *sabia* que as duas precisavam ir embora da igreja de St. Anne. Todas aquelas coisas acontecendo foram demais. Sua mãe vivia tensa e preocupada. Foi difícil.

Mas tinham que ir para *lá*? Por que não para outra igreja em Nottingham? Ou para algum outro lugar que não ficasse a centenas de quilômetros de distância? A única coisa que serve de consolo é que não vai ser por muito tempo. Sua mãe é só vigária substituta. Quando um permanente chegar, elas podem voltar para Nottingham, e, com sorte, todas as outras coisas vão ter sido esquecidas.

Ela dá uma olhada nas postagens recentes e sorri ao ver as selfies de alguns amigos. Então encontra a foto que tirou das bonecas sinistras de gravetos e escreve: "O que o pessoal daqui faz para se 'divertir' (emoji de rosto gritando). Enviem notícias da civilização." Ela espera as respostas enquanto toma o café e olha pela janela.

Uma figura parada no ponto de ônibus um pouco à frente chama sua atenção. Um adolescente magrelo todo de preto: jeans, moletom, cabelo preto e comprido. *Wrigley?* Ela estreita os olhos. A janela é pintada com o nome do café e várias xícaras, o que distorce sua visão. Mas parece Wrigley. Tem alguma coisa na posição dele. Está parado olhando. Observando-a? Um ônibus para entre eles e, quando sai, a figura sumiu.

Ela franze a testa. Não dá para ter certeza de que era Wrigley. Ele não pode ser o único garoto magrelo em Sussex que gosta de se vestir de preto. E por que ele *não deveria* estar ali? Henfield é a cidade mais próxima de Chapel Croft, afinal. Não tem muitos outros lugares para ir.

Ela olha para o café. Como se para provar o que ela estava pensando, uma sombra encobre a mesa. Ela olha para a frente.

— *Sério?*

Rosie sorri.

— Oi, Vampirina.

Flo olha de cara feia para ela.

— Você está me perseguindo?

Rosie sorri e puxa a outra cadeira.

— Vai sonhando.

— O que está fazendo aqui?

— Vim me encontrar com umas amigas. Vamos fazer as unhas. Vai ser por conta da minha mãe.

— Uau. Que sorte a sua.

— Não muito. Aquela vaca paga qualquer coisa para me tirar de perto dela. E você?

— Pensando em qual foi o último lugar onde eu estive sem você por perto.

— Cidade pequena, Vampirina. Você vai aprender que é difícil fugir das pessoas aqui.

— Estou começando a perceber isso. — Flo cruza os braços. — O que você quer?

— Na verdade, quero pedir desculpas.

— Sério?

— Sério.

— Isso aí não é só medo de eu ter denunciado você para a polícia?

— Você fez isso?

— Ainda não.

Rosie olha para a câmera quebrada.

— Sabe, eu posso pagar pelo conserto disso aí.

— Não preciso do seu dinheiro.

— Tudo bem.

— Era só isso?

— Não tem motivo para não sermos amigas.

— Tem muitos.

— Então você prefere andar com o Tremelucas? Não acha aqueles tremeliques meio bizarros? Ou por acaso você fica excitada com isso?

—Vai se foder.

— Isso quer dizer que você gosta dele?

— Acabei de conhecer o garoto.

— Quer ver uma foto do pau dele?

Flo olha para ela. Rosie ri.

— Eu paguei um boquete para ele uma vez. Foi aposta.

— Não acredito em você.

— Por quê? Você acha que ele é especial? Acredite em mim, ele é igual a qualquer garoto. Não está nem aí para onde mete o pau. Vê se cresce.

Flo dá de ombros.

— Como se eu me importasse. — Mas ela se importa. Um pouco.

Tinha alguma coisa nele. Mas ela devia estar enganada.

—Tenho uma foto boa, que compartilhei em todos os lugares. Você deve ser a única pessoa da cidade que não viu. É bem grande, viu.

—Você é nojenta.

— Como assim? Você não gosta de pau? Seu negócio é boceta?

—Vai à merda.

— Na verdade, eu vim te dar um aviso de amiga.

—Ah, é?

—Wrigley contou da última escola dele?

— Como eu já disse, a gente acabou de se conhecer.

— Ele foi expulso.

— E daí?

—Você não tem curiosidade de saber por quê?

—Tenho curiosidade de saber por que eu deveria acreditar no que você diz.

— Ele tentou botar fogo na escola. Quase matou uma garota.

— Mentira.

— Pode pesquisar. A escola fica em Tunbridge Wells, chama-se Ferndown Academy.

— Como eu falei, não ligo.

Rosie se levanta e dá de ombros.

— Problema seu. Mas, se eu fosse você, ficaria longe do Wrigley. — Ela dá uma piscadela. — Se você souber o que é bom para a sua vida.

Flo a vê sair andando, desejando que alguém acidentalmente jogue café quente na cara dela. Olha para o celular. Tem uma mensagem de Kayleigh. Seu polegar paira acima da notificação. Mas ela acaba abrindo o navegador e digitando "Ferndown Academy".

—Você escrevia no jornal da cidade.

Joan caminha de forma vacilante até a mesa com duas canecas de café. Elas balançam em suas mãos contorcidas, mas a mulher consegue chegar sem derramar uma gota.

— Isso mesmo.

— Por que não me contou antes?

— Se dermos todas as respostas, não vão fazer perguntas.

— Mas talvez eu tivesse levado mais a sério o que você disse sobre o reverendo Fletcher.

Ela finge surpresa.

— Quer dizer que não levou? Talvez tenha achado que eram delírios de uma velha louca?

— Desculpe.

— Não peça desculpas. Estou acostumada. Quando se é velha, não importa o que você fez na vida. As pessoas só veem a idade. — Ela pisca. — Claro que também dá para usar isso a nosso favor. Há anos não carrego uma sacola de compras até o carro.

Sorrio.

— O desaparecimento das garotas deve ter sido uma história importante para o jornal da cidade.

— No começo. Mas, aos poucos, isso mudou.

— Por quê?

— Cidades pequenas são lugares estranhos. Retrógradas em alguns aspectos. Sei que as pessoas não gostam de ouvir isso, mas é verdade. Elas são resistentes a mudanças. Algumas famílias moram aqui há gerações, e têm seu jeito de ser.

Tomo um gole de café.

— Todo mundo conhece todo mundo — continua ela. — Ou melhor, as pessoas acham que conhecem. Mas a verdade é que sabem o que querem saber e acreditam no que querem acreditar. Diante de qualquer coisa que ameace a comunidade, as tradições, a igreja, elas se juntam para protegê-la.

Ela está certa. Não é só em cidades pequenas. Também acontece nas cidades grandes. É assim que algumas áreas viram guetos. Nós e eles. Por pior que o "nós" seja, é preciso proteger os seus.

— Alguém mandou você parar de escrever sobre as garotas?

— Não diretamente. Mas meu editor me desencorajou de fazer perguntas demais. Acho que o policial encarregado, o inspetor Layton, não queria ser visto como incompetente, e a igreja era uma grande influência na comunidade. Sugerir que cometeram um erro era quase heresia.

— Ao dizer "cometeram um erro", você quer dizer por Benjamin Grady, o padre?

— É.

— Você o conheceu?

— Eu sabia quem ele era. Eu morava em Henfield na época. Só falei direito com ele uma vez, depois do desaparecimento de Joy.

— E?

Ela hesita.

— Não gostei dele...

— Por quê?

— Tinha alguma coisa. Não consegui identificar. Mas sei que muitas das garotas da cidade eram caidinhas por ele.

— Acontece muito. Garotas apaixonadas por padres. Claro que a maioria jamais abusaria da posição.

Ela assente.

— Grady estava ciente de seus atributos físicos. E Joy era uma garota bonita.

— Isso faz parecer romântico — digo com voz tensa. — Ele era um adulto em posição de poder. Ela tinha quinze anos.

Ela assente.

— Sim.

— Ele foi considerado suspeito do desaparecimento de Joy em algum momento?

— Não seriamente. A polícia falou com ele, claro. Mas, quando Joy foi vista pela última vez por uma testemunha, Grady tinha um álibi. Ele estava preparando uma missa com o reverendo Marsh.

—A testemunha não pode ter se enganado?

— A descrição dela batia com o que a mãe de Joy disse que ela estava usando.

— Quem foi a testemunha? Não foi mencionado em nenhum relatório.

— Clara Rushton.

Eu a encaro.

—A esposa do reverendo Rushton?

— É, embora na época ela ainda fosse Clara Wilson. Ela dava aula na escola de ensino fundamental II e médio.

— Eu sei… quer dizer, ela comentou. — Eu penso. — Então, ela conhecia as garotas *e* Grady?

— Conhecia. Na verdade, Clara e Grady cresceram juntos em Warblers Green. Mas Grady foi embora para a faculdade e para estudar teologia. Quando voltou, Clara o ajudou muito na capela. O reverendo Marsh não dirigia, e Clara fazia muitas coisas para a igreja.

—Você pesquisou bem.

Ela sorri.

— Ah, eu sempre pesquiso.

Alguma coisa no seu tom me faz pensar se de repente ela pesquisou a meu respeito. Continuo depressa:

— Então é *possível* que Clara tenha ajudado Grady?

— Mas como ela saberia o que Joy estava usando naquela noite?

— Será que ela a viu mais cedo, quando Grady não tinha álibi?

— Pode ser. Mas mentir e atrapalhar a justiça?

— Será que ele a manipulou?

— É possível. Como falei, Grady estava bem ciente do próprio charme. Clara podia estar apaixonada. Mas, naquela época, ela estava acima do peso, pouco à vontade com a própria altura. Acho que eu talvez tenha fotos por aqui.

Ela começa a se levantar, a erguer o corpo frágil do assento. Quase esqueci a idade dela enquanto conversávamos; a mente continua muito ágil. Ela vai para o corredor. Eu espero, pensando na altiva e elegante Clara, que já foi desajeitada, acima do peso. Mas os anos nos mudam. Para melhor e para pior.

Joan volta com duas fotos velhas e as entrega para mim. A primeira mostra uma Clara bem mais jovem. Gorducha, de cabelo escuro, quase irreconhecível. O rosto está sério, o traje é datado. Claramente uma foto tirada para a escola onde ela trabalhava. Consigo imaginá-la presa no saguão de entrada, com o nome dela embaixo. *Srta. Wilson.*

Coloco a foto na mesa de centro e olho a segunda foto. E prendo o ar.

Grady. Ele está sentado de frente para a câmera. As costas eretas, as mãos unidas no colo, o sorriso quase debochado. É um sorriso perfeito e meio feminino. Tem maçãs do rosto proeminentes, lábios carnudos. O cabelo louro penteado para trás acima de uma testa alta. Um homem bonito, mas… mesmo naquela foto estática, alguma coisa me dá arrepios.

— Reparou no anel? — pergunta Joan.

Ela se inclina para a frente e bate na foto com um dedo torto. Sentindo-me obrigada, eu olho com mais atenção. A maioria dos padres não usa joias além de uma cruz. Mas tem um anel de sinete em um dos dedos de Grady. Só consigo identificar que tem uma imagem na frente e palavras em latim. Engulo em seco.

— Incomum, não é? — comenta Joan. — A parte em latim é de uma oração para São Miguel. Precisei de uma lupa para identificar. Você conhece?

Eu faço que sim.

— *Sancte Michael Archangele, defende nos in proelio.* São Miguel Arcanjo, nos proteja em batalha. É uma oração de proteção. Contra as forças das trevas.

Coloco a foto sobre a mesa de centro e resisto à vontade de esfregar as mãos na calça jeans.

Joan está me olhando com curiosidade.

—Você está bem, querida?

— Sim. Estou. É que não sei bem o que posso fazer. Sou vigária, não detetive. E isso tudo aconteceu tanto tempo atrás.

— É verdade. Mas descobrir o que Matthew sabia seria um começo.

Ela encosta na cadeira, demonstrando sentir dor. Artrite ou talvez osteoporose. Eu espero.

—Você acredita mesmo que alguém o matou?

Ela se acomoda e diz:

— Eu o vi alguns dias antes de morrer. Ele não me pareceu um homem suicida. Na verdade, aparentava ter uma nova motivação.

— Os suicidas disfarçam bem.

—Você fala como se tivesse experiência.

Eu hesito, mas acabo dizendo:

— Meu marido, Jonathon, tentou cometer suicídio. Mais de uma vez.

— Sinto muito, querida.

— Ele sofria de depressão. Tinha dias bons, que eram ótimos, mas os momentos sombrios… eram muito ruins.

— Deve ter sido difícil.

Penso nas horas que ele passou largado na frente da televisão. Na paranoia que o fez quebrar o próprio telefone com uma marreta. No dia em que ele foi encontrado andando descalço no acostamento de uma estrada de mão dupla. Alguns males são visíveis. Mas a depressão é uma doença que imobiliza a mente e transforma a pessoa que você ama em alguém que você nem reconhece.

— Eu estava prestes a pedir o divórcio quando ele morreu — confesso, sentindo a culpa antiga. Mesmo com o apoio de Deus, não consegui lidar. Não com uma filha pequena. Não temendo todos os dias que a doença dele colocasse nossa filha em perigo.

— Ele conseguiu tirar a própria vida, no fim das contas? — pergunta Joan delicadamente.

— Não. — Abro um sorriso amargo. — Foi assassinado por um invasor da igreja. Uma coisa meio irônica.

— Minha nossa. Que horror. Pegaram o responsável?

Penso na carta no porta-luvas.

— Pegaram. Ele foi sentenciado a dezoito anos.

Ela coloca a mão enrugada na minha.

—Você passou por muita coisa.

— Não costumo contar para as pessoas sobre Jonathon. Acho que tentei deixar para trás. Nem uso mais meu nome de casada.

— Bom, nós, repórteres, somos bons em conseguir informações das pessoas.

— É verdade.

E confessar uma verdade pode ser uma boa forma de fugir de outras.

Joan se encosta e puxa o cardigã em volta dos ombros. Eu lembro a mim mesma que ela tem mais de oitenta anos e que estamos conversando há um tempo. Deve ser cansativo para ela.

—Tenho que ir.Você está cansada.

Ela balança a mão.

— Tenho oitenta e cinco anos. Estou sempre cansada. Alguém mencionou Saffron Winter para você?

— A escritora? Sim, Aaron falou que ela e o reverendo Fletcher eram amigos.

— Se quiser saber mais sobre Matthew, deveria falar com ela. Os dois eram próximos.

— Romanticamente?

— Ele nunca mencionou, mas tive a impressão de que havia *alguém* importante na vida dele.

Interessante. Meu celular vibra no bolso. Penso em ignorar, mas vejo que é Durkin quem está ligando.

— Desculpe, você se importa se eu...

— Não, pode atender — responde Joan. — Acho que o sinal pega melhor lá fora.

— Obrigada.

Eu me levanto, atravesso a cozinha e vou para o jardim.

— Alô.

— Jack. Recebeu minha mensagem?

— Desculpa, não ouvi a caixa postal.

Durkin soa tenso, não com o jeito habitual, escorregadio como sabonete. Na mesma hora, fico tensa.

— Algum problema?

Um suspiro profundo.

— Na verdade, tenho uma notícia bem chata e achei que você deveria ser a primeira a saber.

— Certo.

— Sabe o reverendo Bradley?

— Sim, meu substituto. O que tem ele?

— Ele foi atacado ontem à noite na igreja de St. Anne.

— Como ele está?

Uma pausa. O tipo de pausa que sempre precede uma notícia horrível.

— Infelizmente, ele está morto.

Ele apoia a cabeça na janela do trem. O movimento traz calma. O vidro frio alivia o latejar do crânio dele.

São quase duas horas até Londres e depois ele precisa pegar outro trem para Sussex. De lá, ele vai ter que ver os ônibus, ou talvez ir andando.

Para sorte dele, o padre gordo tinha muito dinheiro na carteira. Pagou as passagens de trem e ainda sobrou um pouco. Ele dormiu na igreja ontem. Estava limpa e não muito fria. Tinha até um banheirinho onde ele pôde lavar o sangue.

O padre gordo contou bem rápido o que ele queria saber. Ele não se lembrava direito agora por que achou que precisava continuar batendo tanto nele, com tanta força. Talvez tenha sido o jeito como o padre olhou para ele; o jeito como falou baixinho que perdoava seus pecados. Talvez o tivesse lembrado um pouco demais de sua mãe.

Eu te amo tanto assim.

— Passagem, por favor.

Ele leva um susto e olha, instintivamente, apertando os punhos. Lutar ou fugir. Atacar ou escapar. Não, ele lembra a si mesmo. A passagem está no bolso. Está tudo bem. Ele tem todo o direito de estar naquele trem. Só precisa agir normalmente. Manter a cabeça fria. Lembrar por que está fazendo aquilo. Senão, tudo vai ser em vão.

O inspetor de passagens chega mais perto. Ele se senta ereto, a passagem na mão, tentando controlar os tremores.

— Bom dia, senhor.

— Bom dia.

Ele entrega a passagem. O inspetor fura o papel, faz menção de devolver, mas para.

Ele é tomado de pânico. O que foi? Ele disse ou fez alguma coisa errada? O inspetor viu a culpa no rosto dele ou o sangue nas mãos?

O inspetor sorri e devolve a passagem.

— Faça uma boa viagem, reverendo.

Ah. Claro.

Ele relaxa, os dedos tocando no colarinho branco.

O padre gordo soube seu destino assim que ele o mandou tirar a roupa. Ele viu o terror nos olhos castanhos grandes e na mancha úmida na cueca.

O terno ficou meio grande, mas nada que vá levantar suspeitas. Ele sorri.

— Deus o abençoe, senhor.

— Tem certeza de que não quer vir hoje?

Flo olha para mim com desdém.

— Ah, para uma noite de quiz num pub? Não, obrigada.

— E você vai ficar bem aqui sozinha?

— Bom, só se você me botar no cercadinho.

— Muito engraçada.

— Eu vou ficar bem, ok?

Mas ela não parece bem. Com o nariz enfiado no livro, minha filha está pálida, com um jeito preocupado e infeliz.

Eu me sento no sofá ao lado dela.

— Olha, vou tentar arrumar dinheiro para o conserto da câmera. Talvez eu possa pedir um cartão de crédito.

— Achei que você tivesse dito que cartões de crédito eram coisa do diabo.

— Bom, muitas coisas são do diabo e eu faço mesmo assim.

— Está tudo bem, mãe. Não é a câmera.

— Então o que está te incomodando?

— Nada, está bem? — Ela se levanta do sofá. — Vou subir.

— E o jantar?

— Mais tarde eu faço alguma coisa.

— Flo.

— Mãe, me deixa em paz, por favor. Eu não sou uma das suas paroquianas. Se quiser saber o que há de errado, é só dar uma olhada em volta.

Ela sobe a escada pisando forte e bate a porta do quarto, sacudindo o chalé todo.

Certo. Bem, talvez eu tenha merecido. Eu me encolho no sofá e massageio a cabeça. Sinto uma dor chegando. A última coisa que quero é participar de um quiz. Por outro lado, uma bebida cairia bem. Fico pensando no reverendo Bradley. *Atacado. Morto.*

Durkin me disse que a polícia está trabalhando na teoria de que foi um invasor, talvez um dos sem-teto que foi comer lá. A carteira de Bradley foi levada, assim como as roupas.

Mas estou com um pressentimento ruim. St. Anne era minha antiga igreja. Ele estava me procurando? O reverendo Bradley o atrapalhou?

Não. Estou somando dois mais dois e entrando em pânico. Faz quatorze anos. Ele não teria sido libertado precocemente se não tivesse demonstrado remorso, provado que era um novo homem. Por que ele me procuraria agora?

Mas eu sei a resposta. Eu o deixei para trás. Nunca voltei.

Eu me levanto. Chega. Talvez a melhor coisa a fazer seja dar espaço para Flo, sair e desanuviar a mente por algumas horas. Subo, tomo um banho e troco de roupa. Eu me olho no espelho de corpo inteiro apoiado na parede. Calça jeans, camisa preta, botas Doc Martens. Começo a fazer um rabo de cavalo, mas mudo de ideia e prendo o cabelo atrás das orelhas. Pego o moletom. Ainda está abafado, mas talvez esfrie mais tarde.

Bato delicadamente na porta de Flo.

— Estou indo.

Nenhuma resposta. Dou um suspiro.

— Amo você.

Espero e ouço uma voz abafada em resposta:

— Não fique bêbada demais.

Abro um sorriso e me sinto reconfortada. Só coisa normal de adolescente. Vai passar. Talvez isso tudo passe. Por outro lado, um pouco de precaução não faz mal. Vou até meu quarto, abro o armário, pego o estojo surrado de couro e tiro a faca com cabo de osso lá de dentro. Olho para as manchas de ferrugem. Então espeto a lâmina embaixo do colchão.

Se ele nos encontrar, estarei pronta.

O Barley Mow é bem iluminado. Não vou a um pub há muito tempo. Não bebo com tanta frequência. De vez em quando um vinho tinto em casa, mas só isso. Vigários não podem ser vistos virando shots de tequila no bar. Além do mais, não gosto de me sentir fora de controle. De me perder, de não saber direito o que vou dizer.

São sete e trinta e sete. Eu hesito e toco no colarinho. Um tique nervoso. Um gesto de conforto, de segurança. Sempre posso optar por não usar. Em certas ocasiões não uso. O caso é que o colarinho também funciona como escudo. Quando as pessoas olham para ele, não *me* veem de verdade.

Eu abro a porta. Pubs têm cheiro. De trigo, de comida, de móveis antigos, de suor velho. Os sons são de risadas e tilintar de copos. Alguém na cozinha gritando alguma coisa ininteligível. Entro e observo rapidamente o ambiente. É um hábito, como tocar no colarinho. Para avaliar a situação. Perceber quem são os oponentes e quem são os amigos. Procurar saídas.

O pub é aconchegante e tem uma iluminação fraca. À minha esquerda fica o bar e uma pequena área com mesas. À direita, uma lareira aberta grande e apagada, mais mesas e cadeiras e alguns sofás de couro velhos. As paredes são de tijolo, decoradas com várias plaquinhas bem-humoradas.

Dinheiro não compra felicidade, mas compra cerveja.

O álcool pode não resolver seus problemas, mas água também não.

Cachorros são bem-vindos, crianças são toleradas.

Há panelas de cobre e utensílios de ferro pendurados em volta da lareira e das pilhas de lenha. A maioria das pessoas é mais velha; algumas têm cachorros. É esse tipo de pub.

Tem um grupo de rapazes à minha esquerda, reunidos em volta do bar, conversando com um dos garçons, um jovem corpulento com olhos negros e o nariz inchado. Ele olha quando eu entro e diz alguma coisa para os outros. Eles riem. Tento ignorar, mas sinto minha mandíbula se contrair.

— *Jack*, aqui!

Eu me viro ao ouvir a voz de Rushton. Ele acena para mim de uma mesa redonda no canto. Clara está sentada ao lado dele, mas não há sinal de Mike Sudduth ainda. Vou até eles, pulando alguns cachorros no caminho. Tem uma caneca de cerveja na frente de Rushton e uma taça de vinho tinto na frente de Clara. Assim que me aproximo, Rushton se levanta e me acolhe num abraço caloroso.

— Que bom que você veio. O que você quer beber?

— Hum. — Cogito pedir uma Coca Diet, mas penso: que se dane. — Uma taça de vinho tinto, por favor. Malbec ou Cabernet Sauvignon, se tiver.

— Tudo bem.

Ele sai andando, e eu pego um dos bancos para me sentar na frente de Clara. Hoje à noite, ela está de cabelo solto, uma capa cintilante branca por cima dos ombros. Penso nas fotos antigas que Joan me mostrou. A Clara esquisitona. O belo Grady.

Será que ela mentiria por ele?

— Como você está? — pergunta ela calorosamente.

— Ah, bem.

— Como foi o atendimento ao casal?

— Nada que uma mudança de sexo ou uma barba falsa não resolva.

Ela ri.

— Eles vão mudar de ideia. Algumas pessoas são bitoladas demais.

— Eu sei. Não é a primeira vez.

— Claro.

Rushton volta com uma taça grande de vinho tinto, acompanhado por Mike Sudduth.

— Olha quem eu encontrei no bar!

Ele abre um sorriso e coloca meu vinho na mesa.

— Cabernet Sauvignon. E eu soube que você já conheceu Mike, então nem preciso apresentar.

— Não. — Abro um sorriso educado. — Como está o carro?

— Com quatro rodas de novo. Obrigado pela ajuda.

— Não foi nada. E, sobre o que eu falei…

— Não se preocupe. — Ele se senta no banco ao meu lado e coloca um copo de suco de laranja na mesa. — E aí? Qual é sua especialidade?

Olho para ele sem entender por um momento.

— Ah, o quiz.

— Clara é a especialista em conhecimentos gerais — explica Rushton. — Eu, em esportes.

— Qual é o seu? — pergunto a Mike.

— Televisão e cinema.

— Certo. — Eu tomo um gole de vinho. — Bom, eu gosto de ler.

— Que bom. Livros, então.

— Talvez eu esteja meio enferrujada.

Rushton ri.

— Não se preocupe. É só diversão.

Mike e Clara trocam olhares.

— O quê?

— Não deixe que ele te engane com esse papo de diversão — diz Mike. — O quiz é coisa séria.

— Agora você está me preocupando.

— Está tudo bem — diz Clara. — É só uma questão de vida ou...

Ela para no meio da frase e olha para a porta. Eu me viro. Sinto o sopro do ar noturno quando duas pessoas entram. Simon e Emma Harper. Olho para Mike. O rosto dele está sério, a mandíbula trincada. A dor nos olhos dele é quase tangível. Ele olha para baixo, concentrado de repente na folha de perguntas na mesa.

— O nome da equipe — diz Rushton rapidamente. — Acho que deveríamos trocar agora que temos uma nova integrante.

— Sem dúvida — concorda Clara. — Para começar do zero, e coisa e tal.

Eles olham para mim com expectativa. Esse é outro motivo para eu odiar quiz de bar.

— Hã...

— Os Quatro Mosqueteiros — sugere Rushton.

— A Santíssima Trindade — diz Clara.

— Trindade quer dizer três — lembro a ela.

— Ah.

— Os Quatro Cavaleiros do Apocalipse — sugere Mike.

Peste, Guerra, Fome e Morte.

Abro um sorriso.

— Parece ótimo.

Nós perdemos. Perdemos feio, e não foi nenhuma surpresa. Um grupo de homens sisudos de galochas e jaquetas Barbour que se intitularam (com certa ironia) Os Fazendeiros Alegres ganha, embora eu desconfie de que a quantidade suspeita de perguntas sobre tratores tenha ajudado.

Mas, por incrível que pareça, eu me divirto. Rushton e Clara são boa companhia, e Mike tem um humor sarcástico. Começo a relaxar um pouco.

— Essa rodada é minha. — Mike se levanta.

— Um canecão de cerveja para mim — diz Rushton. Clara olha para ele. — Bom, uma tulipa, então.

Mike olha para mim.

— A mesma coisa?

Paro e penso. Tomei uma taça grande. Seria melhor tomar um refrigerante ou...

— Tudo bem — me ouço dizendo.

Ele assente e vai até o bar, enquanto percebo que preciso ir ao banheiro.

— Só vou ao toalete. — Eu me levanto do banco.

O aposento, que fica atrás do bar, tem o teto inclinado, duas cabines, uma pia pequena e um espelho. Estou dando descarga quando ouço a porta do banheiro abrir. Saio e dou de cara com Emma Harper. Por algum motivo, tenho a impressão distinta de que ela me seguiu até aqui. Sorrimos uma para a outra daquele jeito constrangido de quando se encontra alguém no banheiro.

— Oi.

— Oi.

Abro a torneira para lavar as mãos, esperando que Emma entre em um dos reservados, mas não é o que acontece. Ela para ao meu lado e ajeita o cabelo na frente do espelho. De perto, a luz fluorescente cruel destaca o repuxado da pele (plástica? Preenchimento?), e o nariz fica com o desenho perfeito de uma rinoplastia. Não que a luz esteja favorecendo a minha pele. Fecho a torneira e pego uma toalha de papel.

— Eu não esperava ver você aqui — diz ela. A voz sai meio arrastada.

— Clara me convidou. Para o quiz.

— Gostou?

— Gostei. — Amasso a toalha de papel e jogo na lixeira. — Apesar de não ser muito a minha praia.

— Também não é a minha, mas é uma tradição da cidade. — Um sorriso torto. — Simon gosta de coisas tradicionais. Tudo aqui é assim.

— Você não é daqui?

— Eu? Não. Conheci o Simon na universidade em Brighton. Nós moramos lá alguns anos e nos mudamos para cá depois que nos casamos.

— Ah, por quê?

— Por causa da fazenda. O pai dele ia se aposentar. Queria que Simon assumisse.

— Certo. E você achou uma boa ideia?

— Não tive muita escolha. Estava grávida da Rosie... E o Simon consegue tudo o que quer.

É difícil não perceber a amargura. Álcool, sempre revelando as verdades.

— E você?

— Ah, estou me adaptando.

Ela tira um batom do bolso e começa a passar.

—Você parece estar se dando bem com o Mike.

— Tento me dar bem com todos os meus paroquianos — respondo com firmeza.

—Você deve ter ouvido falar do que aconteceu com a filha dele.

— Ouvi. E sinto muito. A morte de uma criança é uma tragédia. Para todo mundo.

Ela me encara pelo espelho. Suas pupilas estão contraídas. A mão segurando o batom treme um pouco. Talvez tenha sido mais do que apenas uns drinques. Comprimidos, talvez?

— Não foi culpa minha.

— Eu sei.

— Sabe?

— Parece ter sido um acidente horrível.

— Eu nem deveria estar cuidando de Tara naquela tarde. Estava fazendo um favor ao Mike. Ele ligou e implorou para que eu a pegasse na escola.

— Por quê?

Um sorrisinho, mais parecendo uma careta de desprezo.

— Porque ele estava bêbado. Bêbado demais para dirigir. E não foi a primeira vez.

Eu me lembro de Mike dizendo que não bebia mais. Do copo de suco de laranja.

— Então ele teve um problema com bebida?

— Ele era alcoólatra. Começou a ficar tão difícil que Fiona estava pensando em deixá-lo. Ela deu um ultimato. Se ele fizesse besteira, ela iria embora com Tara. Ele não suportava a ideia de perder Tara.

A ironia esprime minha garganta.

— Então você aceitou acobertá-lo?

— Eu só quis ajudar. Eu sei que não deveria ter deixado Rosie olhando as meninas, mas foram só alguns minutos...

—Você não pode se culpar.

Se bem que sair e deixar outra criança no comando foi descuido. Rosie devia ter só uns treze anos. Mas ao mesmo tempo lembro a mim mesma de quantas vezes tirei os olhos de Flo por estar ocupada ou distraída. Ninguém é perfeito. E nós todos achamos que nunca vai acontecer conosco. As coisas ruins só acontecem com os outros, não é?

Ela balança a cabeça.

— Nós nos esforçamos tanto como mães para mantê-los em segurança. E aí, em um único momento, eles podem ser levados.

—Você não poderia ter previsto o que aconteceria.

— Mas deveria. — Ela olha para mim com intensidade. —Você acredita no mal, reverenda?

Eu hesito.

— Eu acredito em atos malignos.

—Você não acredita que alguém pode nascer mau?

Quero dizer que não. Quero contar a ela que nós nascemos uma tela em branco. Que assassinos, estupradores e pedófilos são produto do meio e não de uma escuridão da alma. Mas já visitei muitos criminosos na prisão. Alguns são vítimas de circunstâncias terríveis e de criações pavorosas. Repetem um padrão de abuso. Mas outros? Outros vêm de lares bons com pais carinhosos, mas escolhem matar, torturar e ferir.

— Acho que nós todos temos capacidade para o bem e para o mal — digo. — Mas, para alguns, um lado prevalece.

Ela assente e morde o lábio. Eu a observo com atenção. Tem alguma coisa ali. Por baixo da superfície lisa e brilhante. Mal escondida pelo botox e pelos comprimidos.

— Emma — digo —, se quiser conversar sobre alguma coisa, você sempre pode ir à capela. Eu ficaria…

A porta se abre de repente. Uma senhora de tweed e galochas entra, assente para nós e entra em um cubículo.

— Emma?

Ela sorri, a máscara firme no lugar.

— Obrigada pela conversa, reverenda. E precisamos mesmo juntar nossas meninas qualquer hora. Tchau.

Ela desaparece numa nuvem de perfume e dor.

Solto um suspiro e me olho no espelho de novo. Meu rosto me surpreende às vezes. As olheiras, o peso na papada. Se Emma escolheu se disfarçar com agulhas e bisturis, eu fiz o oposto. Eu me abandonei. Deixei os anos apagarem a garota que eu era, me escondi atrás de pés de galinha e de gordura da meia-idade.

Penso de novo no que ela disse. *Você acredita no mal?* Alguém pode nascer mau? A natureza *versus* o meio. E, se sim, a pessoa pode mudar? Ou o melhor que elas podem esperar é negar a natureza, esconder a maldade, tentar se ajustar, agir como todo mundo? Não tenho resposta, mas queria saber de quem ela estava falando.

Volto para o bar e me sento. Mike desliza meu vinho pela mesa.

— Aqui está.

— Obrigada.

—Você demorou.

— Foi a fila.

Ele assente e pega seu suco de laranja. Ele não beber faz sentido agora. Expiação. Ele se culpa pela morte da filha, apesar de não ter sido culpa dele. Só uma tragédia imprevisível. Todas as tragédias são. É o que as torna tão difíceis de suportar. Aceitar que a vida é aleatória e muitas vezes cruel. Nós procuramos atribuir culpa. Não conseguimos aceitar que as coisas acontecem sem motivo. Que nem tudo está sob o nosso controle. Nós nos tornamos pequenos deuses do nosso universo sem ter a misericórdia, a sabedoria e a graça de Deus.

Pego meu vinho e tomo um gole.

— Me conta uma coisa, Jack — diz Rushton, interrompendo meus pensamentos. — Estávamos discutindo assuntos teológicos importantes.

— Ah, é?

— É. Quem é o melhor diabo do cinema? Al Pacino ou Jack Nicholson?

Abro um sorriso.

— Quem disse que o diabo tem que ser um homem?

Se eu fosse você, ficaria longe do Wrigley. Se você souber o que é bom para a sua vida.

Que babaca. Além de vaca e violenta, a garota também era mentirosa? Flo tinha quase certeza de que Rosie Harper era capaz de distorcer a verdade até destroçá-la. Mas quando ela deu aquele aviso sobre Wrigley, tinha alguma coisa em seu rosto. Algo que Flo não gostou nem um pouco.

Flo encontrou a história na internet. Foi manchete do jornal local. Colocaram fogo deliberadamente no ginásio da Ferndown Academy. Destruiu o ginásio, mas não chegou no resto da escola. Os bombeiros resgataram uma garota que ficou presa num depósito.

Um aluno foi detido por suspeita de incêndio proposital. Não havia menção de o aluno ter sido denunciado. Nem o suposto incendiário nem a garota tiveram seus nomes citados. Talvez nem houvesse sido Wrigley. E, mesmo que fosse, se ele não foi acusado, obviamente era porque não tinham provas suficientes. Podia ser tudo fofoca. Boatos se espalhavam como fogo nas escolas.

Na pior das hipóteses, Wrigley *tinha* botado fogo na escola. Era ruim, sim. Mas não significava que ele sabia que tinha alguém no depósito. Talvez tivesse sido acidente.

Por outro lado, ela já o conhecia o suficiente?

Se eu quisesse mesmo te matar, não teria avisado sobre o poço.

Ela tentou tirar aquilo da cabeça quando chegou em casa e se distrair com um livro, um Clive Barker antigo. Mas não adiantou. Continuou lá, como uma coceira. E aí sua mãe chegou, falando sobre um quiz idiota no bar. Ela estourou. Perdeu a cabeça. Não deveria ter descontado na mãe. Não era culpa dela, na verdade.

Ela se deita na cama. Que show de horrores. E não foi nem o incêndio que a incomodou mais. O pior foi Rosie falando do boquete em Wrigley. Ela ficou mais incomodada porque Rosie chupou o pau dele do que com a possibilidade de ele quase ter matado uma garota queimada. Ela estava com ciúme. Burrice. Só tinha passado algumas horas com Wrigley. Mas achou que ele era diferente. Foi o único amigo que ela fez ali. E se revelou um incendiário e o tipo de babaca que deixaria uma vaca como a Rosie chupar seu pau.

Ela ouve uma batida leve na porta do quarto.

— Estou indo.

Ela não responde. A raiva fechou sua garganta.

— Amo você.

Não é culpa dela.

— Não fique bêbada demais — grita Flo com um certo mau humor.

Ela ouve a mãe voltar para o quarto e descer a escada. A porta da frente bate, e Flo fica sozinha. Ela se vira para o lado e tenta novamente se concentrar no livro. Mas está quente demais no quarto, mesmo com a janela aberta. E o silêncio claustrofóbico do chalé a desconcentra. Ela percebe que está ficando tensa, esperando que alguma coisa entre, apesar de saber que está sozinha. *Qual é o som mais apavorante do mundo?* Uma escada rangendo numa casa vazia. O barulho suave de pés inexistentes. Talvez pés de uma garota em chamas sem cabeça e sem braços.

Descansa, cérebro! Ela coloca fones de ouvido e escolhe uma coisa alta e barulhenta para se distrair. Frank Carter and The Rattlesnakes.

Ela consegue ouvir quase todo o disco e ler vários capítulos do livro, mas seu estômago começa a roncar. Apesar do que disse para a mãe, está morrendo de fome. Só comeu meio bolinho o dia todo.

Flo se levanta e abre a porta do quarto. Desce a escada. Apesar de não estar totalmente escuro lá fora e de todas as luzes estarem acesas, o chalé sempre parece coberto de sombras. É algo nos cômodos. A luz nunca parece chegar em todos os cantos.

Apesar do calor, ela treme. Voltou a exagerar nos livros de terror. Vai até começar a ver malditos palhaços. Ela entra na cozinha e abre a geladeira. Apesar das compras, ainda não parece haver muita coisa ali dentro. Cozinhar e cuidar da casa não são os pontos fortes da mãe. Ela se esforça, mas nunca vai ser como aquelas mães de televisão que preparam uma refeição gourmet enquanto rodopiam pela cozinha de avental.

Tem ovos, queijo e pimentão. Flo poderia fazer um omelete. Ela pega os ingredientes, bate a porta da geladeira e coloca tudo na mesa. Depois vai até a pia pegar uma faca no escorredor.

Uma coisa chama sua atenção do lado de fora. Um movimento. Algo branco no meio das lápides cinzentas. De onde está, ela só consegue ver a capela e um pedacinho do cemitério à esquerda. Estreita os olhos. Lá está de novo. Um vulto. Uma garota? Indo rapidamente do cemitério para a capela. Instintivamente, Flo se vira e procura a câmera, mas lembra que está quebrada. Quando olha de novo, a garota sumiu. *Se é que estava mesmo lá.*

Ela fica na dúvida. Tem uma vontade enorme de ir atrás. Mas também está ciente de que seguir uma garota fantasma até uma capela deserta no crepúsculo é bem coisa de "heroína burra de filme". Só poderia ser mais clichê se ela estivesse de sutiã e shortinho.

Mesmo assim, alguma coisa na garota a incomoda. Ela pega o celular e vai até a porta. Ainda está com a faca na mão: é uma faca pequena e afiada de cortar legumes. Ela pensa em colocá-la de volta no escorredor, mas a enfia no bolso de trás da calça jeans. Só por garantia.

Não está muito mais fresco do lado de fora. O ar parece denso com o calor. Ela espanta alguns pernilongos. Sua mãe os chama de mosquinhas do trovão. Sinal de tempestade chegando. Na cidade, as luzes dos postes estariam se acendendo. Ali, tirando o ligeiro brilho das janelas do chalé, só tem o cinza da noite que cai; o prateado e o carvão do céu.

Ela olha para a capela. Parece um fantasma hoje. Um espectro de tempos passados. Ela segue pelo caminho irregular até a porta. Está aberta. Sua mãe não a deixa trancada à noite?

Ela hesita. Poderia ligar para a mãe, que só surtaria e voltaria correndo. Ela já estava tensa depois do incidente com a espingarda de pressão. Flo não quer dar a ela outra desculpa para tratá-la como criança. Além do mais, a porta está intacta. Não foi arrombada nem forçada. E quem invadiu a capela? O que tem lá para se roubar? As cortinas velhas e mofadas? As flores falsas do altar? Sua mãe deve ter esquecido. Andava preocupada desde que chegaram ali, não está em seu estado normal.

Flo empurra a porta mais um pouco. Está bem mais escuro na capela. Ela para no vestíbulo e deixa a visão se ajustar. Depois, segue pela nave e olha em volta. Uma luz fraca e poeirenta entra pelos vãos estreitos das janelas altas. Os bancos são adoradores sombrios dos dois lados do altar. Parecem vazios. A nave toda parece vazia. Mas ela não consegue ver lá em cima.

Ela dá mais alguns passos. Está na metade do caminho, a respiração regular, quando há um baque alto que sacode a construção. Ela se sobressalta e olha para trás. A porta bateu. Ela pisca. A poeira flutua no ar.

De repente, ela a vê. Parada no começo da nave. Vestido branco, cabelo escuro. Não é a mesma garota que ela viu antes. Essa tem cabeça e braços. Flo sente os pelos dos braços arrepiarem, o coração bater mais rápido. Ela pega o celular com dificuldade. Desta vez, *vai* tirar fotos.

A garota caminha lentamente na direção dela, a cabeça baixa, o cabelo embaraçado escondendo o rosto. Está usando um vestido branco sujo, os pés estão descalços. Pequena, mas não uma criança.

—Você está bem?

A garota fica em silêncio.

—Tudo bem. Não vou te machucar.

Ela continua sem responder.

— Meu nome é Flo. Qual é o seu…

A garota levanta a cabeça.

Flo grita. O rosto dela é uma máscara de pele enegrecida e queimada, derretida até o osso e cotocos de dentes pequenos. No lugar dos olhos só há crateras vazias e escuras. Flo cambaleia para trás, o terror arrancando seu ar.

Não, não, não. Não é possível.

Enquanto ela olha, horrorizada, o cabelo da garota solta fagulhas e pega fogo. Mais chamas surgem na ponta das mãos e dos pés, subindo avidamente pelos membros, escurecendo a pele até descascar como papel queimado.

Um sonho horrível. Um sonho que parece terrivelmente real. Ela só precisa acordar.

A garota chega mais perto, as mãos em chamas esticadas. Flo sente o calor, o fedor da pele queimada, ouve o chiado da pele pegando fogo.

Real demais.

Ela dá outro passo para trás. Bate com as costas no altar. A garota continua avançando. O couro cabeludo de Flo fica arrepiado. Suas axilas estão molhadas de suor. Isso não é um sonho. Ela tem que sair dali.

Ela corre cegamente para a direita e esbarra nas barreiras improvisadas em volta dos ladrilhos quebrados. Tropeça, recupera o equilíbrio e pula as barreiras. Seu pé bate no chão… e o atravessa.

Ela grita. A dor sobe pela perna. O celular voa da mão.

Deus do céu. Sua perna está presa. Ela não consegue se soltar. Olha em volta, em pânico. A capela e os arredores entram e saem de foco. Apesar do choque e da dor, ela percebe que o calor, o cheiro e a garota sumiram. Ela está sozinha.

Olha para baixo. Sua perna esquerda entrou pelo piso da capela e sumiu lá embaixo. As pedras em ruínas devem ter cedido, e seu joelho está entalado agora entre placas quebradas. Ela tenta se soltar. Uma dor intensa sobe pela perna. Seu celular está fora do alcance. Claro. Provavelmente não deve ter sinal, mas ela tenta pegar, querendo que os dedos cresçam alguns centímetros. Não adianta. Não chega nem perto.

Ela sufoca um soluço. Sua mãe só vai voltar dali a uma hora, pelo menos. E se ela não olhar o quarto de Flo? Não. Ela vai. Claro que vai. E depois vai olhar a capela, não vai? Mas e se não olhar? E se achar que Flo está na cama, dormindo? *Para*, ela diz para si mesma. *Não entra em pânico. Alguém vai aparecer e... Espera!*

Ela ouve alguma coisa. O rangido da porta da capela? Passos. Sim, passos, definitivamente. Ela tenta se virar. Não dá para ver quem é daquele ângulo, ali no chão. Mas deve ser a mãe. Ela deve ter voltado mais cedo. Flo é tomada de alívio.

Ela está prestes a gritar quando a pessoa aparece ao lado do banco mais próximo. As palavras murcham em sua boca. Ela olha para cima e sente o medo entalado na garganta.

— Flo.

Ela enfia a mão no bolso de trás e pega a faca.

— Para trás. Fica longe de mim.

Rushton vira a cerveja e olha para as pessoas da mesa com pesar.
— Bom, foi um prazer, mas temos que ir.
Clara se levanta.
— Estou tão feliz que você veio, Jack. Sangue novo.
— Sim, acho que foi nosso melhor desempenho até agora — acrescenta Rushton, enfiando os braços num casacão azul surrado.
— Eu odiaria ter visto o pior — comento.
Rushton ri.
— Nós não falamos sobre isso.
— Foi divertido — digo, e percebo que é verdade.
A noite e a companhia foram agradáveis.
— Que bom. Fico feliz de ouvir. Nos vemos em breve.
Vejo Rushton e Clara saírem e pego meu moletom.
— Já vai? — pergunta Mike.
Eu hesito. Tenho que ir. Já tomei duas taças de vinho. Esse costuma ser meu limite. Além disso, Flo está me esperando. Por outro lado, me sinto relaxada, à vontade. São só nove e meia, pensando bem. Acho que mais uma não vai fazer mal.
— Bem...
— Eu posso levar você em casa.
— Só uma taça pequena.
— Tudo bem.

Penduro o moletom no encosto, e ele vai até o bar. Reparo que Emma e Simon Harper foram embora e penso de novo na conversa no banheiro. Emma tinha bebido, obviamente, talvez usado alguma outra coisa. Não que eu a esteja julgando por isso. A culpa é como uma pequena dor. Um câncer da alma. Ambos abrem buracos de dentro para fora. Mas embora dê para aprender a viver com a dor, a culpa só cresce com o passar dos anos, espalhando os tentáculos tumorosos. Quem não tomaria um comprimido para acabar com isso?

Mike volta do bar com uma taça pequena de vinho para mim e um café preto para ele.

— Não tinha mais Cabernet. Espero que não tenha problema ser Merlot.

— Está ótimo. Pode me chamar de filisteia, mas, depois da primeira taça, sempre acho que a maioria dos vinhos tem o mesmo gosto.

Ele sorri.

— Faz um tempo, mas acho que concordo.

Levanto a taça.

— Bom, aos nossos paladares ignorantes.

Ele levanta a xícara de café.

— Mas claro que agora eu virei um esnobe do café.

— Como está esse aí?

Ele toma um gole.

— Não está ruim. Um pouco fraco, mas um bom esforço considerando que vi o rapaz tirar as colheradas de uma lata.

Dou uma risada. Nós bebemos um pouco. Fica um silêncio constrangedor, e nós dois começamos a falar ao mesmo tempo.

— Então…

— Depois de você — diz ele.

— Bom, eu queria pedir desculpas pelo mau começo no outro dia. Eu tenho um problema grave de sempre falar a coisa errada.

— Isso não deve ser fácil para uma vigária.

— Chega a ser um pecado.

Ele imita o ruído de um prato de bateria. Em seguida, me olha com mais curiosidade.

— Não me entenda mal, e não quero parecer presunçoso, mas você não tem cara de vigária.

— Porque eu sou mulher?

— Não, não. — Ele fica vermelho.

— Estou brincando.

— Certo. É que você parece meio que... menos careta.

Dou uma risada.

— Careta? Nunca tinham me dito isso.

— Normalmente, dá para saber que uma pessoa é vigária mesmo sem o colarinho. Tipo o reverendo Rushton. Mas você é mais... normal. Ah, Deus.

— Ele esconde a cabeça nas mãos.

— Aqui — digo. — Me dá essa pá antes que você cave um buraco mais fundo. — Tomo um gole do meu vinho. — Mas entendo o que você quer dizer.

— Entende?

— Eu conheço muitos vigários. Homens e mulheres. E você tem razão. A maioria é meio... careta. Muitas pessoas que vão para a Igreja já vêm de famílias religiosas. Muitas também vêm de famílias bem privilegiadas. Não têm tanta experiência de vida fora da Igreja. Isso pode deixá-las meio desconectadas da vida cotidiana.

— Você veio de outro contexto?

— Sim. — Eu hesito. — Não tive uma infância muito boa. Nossa mãe era, bom, acho que "mentalmente instável" é a melhor descrição. Nossa casa não era um lugar saudável. Eu fui embora assim que pude. Dormi na rua, mendiguei. Por pouco não virei estatística. Mas um homem bom, que por acaso era vigário, me ajudou. Ele me mostrou que é possível fazer muitos bons trabalhos por Deus. Ajudar os sem-teto, os perdidos, os que sofreram maus-tratos.

— Dá para fazer isso de outras formas. Trabalhando em programas beneficentes, com assistência social.

— É verdade, mas, para mim, também havia uma sensação de pertencimento. Eu nunca tinha vivido isso antes. Deus precisava de mim, e no fim das contas eu também precisava dele.

Ele me encara e me vejo baixando os olhos e tomando um gole de vinho maior do que eu pretendia. Já contei para ele mais do que costumo contar. Mas ainda é uma versão bem enxuta. Sem as partes ruins. *A única diferença entre uma verdade e uma mentira é a frequência com que se repete.*

— Eu era ateu — diz ele.

— Era?

— Era. Fervoroso. Não existe Deus. A religião é a causa de todo o mal. Nós somos só animais. Não tem nada depois da morte. O céu e o inferno são produtos dos desejos das pessoas, essas coisas.

— O que fez você mudar de ideia?

O rosto dele se anuvia.

— Eu tinha uma filha, uma linda menininha… e eu a perdi.

— Sinto muito — digo de novo.

— De repente, percebi que toda a retórica, toda aquela convicção arrogante e intelectual, era baboseira. Porque a minha filha não era só de carne e osso. Meu pacotinho lindo de contradições. Seu coração glorioso, sua curiosidade, seus sonhos, sua vitalidade e energia. Essas coisas todas não podiam simplesmente *desaparecer*. Como se não tivessem significado nada. Como se *ela* não tivesse significado nada. Eu tenho que acreditar que a alma dela ainda existe em algum lugar. Eu não conseguiria seguir em frente se não acreditasse.

A voz dele falha. Ele olha para baixo. Instintivamente, estico a mão e seguro seu braço.

— A alma da sua filha está bem viva. Eu a sinto em tudo que você falou agora. Uma energia maravilhosa ao nosso redor. É assim que ela continua viva, em *você*.

Ele olha para a frente e me encara. Vejo uma coisa em seus olhos e, por um momento, me sinto nua, exposta. Ele pisca.

— Obrigado.

Ele pega o café com a mão trêmula.

— Desculpe. Ainda…

— Claro.

Sempre vai doer. A dor pode ficar menos intensa, menos insistente. Mas sempre vai estar presente, até que ele vai acabar não lembrando como era a vida sem isso.

— Então — ele tenta se recompor —, esse sou eu me expondo. E você?

— Eu?

— Senti uma certa hostilidade no outro dia… com jornalistas?

— Ah, não é nada.

— Mesmo?

Pinga pinga. Ninguém tira a minha Ruby.

Talvez seja o vinho, talvez eu sinta que estou em dívida com ele, mas acabo dizendo:

— Aconteceu uma coisa horrível na minha última igreja. Uma garotinha morreu. A imprensa não foi gentil.

Vigária com sangue nas mãos.

Ele olha para baixo e diz com uma certa vergonha:

— Eu sei.

Eu o encaro.

— *Você sabe?*

— Eu pesquisei sobre você no Google. Desculpa. Não demorei para encontrar a história sobre sua antiga igreja. Mas também achei isto na minha caixa de correspondência hoje de manhã. — Ele enfia a mão no bolso, tira um pedaço de papel dobrado e coloca na mesa. — Não quis tocar no assunto com eles ainda aqui.

Pego o papel e o desdobro. É uma fotocópia do mesmo recorte que encontrei preso na boneca na capela. Embaixo, alguém datilografou:

Quem esconde os seus pecados não prospera, mas quem os confessa e os abandona encontra misericórdia. (Provérbios 28:13)

O vinho azeda no meu estômago. Eu olho para Mike.

—Você tem alguma ideia de quem pode ter enviado?

— Não. Mas duvido que eu tenha sido a única pessoa a receber.

Engulo em seco. Que ótimo.

— Eu ia informar a polícia, mas achei que talvez você quisesse saber primeiro.

— Obrigada. Prefiro não envolver a polícia.

—Tudo bem.

— É que eu não quero que a história se espalhe por aí de novo.Vir para cá era para ser uma oportunidade de deixar isso para trás.

— Entendido. E como está isso?

Abro um sorriso fraco.

— Não muito bem.

— Quer conversar?

Olho para ele. E descubro que quero, sim.

— Flo?

Wrigley chega mais perto, o rosto branco.

— Fica longe de mim!

Ela tenta chegar para trás nas pedras ásperas e quebradas, mas sua perna ainda está bem presa.

— Opa. Não tenta se mexer. Você vai se machucar.

— O que você está fazendo aqui?

— Eu estava lá fora e ouvi você gritar.

— O que você estava fazendo lá fora, se esgueirando pelo cemitério?

— Eu não estava me esgueirando.

— Então por que está aqui?

—Vim ver você.

— Não dava para ligar?

—Você não me deu seu número.

— Ah.

— Por que você está apontando uma faca para mim?

— Porque eu… estava com medo.

— De mim?

Ela se lembra das palavras da Rosie: *Se eu fosse você, ficaria longe do Wrigley.* Mas em quem ela confia de verdade?

Lentamente, ela abaixa a faca.

— Não.

Ele vai até ela e se agacha.

— O que aconteceu?

— Eu... Eu achei que houvesse alguém aqui dentro e... caí e meu pé entrou pelo piso.

— Merda. — Ele mexe na pedra. — Deve estar oco embaixo. Por isso que isolaram.

Flo tenta assentir, mas sua cabeça está latejando. Ela está exausta e com muito, muito frio. Começa a tremer.

— Aqui.

Wrigley tira o moletom, meio desajeitado, e entrega para ela, que o veste com gratidão.

— Obrigada.

— Agora me dá essa faca.

— O quê? Por quê?

— Vou tentar usá-la para deslocar um pouco as pedras.

Flo hesita e entrega a faca para ele.

— Por que você trouxe uma faca?

— Achei que alguém tivesse invadido a capela.

— E tinha?

Ele enfia a faca embaixo da placa de pedra e tenta mover. Ela pensa na garota em chamas, os braços esticados.

— Não.

Ele dá de ombros.

— Eu andava com uma faca.

— Como é?

— Por proteção.

A pedra cede um pouco. Ela faz uma careta, mas se controla.

— De quem?

— Do pessoal da escola.

— Você levava uma faca para *a escola*?

— Era burrice, eu sei. Mas você não sabe como era. As coisas que aconteciam.

A faca raspa a pedra, bem perto da perna dela, mas ela sente a placa afrouxando.

— Foi na escola antiga?

Ele fica tenso.

— Quem te contou sobre isso?

— Rosie…

— Claro.

— Ela disse que você tentou matar uma garota.

— Isso é mentira.

— Então você não botou fogo na escola?

Silêncio. O único som é o da faca raspando a pedra. Ele não vai responder, ela pensa.

Ele suspira e olha para ela.

— Não. Eu tentei, sim, botar fogo na escola. — Um sorrisinho contraído. — Então agora você já sabe. Eu sou um psicopata.

— Por quê?

— Acho que eu nasci assim.

— Não. Por que você tentou botar fogo na escola?

Eles se encaram. Olhos tão estranhos, ela pensa. De um verde-prateado esquisito. Sinistramente hipnóticos.

— Porque eu odiava aquele lugar. Odiava tudo lá. Os professores, os outros alunos. O cheiro. As regras. Eu odiava como eles tratavam qualquer pessoa que não se encaixasse nos moldes. As escolas enchem a boca para falar como lidam com bullying. Mas na verdade não fazem nada. Só querem saber dos alunos bons e normais que melhoram a avaliação delas pelo governo. Uma vez, uma gangue de moleques me cercou em um campo. Eles me obrigaram a tirar a roupa e rastejar de barriga na lama. Depois, me obrigaram a comer minhoca. Quando voltei para a escola, coberto de lama e nu, sabe o que os professores fizeram? Eles riram.

— Meu Deus.

— Nem quando a minha mãe foi na escola reclamar fez diferença. Não houve nenhum dia bom. Nenhum. Só dias em que eles não me torturaram tanto.

— Sinto muito.

— Eu surtei. Eu… eu queria acabar com aquele lugar.

— E a garota?

— Eu não sabia que ela estava lá.

— O que aconteceu?

— Chamaram os bombeiros. Ela foi tirada de lá. Eu me senti péssimo. Eu jamais faria mal a alguém.

— E você?

— As consequências foram leves. Minha mãe pagou um psicólogo famoso. Fiz terapia, acompanhamento. Nós nos mudamos e eu fui para outra escola. Não que as coisas sejam muito melhores aqui. — Ele se vira para a pedra. — Quase lá.

Um pedaço de pedra se quebra. A perna fica livre. Dolorida, mas livre. Ela a tira com cuidado. A calça jeans está rasgada, e embaixo dá para ver um corte fundo e um hematoma. Ela mexe o pé. Dói absurdamente. Mas poderia ter sido pior.

— Obrigada — diz ela.

— É melhor ir limpar esse corte.

— Eu deveria ligar para a minha mãe.

Ele olha ao redor e pega o celular dela no chão.

— Não sei se vai funcionar. Parece quebrado.

Wrigley entrega o aparelho, encostando os dedos nos dela. De repente, Flo se dá conta de que eles estão sentados próximos. Muito próximos. Ela engole em seco. E pensa no que Rosie disse.

— Wrigley... tem uma outra coisa...

Mas ele está olhando para trás dela.

— *Merda*, você viu isso?

Ele está olhando para dentro do buraco onde a perna dela ficou presa.

— O quê? — pergunta ela.

— Isso é bem fundo. Sorte você não ter caído lá embaixo.

Flo se vira com dificuldade e olha também pelo buraco irregular no chão. Não consegue ver muito, mas percebe que Wrigley está certo. O buraco é fundo. Bem mais do que deveria ser, não? A não ser que haja alguma coisa embaixo da igreja. Um porão?

— Tem lanterna no seu celular? — pergunta ela.

Wrigley pega o aparelho e aponta para o buraco.

— Puta merda!

Flo perde o fôlego.

— Isso é...

Eles se encaram e voltam a olhar para o buraco.

Caixões.

Vi Ruby pela primeira vez quando sua tia a levou para ser batizada. Havia acabado de fazer cinco anos. Bochechuda e com os maiores olhos castanhos que eu já tinha visto. Eu não conhecia a história dela, não na época, mas aos poucos fui sabendo pelos paroquianos. A comunidade da igreja era bem unida. As pessoas sabiam da vida dos outros. Um pouco como num vilarejo.

A mãe de Ruby tinha morrido de overdose. Não havia pai presente. A irmã da mãe assumiu a guarda. Tia Magdalene era uma mulher grande e jovial que não conseguiu ter filhos. Ela morava com a amiga, Demi, uma senhora negra franzina; o que ela tinha de magra Magdalene tinha de gorda.

Eu não as conhecia muito bem. Antes de ficarem com a guarda de Ruby, elas frequentavam outra igreja, mas decidiram se juntar à minha congregação. As duas levavam Ruby a St. Anne todos os domingos para a missa familiar e às vezes para o grupo de arte das crianças nas noites de quinta-feira.

Lena (como passei a chamá-la) era falante e estava sempre sorrindo. Demi era mais quieta, reservada. No entanto, elas pareciam um casal devoto, ainda que, às vezes, eu tivesse a impressão de que uma criança talvez fosse mais desejo de Lena do que de Demi. Mas, ainda assim, não vi sinais de alerta. Não no começo. Ou talvez tivesse visto e só tentei ignorar. Como todo mundo faz.

No batizado, lembro-me de Lena dizendo que estava aliviada por ter feito aquilo. Parecia uma escolha estranha de palavras, e perguntei o motivo.

— A mãe dela era ímpia — disse ela. — Ela teria deixado a filha morrer, e Ruby teria ficado no purgatório.

Eu disse de uma forma educada e gentil que Deus recebe todas as crianças de braços abertos, mesmo as que não são batizadas. Ela olhou para mim de um jeito estranho e respondeu:

— Não, reverenda. Elas ficam vagando eternamente pela Terra. Quero que a minha Ruby vá para o céu.

Deixei para lá. Mas não deveria ter feito isso. Eu deveria ter percebido que existe uma linha tênue entre ser religiosa e ser fanática. Mas muita gente da congregação era bem mais "Velho Testamento" do que eu. Eu tentava atualizar as opiniões delas o máximo possível, encorajá-las a pensar mais em amor e tolerância do que no fogo do inferno e na condenação, mas as opiniões não significavam que elas eram pessoas ruins.

Talvez o primeiro sinal de alerta de verdade tenha sido quando Ruby apareceu no grupo de artes com um hematoma grande na testa. *Ela caiu*, disse Lena. E crianças pequenas caem mesmo. Muito. Eu sabia. Flo vivia coberta de hematomas na idade da Ruby. Eu me lembrava de uma vez em que Flo entrou correndo na sala, tropeçou no tapete e deu com a cabeça na lareira. Na mesma hora nasceu um calombo em forma de ovo, e eu a levei para a emergência num pânico cego. Acidentes acontecem.

Mas pareciam acontecer cada vez mais com Ruby. Hematomas, arranhões. E então um braço quebrado. *Ela caiu do trepa-trepa do jardim*, explicou Lena. Todas eram explicações sensatas e plausíveis, dadas com o tom tranquilizador e sorridente de Lena.

Eu sabia onde elas moravam. Lena me convidou uma vez para ir lá tomar chá. Era uma casinha de conjunto habitacional perto de St. Anne. Encontrei o lugar arrumado em minha visita. Os brinquedos de Ruby empilhados em caixas de plástico cor-de-rosa. Eu estava ciente de que aparecer lá de novo sem avisar era ultrapassar um limite. Mas meu incômodo estava aumentando. Eu não pude mais ignorar. Comprei balas para Ruby e disse para mim mesma que era apenas por desencargo de consciência.

Quando cheguei, parecia não haver ninguém em casa. E já não estava tão bem arrumada quanto na primeira visita, vários meses antes. Mesmo de fora. As cortinas estavam fechadas, mas deu para ver por aberturas na cerca quebrada que o jardim estava descuidado. Havia brinquedos velhos espalhados na grama. Latas de lixo transbordando. O mais desconcertante era que não havia trepa-trepa.

Foi nessa ocasião que mencionei minhas preocupações para Durkin pela primeira vez. Ele sorriu (com benevolência).

— Não sei se um jardim descuidado é prova de alguma coisa errada.

— E o trepa-trepa?

— Pode ter sido um trepa-trepa no parquinho.

— Ela com certeza disse que foi do jardim.

— Pode ter se enganado.

— Não são só os hematomas. Acho que a Ruby está ficando mais magra.

— Crianças dão uma espichada mesmo.

— Estou preocupada com ela.

— Jack, se houvesse problema, a escola da criança teria notado, não? E, se ela está sendo adotada, a assistência social deve estar fazendo visitas.

— Acho que sim, mas…

— Sei que você sempre teve interesse especial no bem-estar dos jovens da sua paróquia, e isso é admirável. Mas nenhuma mãe e nenhum pai é perfeito, no fim das contas. Nem você, tenho certeza. Flo nunca sofreu nenhum acidente?

Claro que ela tinha sofrido, mas me irritei mesmo assim.

— Não julgueis para que não sejais julgados — disse Durkin.

— Claro.

Vai para o inferno, pensei.

Naquela tarde, liguei para a escola de Ruby para marcar uma conversa com a professora. Mas não foi possível, porque Ruby tinha sido tirada da escola várias semanas antes. As tias estavam fazendo educação domiciliar, disse a diretora. Lena nunca havia mencionado isso para mim. Nem Ruby. Mas também me parecia que Ruby tinha ficado mais calada. Não era mais a criança bochechuda e sorridente de quando chegou na igreja.

O alerta de perigo começou a tocar de verdade depois disso. Mesmo assim, tentei achar alguma justificativa. Talvez Lena e Demi estivessem passando por dificuldades. Uma criança dá trabalho. Tentei chamar Lena para conversar depois de uma missa.

— Está tudo bem com a Ruby?

Ela abriu um sorriso grande e respondeu:

— Claro, reverenda. Você precisa ir tomar um chá com a gente de novo.

— Seria ótimo — falei, sabendo que nenhuma de nós duas estava sendo sincera. E, casualmente, perguntei: — Como estão as coisas na escola?

Ela fechou o rosto.

— Reverenda, preciso confessar que fomos negligentes. Ruby estava sofrendo bullying na escola e nós não sabíamos. Tinha outra criança batendo nela, roubando o almoço. Nós deveríamos ter feito alguma coisa antes e nos culpamos por isso. Mas agora a educação dela está sendo feita em casa, por nós, e assim podemos cuidar dela direito.

Ela sorriu para mim de novo, um sorriso tão grande, tão sincero. E sua história era bastante plausível, mas no fundo eu sabia que ela estava mentindo enquanto mostrava aqueles dentes brilhosos.

Fiz uma ligação anônima para a Assistência Social. E esperei. Não aconteceu nada. Ruby continuou indo à igreja, mais magra a cada semana. Eu não podia falar com ela porque Lena ou Demi sempre estavam por perto. Reparei que Lena estava de roupas novas e que Demi passou a usar um colar de ouro no pescoço magricelo.

Liguei para a Assistência Social de novo. E, de novo, esperei. E depois, um dia, durante uma aula de artes, enquanto Lena estava no banheiro, aproveitei a oportunidade e me agachei ao lado da Ruby.

— Oi, querida, como você está?

Ela ficou com o olhar grudado no papel: um amontoado de cola e purpurina.

— Bem.

— Está tudo bem em casa? Você está comendo direitinho?

— Sim.

— Tem certeza?

Ela olhou para mim. Os olhos escuros estavam tomados de medo, desesperança, desespero.

— Eu sou uma menina malvada. O diabo está em mim. Preciso ser expurgada.

E caiu no choro.

— Ruby...

— O que você está fazendo?

Pelo canto do olho, vi uma agitação de tecido vermelho. Lena tinha atravessado a sala e me puxou.

— O que você disse? Por que está incomodando a criança?

— Estou preocupada com ela, Lena.

Ela agarrou o braço de Ruby, arrancando-a da cadeira, e me fulminou com um olhar de ódio.

— É *você*, não é? Que está mandando aquelas pessoas atrás de nós. Causando problemas. Sua vaca branca.

Eu olhei para ela, perplexa.

— Eu sou uma mulher boa e estou tentando criar essa criança do jeito certo, mas você fica aí espalhando mentiras sobre nós. Eu amo essa criança. Faço o melhor por ela, fique sabendo.

Tentei manter a calma, ciente de que todos estavam nos olhando.

— Estou sabendo. Mas ela não parece estar bem, Lena.

— É isso que você acha? Que pessoas como *nós* não conseguem criar os filhos direito? Não como vocês, pessoas brancas perfeitas, é?

— Não. Não é isso.

— Como ousa? Você não vai tirar a minha Ruby, entenda bem. Ninguém tira a minha Ruby de mim.

E ela saiu como um furacão, arrastando a criança junto.

Eu deveria ter procurado a polícia nessa hora. Deveria ter batido na porta da Assistência Social para que me ouvissem. Deveria ter ido atrás dela. Deveria ter feito *alguma coisa*. Mas não fiz. Fiquei com medo. Tive medo dos olhares dos outros pais. Fiquei com medo de que, de alguma forma, o que ela disse pudesse ser verdade. Eu estava sendo mais rigorosa com Lena e Demi por causa da cor da pele, ainda que de forma subconsciente? Estava cometendo um erro terrível?

Não vi Ruby na semana seguinte. Passei pela casa de carro, e parecia fechada. Talvez elas tivessem se mudado. Eu a tinha perdido.

Fui para a igreja no domingo seguinte, como sempre. Gostava de chegar cedo para arrumar as coisas e ter um tempo tranquilo de contemplação. No começo de fevereiro, as manhãs ficavam escuras até umas oito horas. Eu tinha destrancado a porta, entrado e, na mesma hora, eu soube que alguma coisa estava errada.

A sensação da igreja. O cheiro. Metálico. Um cheiro intenso e doentio. Acendi as luzes e fui até o meio da nave. Vi alguma coisa nos degraus abaixo do altar. E ouvi também. Algo pingando. Lenta e regularmente. *Pinga, pinga, pinga.*

De alguma forma, minhas pernas me levaram em frente. Eu tinha que ver. Eu tinha que saber. Apesar de todas as fibras do meu ser estarem me dizendo que eu não queria ver, eu não queria saber.

Ela estava deitada encolhida embaixo do altar. Nua, tão magra que cada costela se destacava como um raio de bicicleta, os membros parecendo palitinhos frágeis. Ela ainda estava segurando um coelhinho velho de pelúcia. Os olhos estavam bem abertos, me olhando com acusação. A garganta, aberta em um sorriso vermelho vívido e debochado.

Pinga, pinga, pinga. "Ninguém tira a minha Ruby."

Prenderam Lena e Demi em um posto de conveniência na rodovia M1. Elas estavam embolsando todo o dinheiro que receberam para serem guardiãs da menina. Comprando coisas legais e guardando para uma viagem de férias. Uma fuga. Ela passou fome, apanhou e foi sacrificada. Essa foi a desculpa de Lena.

— A criança estava possuída — disse ela depois à polícia. — Eu tinha que exorcizar os demônios. Agora, a alma dela vai para o céu.

Até hoje, não sei se ela acreditava nisso de verdade ou se foi só a base para uma alegação de insanidade. Mas os jornais fizeram a festa. Por causa da falação de Lena, as atenções se voltaram para a igreja. Fui acusada de ser a vigária que deixou isso tudo acontecer diante de seus olhos. A comunidade me culpou; a imprensa me culpou. Mais do que tudo, eu me culpei. A vigária com sangue nas mãos.

Mike olha para mim com solidariedade.

— Mas não foi sua culpa. Você fez tudo que pôde para ajudar aquela garotinha.

— Não foi suficiente.

— Às vezes, nada é. — Ele olha para o café. — Imagino que Simon e Clara tenham contado como Tara morreu.

— Eles me contaram que foi um acidente.

Ele balança a cabeça.

— Um acidente que não teria acontecido se não fosse por mim. Eu deveria ter ido buscá-la na escola naquele dia. Mas estava bêbado. Não conseguia dirigir. Pedi a Emma que me fizesse o favor de cuidar dela. Tara nem deveria estar naquela casa.

— Mas poderia ter acontecido em outro dia. Você não provocou o acidente. Apenas aconteceu. Aceitar que não há culpa, não há motivo para uma tragédia, é a coisa mais difícil de se fazer. Mas é preciso, senão nunca seguimos em frente.

— E você fez isso com Ruby?

— Ainda não. — Abro um sorriso fraco. — Como falei, é a coisa mais difícil que podemos fazer.

— E se você nunca aceitar?

— A vida continua. É escolha nossa seguir também.

— E se não conseguirmos?

— Mike...

Meu celular vibra na mesa. Eu olho para a tela. Vejo um número que não reconheço. Franzo a testa. São poucas as pessoas que têm meu número e estão todas nos meus contatos. Não recebo ligações de números estranhos. Mike indica o celular.

— Você quer atender?

Minha mão fica suspensa sobre o telefone. Mas enfim atendo a ligação.

— Alô.

Uma respiração do outro lado da linha. Fico tensa.

— Mãe?

— *Flo!* O que está acontecendo? De quem é esse celular?

— Do Wrigley.

Tento não me irritar quando escuto o nome dele. Mas aí está o nome dele. De novo.

— Por que você está ligando do telefone dele?

— É uma longa história. Mãe, você pode voltar para casa?

— Por quê? O que aconteceu? Você está bem?

— Estou, sim. Bom, machuquei um pouco a perna. Mas não precisa se preocupar. Tem uma coisa que você precisa ver. Na capela.

As perguntas se acumulam na minha boca. Como ela machucou a perna? Por que Wrigley está lá? O que eles estavam fazendo na capela tão tarde da noite? Mas tento manter o tom calmo e racional.

— Estou indo.

Guardo o celular no bolso. Mike olha para mim sem entender.

— Algum problema?

— Minha filha. Preciso ir para casa.

— Eu te dou carona.

— Obrigada.

Eu me levanto e percebo que minhas pernas estão tremendo. Seguro a beirada da mesa. Só por um momento, quando o número estranho apareceu, tive uma premonição terrível de que poderia ser *ele*. De que ele tinha conseguido me encontrar. Como já fez antes.

O homem que matou meu marido.

Meu irmão. Jacob.

Ele deita a cabeça na palha. Estrelas brilham pelo mosaico de buracos no teto enferrujado. O celeiro está frio, sujo e fedendo a bosta de vaca. Ele já dormiu em lugares piores. E ela está perto; tão perto que ele quase consegue senti-la.

Isso só deixa sua situação mais frustrante. O tornozelo está latejando, quente. Torcido, não quebrado, ele pensa. Mas mesmo assim é um problema. O colarinho está sujo, e o terno, manchado. Outro problema. E ele não tem dinheiro. Ela pode estar perto, mas é como se estivesse a um milhão de quilômetros de distância. Ele sente a raiva crescendo. Já foi tão longe. Planejou tão bem.

O trem tinha chegado pontualmente a St. Pancras. Ele desembarcou na multidão de corpos apressados. Se Nottingham já parecia movimentada, ali foi preciso muito controle para ele não subir de volta no trem e se encolher no assento.

A prisão era cheia de gente, mas a maior parte do tempo era passada na cela. Mesmo no refeitório e na área de recreação, o fluxo de corpos era ordenado. O contato físico era limitado. E, na verdade, qualquer contato acidental podia resultar em um nariz quebrado ou coisa pior.

A estação era caótica. Tanta gente correndo. Malas arrastadas pela plataforma. Vozes ecoando no teto alto em arco. O guincho dos freios dos trens, o eco robótico dos anúncios pelos alto-falantes.

Ele trincou os dentes e se obrigou a andar devagar e com calma pela multidão, na direção das catracas. Ali, ficou momentaneamente confuso. A passagem para sair da estação estava aberta em Nottingham. O que ele deveria fazer?

— Precisa de ajuda, senhor?

Ele se sobressaltou. Uma mulher pequena de cabelo escuro com uniforme da estação olhava para ele.

— Hã, sim, desculpe. É que não costumo viajar.

— Passagem? — pediu ela com gentileza.

Ele tirou o bilhete do bolso e entregou para ela.

— Prontinho, reverendo.

— Obrigado. Deus te abençoe.

Ele se juntou à multidão rumo à escada rolante. Uma placa dizia que era para ele ficar à direita. Ele obedeceu às instruções. Obedecer a instruções era algo que ele fazia muito bem.

As pessoas da bilheteria foram solícitas. Claro. Um uniforme, qualquer uniforme, conquistava respeito. O colarinho passava a ideia de autoridade. Era por isso que sua irmã gostava tanto? Ou era o anonimato? A pessoa deixa de ser um indivíduo com o colarinho. Virava um padre.

Perguntou-se vagamente se já tinham encontrado o padre morto.

A tarde chegava ao fim quando ele subiu no trem para Sussex. Um trem bem menor, meio vazio. Ele se acomodou no assento e olhou pela janela enquanto se afastava da conturbação agitada de Londres, atravessando os subúrbios, até chegar ao interior. Ele sentiu uma pontada, um desejo estranho. Havia tanto tempo que ele não via campos, gado, céu aberto.

Uma hora e meia depois, o trem parou na estação de Beechgate. Era pouco mais do que um galpão e uma plataforma estreita com um banco solitário. Ele foi o único a desembarcar. Ovelhas pastavam no campo ao lado dos trilhos. Se a agitação de Londres foi atordoante, aquele espaço todo, aquele silêncio todo eram sufocantes a seu modo. Ele olhou ao redor, inspirando fundo, olhando para o céu. Tanto céu.

Uma placa branca de madeira do lado de fora da estação informava que eram quinze quilômetros até Chapel Croft. Não havia ponto de ônibus, e ele só tinha uns quinze pence em dinheiro. Ele ajeitou o colarinho e saiu andando.

A estrada era estreita e sinuosa. Não havia calçada, então ele foi andando pelo asfalto e pulava para a beirada sempre que ouvia um carro se aproximar,

GAROTAS EM CHAMAS

o que, felizmente, não acontecia com frequência. A estrada estava praticamente deserta.

Depois de uma hora, o céu começou a escurecer. Ele não tinha relógio,
era desnecessário na prisão, mas havia se acostumado a adivinhar a hora.
Achou que deviam ser oito. Acelerou um pouco. Não queria estar na estrada
no escuro.

Ele estava terminando uma curva bem fechada quando ouviu o carro se
aproximando. Alto. Rápido. Mais rápido do que os outros. Ele se virou e viu
a grade grande, ouviu o guincho dos freios na curva. Deu um pulo para trás,
mas seu tornozelo virou, e ele caiu na vala. O quatro por quatro nem parou.
Talvez o motorista nem o tivesse visto.

Ele ficou deitado na água lamacenta e fedida da vala, sentindo as dores da
queda. Pior ainda, o tornozelo pulsava com uma dor quente. Ele se sentou
com dificuldade e conseguiu subir da vala até a beira da estrada. Mas, quando
tentou se levantar, sentiu uma fisgada no tornozelo e caiu de novo de joelhos.
Não conseguia andar. O que fazer? Por uma abertura na vegetação, ele viu uma
fazenda ao longe. Mais perto, no campo, um celeiro abandonado. Serviria.

Então se pôs a engatinhar até lá.

Ele fecha os olhos, desejando ter alguma coisa para aliviar a dor. Talvez o tornozelo *esteja* quebrado. Ele se senta e puxa a perna da calça. O negócio está
feio, mais inchado do que nunca, a pele esticada numa mistura de preto e roxo
e vermelho. Ele geme e se deita de novo na palha.

Ele não vai conseguir ir muito longe, e ninguém vai lhe dar carona com ele
daquele jeito, nem mesmo com o colarinho. Ele precisa se limpar. Precisa de
analgésicos. Ele se vira e olha pelo buraco na parede do celeiro. Do outro lado
do campo, uma luz brilha calorosa pelas janelas da fazenda.

Você está de colarinho. Diz que sofreu um acidente. Vão deixar você entrar.

E depois? Não vou fazer mal a mais ninguém.

Mas eles vão ter analgésicos. Álcool. Talvez até dinheiro.

Não. Eles também podem ter crianças. São inocentes. Ele não pode fazer
mal a inocentes.

Ninguém é totalmente inocente.

O tornozelo irradia dor. Ele tenta ignorar, mas não adianta. Ele se senta. Olha para a fazenda. *Analgésicos. Álcool.* Pode ser que ele não precise fazer mal a ninguém. Não muito. Só o suficiente para imobilizá-los. Para pegar o que precisa. De que outra forma ele vai chegar até ela?

Ele se força a ficar de pé.

Fico de joelhos e aponto a lanterna para o buraco, que tem a circunferência de uma bola de futebol. Uma câmara embaixo da igreja. Consigo identificar a curva das paredes arqueadas. Um pouco à esquerda, o que parecem ser degraus de pedra. E caixões. Três. Empilhados de qualquer jeito em um canto. A madeira parece estar podre e empenada. A tampa de um caixão rachou e dá para ver um crânio espiando pela fresta.

— Posso dar uma olhada? — pergunta Mike.

Ele me acompanhou até a capela, apesar de eu ter dito que estava tudo bem, que eu não precisava de companhia. Depois de cuidar da perna de Flo, que está muito machucada, mas felizmente não quebrada, deixei-a com Wrigley no chalé, tomando leite e comendo biscoitos. Estou supondo que seja impossível arriscar a própria vida com um pacote de biscoito de chocolate.

Segundo Flo, ela achou ter visto uma pessoa entrando na capela e foi dar uma olhada, tropeçou e caiu com a perna no ladrilho de pedra quebrado. Wrigley, que por acaso estava passando por ali (como praticamente todo mundo da cidade faz), ouviu os gritos dela e foi ajudar. A história tem mais buracos do que o piso da capela, mas o interrogatório pode esperar por enquanto.

Entrego a lanterna a Mike.

— Fique à vontade.

Ele se ajoelha e espia dentro do buraco.

— Uau. Que descoberta. Há quanto tempo você acha que isso está aí?

— Rushton mencionou que a igreja original foi destruída por um incêndio — digo, juntando as peças. — A capela foi construída sobre a planta. A entrada da câmara deve ter sido bloqueada nessa reconstrução.

Se bem que por que alguém fecharia uma câmara velha? Na verdade, uma câmara fúnebre privada seria uma indicação de prestígio que a família daqueles ali enterrados se importaria em preservar.

Mike ainda está olhando as pedras do piso.

— Não sei. Isto aqui parece ser mais recente. Olha, esta pedra é bem mais fina e mais nova do que o resto do piso. E dá para ver que o cimento é mais novo. Isto aqui é um remendo.

— Eu não sabia que você era especialista em piso de pedra.

— Sou um homem de muitos talentos.

— A modéstia não é um deles.

Ele sorri.

— Está bem. Escrevi um artigo sobre a restauração da igreja para o jornal no ano passado.

Ergo a sobrancelha.

— Nossa, seus dias devem passar voando.

— Essa doeu.

Olho para o buraco no chão, a mente ainda em disparada. Se ele estiver certo e o piso tiver sido consertado em algum momento, como ninguém reparou na câmara enorme embaixo da capela?

— O que você quer fazer? — pergunta Mike.

Por mais tentador que seja pegar um pé de cabra e descobrir exatamente o que tem lá embaixo, não sei se isso vai me favorecer com os poderes no comando, e não estou falando de Deus.

— Acho que preciso ligar para um bom pedreiro e pedir que retire as pedras com cuidado, para investigarmos.

— Bom, nisso eu posso ajudar…

Ele pega o celular.

— Ainda tenho o número da pessoa que acompanhei aqui.

— Que útil.

— Bom, a gente saiu para beber umas vezes depois.

— Ah.

Tento conter minha surpresa. Como Mike foi casado com uma mulher, presumi que fosse hétero.

— Ela é muito boa — acrescenta ele.

— Certo.

Ela. Que burrice, Jack. Logo eu, que já deveria estar acostumada com as suposições das pessoas.

—Você tem AirDrop?

— Hã, tenho.

Pego o celular e recebo a mensagem do Mike. Aperto o botão de aceitar.

— Obrigada.

— O que você acha que tem lá embaixo? — pergunta ele.

— Bom, as câmaras desse tipo costumam ser construídas embaixo de igrejas para os ricos e influentes dos vilarejos.

— Certo. Como túmulos particulares, longe dos camponeses.

— Exatamente.

Nós dois olhamos para a câmara.

— Então a pergunta certa não é o quê, mas quem.

Eu me sento na beirada da cama de Flo, coisa que não faço desde que ela era pequena. Ela está deitada sobre os travesseiros, a perna com curativos para fora do edredom. Está pálida e com olheiras.

— Está com raiva de mim?

— Não estou com raiva — digo. — Não mais. Eu só me preocupo com você. Quero que fique segura.

— Eu sei, mãe. Mas você não pode me proteger de tudo. O que aconteceu na capela foi só um acidente.

— Certo. — Olho para ela com atenção. — E a pessoa que você seguiu até lá dentro?

Uma hesitação. Aí está. Eu sabia que havia alguma coisa que ela não estava me contando.

—Tudo bem. Promete que não vai achar que eu estou maluca?

— Prometo.

—Acho que vi outra garota, como no cemitério.

—A mesma garota.

— Não, essa tinha a cabeça e os braços... mas estava pegando fogo, toda queimada. Foi horrível.

Eu só a encaro. *Garotas em chamas.*

— Não estou inventando.

— Eu sei. — Dou um suspiro. — Tem certeza de que mais ninguém mencionou a história das garotas em chamas para você? Wrigley, por exemplo?

— Por quê? Você acha que alguém me contou alguma coisa e minha mente inventou essas visões por causa disso?

— Só estou procurando explicações racionais. Nunca acreditei em fantasmas.

— Nem eu.

— Mas eu acredito em *você*.

O que não acrescento é que também acredito que as últimas semanas foram traumáticas. Aqueles problemas todos em Nottingham. A mudança repentina. Flo nunca me deu motivo para me preocupar com sua saúde mental. Ela sempre foi incrivelmente equilibrada. Mas, se for assim, Jonathon fingia muito bem. E alguns profissionais acreditam que problemas de saúde mental são hereditários.

— O que nós vamos fazer? — pergunta Flo.

— Não sei.

— Exorcismo? Você tem até o kit.

Abro um sorriso fraco.

— Se houver almas perdidas aqui na Terra, não acredito que arrancá-las daqui com violência e raiva seja a melhor forma de tratá-las. Você acha?

— Acho que não.

— O folclore diz que as garotas em chamas aparecem para quem está passando por alguma dificuldade.

— Você acha que é o meu caso?

Olho diretamente para a perna dela.

— Foi um acidente — repete Flo.

— O segundo em dois dias.

— Lá vamos nós. Não me diga que vai botar a culpa no Wrigley.

— Nas duas vezes que você se encontrou com ele, algo ruim aconteceu.

— Ele me salvou hoje.

— E estou agradecida por ele ter encontrado você.

— Mas?

— E se foi *ele* que você viu entrando na capela?

— Não foi.

— Tudo bem, mas o que você realmente sabe sobre ele?

— Ele mora nos arredores da cidade com a mãe.

— E?

— Bom, não fiz o interrogatório completo.

— Eu gostaria de conhecer a mãe dele.

— A gente não está namorando.

Levanto as sobrancelhas.

— Não é nada assim.

— *Ele* sabe disso?

— Sabe. E você e aquele tal de Mike?

— Definitivamente não é assim.

—Você contou para *ele*?

— Já chega, mocinha. — Eu me levanto. — Falamos sobre isso de manhã.

Ela se vira e estica a mão para o abajur, mas para.

— Mãe, de quem você acha que são os corpos na câmara?

— Não sei mesmo. Vamos ter que esperar e ver amanhã. Descansa um pouco. Acha que vai conseguir dormir?

Ela boceja.

— As garotas em chamas só assombram a capela, né?

— Até onde eu sei.

— Então devo ficar bem.

— Boa noite. Te amo do tamanho da distância até a lua.

Era uma frase que dizíamos quando ela era pequena.

— Eu te amo do tamanho do universo inteiro.

— Eu te amo do tamanho do infinito.

— Eu te amo do tamanho do Big Bang.

Dou um sorriso e vou até o banheiro. Lavo o rosto, escovo os dentes e me preparo para ir dormir. Estou exausta, mas também tensa, como se estivesse prestes a acontecer alguma coisa; uma coisa ruim. O sentimento se espalha por mim como uma vertigem.

Algo sinistro vem por aí.

Coloco a mão na corrente de prata que uso no pescoço. Entro no quarto e me ajoelho ao lado da cama. Mas não rezo. Enfio a mão embaixo do colchão. Meus dedos tateiam as ripas de madeira. Eu franzo a testa. Levanto o colchão e olho, sem acreditar.

A faca sumiu.

Orações não deveriam ser egoístas. Foi uma coisa que meu antigo mentor, Blake, me contou. *Deus não é um concierge. Não está à sua disposição. Claro que você pode pedir orientação, mas, se precisar de ajuda, precisa aprender a resolver sozinha.*

Sempre tentei seguir esse conselho dele, além de seu outro ensinamento bíblico importante: tudo parece melhor depois de uma boa noite de sono, um café forte e um cigarro.

Eu me visto, desço, faço um café bem forte e pego minha lata de tabaco e a seda. Levo tudo para o andar de cima, abro a janela do quarto e me sento no parapeito. Fumar na janela do quarto não é seguro nem higiênico, mas preciso pensar e preciso fazer algumas ligações. Ali é o único lugar onde consigo as duas coisas.

Enrolo um cigarro enquanto olho para os campos do outro lado da estrada. A grama está brilhando com o orvalho. O sol é um disco prateado no céu azul enevoado. Está lindo, mas não ajuda muito a aliviar meu humor.

A faca sumiu. Olhei de novo quando acordei. Não está debaixo do colchão. Não está no meu armário, não está na caixa. Como pode ter sumido? Quem pode ter pegado? Bom, basicamente só duas pessoas ficaram sozinhas em casa na noite anterior: Flo e Wrigley.

Será possível que Flo tenha encontrado? Será que pegou da mesma forma que esconde meu tabaco? Para minha própria segurança, talvez? Porque ficou preocupada comigo? Mas como ela poderia ter encontrado? Por que olharia debaixo do meu colchão?

Meu primeiro instinto foi perguntar a ela na noite anterior. Mas mudei de ideia. Era tarde. Nós duas estávamos cansadas. E, se não tivesse sido ela, acabaríamos numa discussão mais incômoda. Por que eu tinha escondido uma faca embaixo do meu colchão? E quem mais entrou em casa ontem, e ainda com a possibilidade de xeretar? *Wrigley?*

Essa mudança era para ser uma oportunidade de nos afastar dos problemas. Fugir. Acertar as coisas. Mas só encontro mais preocupações, perguntas sem respostas. A sensação é que pisei numa poça e descobri que é areia movediça, e quanto mais eu tento sair, mais rápido sou puxada para o pântano.

A carta da libertação da prisão ainda está supurando no meu porta-luvas. A morte do reverendo Bradley não sai da minha cabeça. Por mais que eu fique tentando dizer para mim mesma que as duas coisas não estão ligadas, a dúvida não se dissipa. E os itens misteriosos deixados para mim lá? Sem mencionar o recorte de jornal. Quem deixou? Que mensagem estão tentando passar?

Dou um trago fundo no cigarro e pego o celular. Bom, primeira coisa a resolver: ligar para a pedreira e pedir que descubra exatamente o que tem embaixo da capela e por que pelo visto ninguém sabia daquilo. São só oito e meia. Talvez a loja nem tenha aberto ainda, mas não custa tentar. Aperto o botão esperando que caia na caixa postal, mas, para a minha surpresa, uma mulher atende, com a voz animada.

— Alô, TPK.

— Ah, oi. Aqui é a reverenda Brooks, de Chapel Croft.

— Oi.

— Eu queria saber se você poderia vir dar uma olhada numa área de piso danificado da capela.

— Sim, claro. De que tipo de dano estamos falando? Lascas, rachaduras?

— Está mais para um buraco grande no chão e uma câmara escondida embaixo.

— Uau! Agora ficou interessante! Um trabalho meu para hoje de manhã foi cancelado. Posso estar aí em meia hora, se for conveniente.

— Seria ótimo. Obrigada.

— Até daqui a pouco.

Desligo o telefone. Uma tarefa cumprida. Não posso continuar arriscando a vida por três barrinhas no celular. Preciso ligar para a British Telecom e...

— Oi aí em cima!

Tomo um susto, e tenho que me segurar na janela para não cair.

— Meu Deus!

Olho para baixo e vejo um homem careca com o que parece ser um uniforme da British Telecom parado. Eu estava tão absorta que não reparei na van estacionando.

— Estou procurando o reverendo Brooks. Você é a sra. Brooks?

Abro um sorriso. Obrigada, Deus.

— Na verdade, eu *sou* a reverenda Brooks.

— Ah, certo. Sou Frank, da British Telecom.

— E *você* é a resposta às minhas orações... literalmente.

Enquanto o Frank da British Telecom mexe nas conexões e faz buracos na parede da sala, tomo um banho e me visto. Estou descendo quando Flo bota a cabeça descabelada para fora do quarto.

— Que barulho é esse?

— É o som da civilização retornando para nós.

— Internet?

— É.

— Aleluia.

Olho para ela por um momento. *A faca.*

— Como está a perna?

— Um pouco dolorida, mas bem.

— Quer chá ou café?

— Café seria ótimo.

— Está bem. Vou trazer uma xícara.

Ela me olha com desconfiança.

— Por que você está sendo tão legal?

— Porque eu te amo.

— E?

— Preciso de mais algum motivo? — Abro um sorriso amoroso.

—Você está esquisita — diz ela e volta para o quarto.

Desço a escada e preparo um café com leite com uma colher de açúcar. Apareço na sala e dou uma olhada em Frank.

— Como está indo?

— Estou quase acabando aqui, querida. Depois, só preciso ver a conexão na rua.

Abro um sorriso educado e tento segurar a irritação por ser chamada de "querida".

— Obrigada. Não consigo explicar como estamos felizes de ter internet de novo.

— Que engraçado. Difícil imaginar vigários usando internet.

— Bom, mandar orações ao Sainsbury's pedindo as compras não funciona muito bem.

Ele me encara e ri com constrangimento.

— Ah, sim. Boa. — Ele olha em volta. — Eu me lembro do outro cara que morava aqui.

Claro. Cidade pequena. Até o cara da British Telecom é da área.

— O reverendo Fletcher?

— É. Um cara legal. Uma pena o que aconteceu.

— Sim. Muito triste.

— Achei que seria o fim de tudo, para falar a verdade.

— Fim de quê?

— Disso aqui. Da capela.

— Por quê?

— Bom, chegaram a colocar à venda.

Isso é novidade para mim.

— É mesmo?

— É. Depois que o velho vigário, o Marsh, se aposentou, ficou fechada por mais de um ano. O reverendo Rushton começou uma campanha para salvá-la. Conseguiram uma doação enorme e foi decidido que ficaria aberta.

— Que sorte. Quem foi a pessoa generosa que fez a doação?

— Um cara daqui. Simon Harper. Nunca achei que fosse um sujeito religioso, mas deve ser por causa da história da cidade, não é?

— Acho que sim — respondo.

— Certo. — Ele se levanta. —Vou resolver as coisas lá fora. Já volto.

— Tudo bem.

Levo o café de Flo, a mente trabalhando. Então Simon Harper fez uma doação volumosa para a igreja. Rushton tinha mencionado que a família "fazia muito" pela igreja. Ele claramente estava se referindo a dinheiro. Mas por quê? Para passar uma boa imagem? Ou alguma outra coisa?

Bato na porta de Flo.

— Entra.

Ela está deitada na cama, de fones de ouvido. Coloco o café na mesa de cabeceira.

— Obrigada — murmura ela.

Fico esperando. Ela repara e tira os fones.

— O que foi?

A faca.

— Eu só queria perguntar uma coisa sobre ontem à noite.

— O quê?

— Quando você estava aqui em casa com o Wrigley, vocês ficaram juntos o tempo todo?

— Ficamos. Por quê?

Rápido demais. Ela está mentindo.

— Ele não foi ao banheiro nem nada?

— Talvez. Por que você está perguntando?

Dou de ombros.

— Ele não abaixou o assento.

— Isso é crime?

— Nesta casa, sim.

Ela estreita os olhos.

— Por que você está perguntando, *de verdade*?

Eu hesito. Não quero acusar Wrigley sem provas e não quero iniciar outra discussão. Felizmente, sou salva por uma batida na porta. Frank.

— Melhor eu atender — digo.

— Divirta-se. — Ela coloca os fones nos ouvidos.

De qualquer forma, consegui minha resposta. Parece que o jovem Lucas Wrigley e eu precisamos ter outra conversinha. Desço e abro a porta, esperando ver a cabeça careca de Frank brilhando no sol. Mas, no lugar dele, dou de cara com uma jovem de cabelo curto e uma tatuagem de caveira aparecendo embaixo da manga da camiseta. Eu a conheço de algum lugar.

— Oi de novo — diz ela.

Então identifico. É a mesma jovem que conheci no salão. Kirsty?

— Ah, oi. Posso ajudar?

— Espero que eu possa ajudar *você*. — Ela mostra uma caixa grande de ferramentas com "TPK Pedreiros" escrito na lateral.

Ela sorri.

— Não era aqui que tinha uma câmara secreta?

Eles não têm filhos.

Mas têm um cachorro, um terrier marrom e branco pequeno que alterna entre se sentar aos pés do dono, olhar o sanduíche de bacon que o homem está comendo e correr agitado da sala de jantar até a sala de estar.

— Calma — diz ele, e joga um pedaço de gordura do bacon para o cachorro.

O animal olha para a porta, choraminga e se aproxima para comer.

O melhor amigo do homem, ele pensa. É, claro. A devoção de um cachorro começa e termina na comida. Se bem que, para ser justo, o terrier não deve entender direito que seus donos nunca mais vão levá-lo para passear.

Ele olha para a porta. Não pretendia. Mas não tem muita escolha. Quando chegou à fazenda, seu tornozelo estava doendo tanto que ele mal conseguia mancar. Mesmo que tivesse conseguido entrar na casa, não havia como conseguir ganhar de ninguém na força. Ele só tinha o elemento surpresa. Havia encontrado o machado fincado em um tronco no galpão da casa. Dava para ver os moradores pelas portas de vidro que levavam ao pátio. As portas nem tinham sido trancadas. Velhos. Confiantes demais. Alheios aos horrores que poderiam estar à espreita lá fora, mesmo ali, no meio do nada.

Foi bem rápido. Sangrento, mas rápido. Os dois estavam sentados, de costas para ele, vendo televisão. Um movimento quase arrancou completamente a cabeça grisalha da esposa. O marido, igualmente grisalho e enrugado, tinha começado a se levantar, mas outro golpe abriu seu peito. A machadada final partiu o crânio quase em dois. O terrier latiu histericamente e, quando ele se virou para o animal com o machado pingando, o cachorro saiu correndo e se escondeu em sua casinha.

Ele olhou para a sujeira de sangue e corpos no tapete puído. Menos de dois minutos para a vida deles ser tirada. Mas eles eram velhos, argumentou ele. Já tinham vivido a vida. Ele só devia tê-las reduzido em alguns anos. Não se sentia tão mal. Não era necessário.

Ele subiu e revirou o banheiro atrás de analgésicos. Outro benefício da idade deles era um armário de remédios lotado. Ele tomou quatro cápsulas de codeína e desceu a escada atrás de álcool. Encontrou duas garrafas de xerez e um belo conhaque no armário da cozinha. Abriu o conhaque e tomou vários goles. Finalmente, deitou-se na cama grande de casal e fechou os olhos.

Ele sonhou. Sonhou com uma casa de muito tempo antes. Com a irmã mais velha. Que se deitava na cama ao seu lado quando ele chorava, o abraçava e cantava sobre o amanhã. Até a noite em que ela o abandonou. E nunca mais voltou.

Ele termina o sanduíche e pega a caneca de chá. Mas muda de ideia e pega a garrafa de xerez que tinha aberto mais cedo. Toma um gole e saboreia a queimação doce que desce pela garganta.

Seu tornozelo ainda está preto e vermelho e mais inchado do que nunca. A pele parece rachada, e ele está cada vez mais convencido de que o osso *está* quebrado, afinal. Mas, com os remédios e a bebida, ele nem repara direito na dor.

Ele sabe que está fedendo, e muito. Precisa tomar um banho, ele pensa. Depois, vai pegar o Toyota do casal e dirigir até Chapel Croft para dar uma olhada. Ele já deixou a chave separada na mesa. Tem um tempo que ele não dirige. Mas o carro é novo e ele espera que seja automático. Gente velha costuma dirigir carros automáticos, não é?

Ele pega o xerez de novo… e fica tenso. Pensou ter ouvido alguma coisa. Outro motor de carro, pneus no caminho de cascalho. O terrier sai correndo da cozinha, passa pelo arco e entra na sala, latindo. Ele se levanta da cadeira e vai atrás. Tem uma janelinha ao lado da porta da frente de madeira. Ele espia.

Realmente, um Nissan prateado parou na porta. Está escrito "Faxina da Cathy" na lateral. O que fazer? Ele poderia simplesmente não atender a porta, mas ela deve ter a chave. Além do mais, o maldito cachorro está latindo como louco. Porra.

Ele vê uma mulher magra, de trinta e poucos anos e cabelo louro-escuro sair do carro. Olha na direção da sala. O machado ainda está enfiado na cabeça do velho. Ele manca até a cozinha e abre a gaveta de talheres. Pega uma faca de pão afiada e vai até a porta, o coração disparado.

Olha pela janela. A mulher vai até o porta-malas, tira de lá um aspirador e uma caixa de produtos de limpeza e leva a caixa até a porta. Ele aperta a faca na mão. Ela, então, bota a caixa no degrau e volta até o carro, fecha o porta-malas e pega o aspirador. Em seguida, para, e fica claro que está tentando se lembrar de alguma coisa. Abre a porta de trás do carro, pega uma túnica púrpura e veste por cima da camiseta. Ele fica olhando. No banco de trás tem uma cadeirinha de criança.

Ela tranca o carro e vai até a porta. Ele olha para a faca. Para a porta. Vê que tem uma corrente pendurada. Rapidamente, ele a prende e recua. A campainha toca. O terrier arranha a porta, latindo histericamente. Ele a ouve dizer:

— Oi, Candy, está tudo bem?

Ela toca a campainha de novo. Ele sobe a escada e se senta no patamar, onde ela não pode ver. Ouve a mulher inserir uma chave na fechadura e empurrar a porta. A corrente a segura.

— Olá! Roz, Geoff! A corrente está passada?

O cachorro enfia a pata pela fresta.

— Oi, Candy. Está tudo bem, querida.

Ela sacode a porta de novo. Estala a língua. Por que ela não vai embora? O que está fazendo? A pergunta é respondida quando um celular toca de repente na casa. Depois de cinco toques, para. Ele ouve a voz dela do lado de fora.

— Oi, é a Cathy. Estou na casa, mas não consigo entrar porque a corrente está passada. Seu carro está aqui. Está tudo bem? Me liga. Vou embora agora, mas posso voltar depois. Tchau.

Ele espera.

— Tchau, Candy. Para dentro.

Ela fecha a porta, e ele a escuta andando pelo cascalho até o carro. Alguns segundos depois, ele ouve o carro ir embora. Solta um suspiro de alívio.

Ele vai até a cozinha e pega a chave do Toyota. Tem uma porta da cozinha que leva à lateral da casa. Ele a abre e manca em volta da casa.

Você não pode pegar o carro deles.

Por quê?

Porque é a primeira coisa que a polícia vai procurar quando encontrar os corpos.

O coração dele despenca. Claro. No momento, ninguém sabe quem ele é nem como é sua aparência. Mas, se ele pegar o carro, a polícia vai procurá-lo. Carros não são coisas fáceis de esconder, mesmo se forem queimados.

Ele olha ao redor e vê. Uma bicicleta. Apoiada no galpão da lenha. Vai até ela e passa a perna por cima do assento. Consegue pedalar, apesar do tornozelo. O terrier late e uiva freneticamente dentro da casa, alto o suficiente para fazer um bando de gralhas levantar voo, grasnando, do telhado da casa. Ele deveria ter matado o cachorro também.

Ele olha para a casa, pensativo. Mas sai pedalando, jogando cascalho para trás. Os uivos do cachorro ecoam atrás dele.

— Achei que você trabalhasse no salão.
Vamos do chalé até a capela. Falei para a Flo avisar ao Frank onde estamos se ele precisar falar comigo.
— Eu ajudo no café como favor — diz Kirsty. — Minha avó gostava dos cafés da manhã quando estava viva, então fico com a sensação de que estou retribuindo. É a mesma coisa com o grupo de jovens. Eu gostava de ir quando era adolescente.
— Que ótimo. E esse é seu trabalho oficial?
— Basicamente. Cuido dos negócios com meu pai e meu irmão. Às vezes, pegamos projetos enormes e, às vezes, ficamos sem nada para fazer.
— Certo. Bom, fico feliz de ter ligado num momento de nada para fazer.
Abro a porta da capela e nós entramos.
Kirsty olha ao redor.
— Sempre achei este lugar meio esquisito e sinistro. — Ela olha para mim. — Desculpa. Não quis ofender.
— Tudo bem. — Abro um sorriso. — Você está certa.
Seguimos o corredor central da nave e olhamos para o buraco no chão da capela. Kirsty inspira fundo.
— Nossa. Que horror.
— É.
— Não estou falando do buraco, embora *seja* um horror, obviamente. Ela se ajoelha. — Estou falando do trabalho aqui. Quem tentou consertar fez um péssimo trabalho.

Ela abre a caixa de ferramentas, tira um cinzel e cutuca a pedra quebrada.

— Um trabalho muito porcaria. A pedra é vagabunda. Moderna, não autêntica, e o cimento está mal misturado. — Ela franze a testa. — Além do mais, não entendi o que acharam que estavam fazendo. Parece que a madeira apodreceu embaixo do piso aqui. Não se deve tentar cobrir uma base podre. O piso sempre vai ceder de novo. Por sorte, ninguém caiu lá embaixo.

— Eu quase caí.

Nós duas nos viramos. Flo está parada na porta e vem mancando até nós.

— Meu pé atravessou o piso.

— Que merda — diz Kirsty. —Você está bem?

— Estou. Só ralei a perna, felizmente.

—Você teve sorte. Essa parte toda do piso poderia ter cedido a qualquer momento.

Flo se senta num banco ali perto.

— Frank foi embora? — pergunto.

— Foi. Disse que a internet deve estar funcionando bem em uma hora.

— Que bom.

Kirsty se senta sobre os calcanhares.

— Certo. A primeira coisa é nos livrar dessas pedras vagabundas.

— Podemos descer lá, então? Eu gostaria de dar uma olhada naqueles caixões.

— Preciso verificar se é seguro. Não vamos querer que o teto todo desabe na sua cabeça. — Ela aponta uma lanterna para o buraco. — Dá para ver uns degraus, acho que a entrada original fica um pouco para a esquerda. Ainda não entendo por que isso foi coberto.

— Nem eu — digo. — Há quanto tempo você acha que isso foi feito?

— Há poucos meses, pelo que parece.

Meses? Enquanto Fletcher ainda estava ali, então. De repente, penso nas plantas na caixa. Ele descobriu a câmara? Talvez um jeito de descer? Mas por que cobrir tudo de novo?

— Certo. — Kirsty pega um martelo e outro cinzel na caixa de ferramentas, assim como óculos de proteção e uma máscara. — Melhor vocês ficarem bem longe. Lá vamos nós.

O som do cinzel batendo na pedra ecoa pela capela vazia. Reverbera em mim, quase como se alguém estivesse usando o cinzel nos meus ossos. Olho para Flo. Ela faz uma careta e enfia os dedos nos ouvidos.

Kirsty bate com o martelo no cinzel de novo e puxa um pedaço do piso de pedra.

— Não deve demorar — diz ela. — Isso parece papel machê.

O som não é de papel machê, infelizmente. Faço uma careta enquanto ela bate em outro canto de placa de pedra. Dessa vez, tudo cai pelo buraco, agora bem maior. Ouço pedaços de pedra caindo na câmara.

Kirsty puxa a máscara e olha seu trabalho.

— Bom, acho que, se eu levantar essa pedra antiga aqui, dá para ver o alto da escada.

Ela se inclina e começa a puxar a pedra. Vou ajudar.

— Cuidado — diz ela. — Não queremos estragar.

Nós soltamos a pedra do cimento.

— Um, dois, três... — diz Kirsty. — Levanta.

Levantamos a pedra (sinto uma pontada nas costas) e a colocamos de lado.

— Nossa — murmura Flo, chegando mais perto.

Olhamos para o buraco. A remoção das pedras revelou uma escada íngreme e irregular que leva a um túnel abobadado.

Kirsty se agacha e examina o teto do túnel com a lanterna.

— O resto da base parece estar bom. Foi só essa parte aqui que apodreceu.

— Certo — digo, tirando minha lanterna do bolso. — Vou descer primeiro. Flo, acho que você deveria ficar aqui.

— De jeito nenhum. — Ela cruza os braços. — Nós vamos juntas.

Não adianta discutir. Eu conheço aquele olhar. Eu inventei aquele olhar.

— Tudo bem. Vamos juntas.

Acendo a lanterna e começo a descer com cuidado os degraus de pedra. São tão estreitos que mal cabe metade do meu pé e não tem onde eu me segurar para me equilibrar, só a parede lisa, curva e meio úmida. Em algum momento do passado, devia ter um alçapão ali, eu penso.

— Cuidado onde pisam — digo para Flo e Kirsty, que estão logo atrás de mim.

As lanternas iluminam uns quatro ou cinco degraus à frente. Meus ombros roçam na parede. Quando chego lá embaixo, a câmara se abre. Estico a coluna e aponto a lanterna para os dois lados. Kirsty assobia. O aposento subterrâneo é pequeno e estreito. O teto se curva acima de nós. Em um arco na lateral do ambiente há três caixões amontoados.

— Isso é muito Bram Stoker — murmura Flo.

Sinto um arrepio leve. Ridículo, claro. Sou vigária. Lido com mortes e caixões toda hora. E, ainda assim, aqui embaixo, abaixo do solo, na escuridão...

— Então é uma cripta — conclui Kirsty.

— A maioria das câmaras é — digo. — Basicamente, túmulos chiques para quem é visto como importante no vilarejo ou na cidade.

A curiosidade está superando a claustrofobia. Vou até os caixões e aponto a lanterna. Estão meio mofados e empenados, mas só o de cima se rachou, revelando o ocupante.

Ou será que o ocupante estava tentando sair?

Afasto esse pensamento nada útil e tento me concentrar. Cada caixão tem uma plaquinha de metal meio corroída em cima, com o nome do falecido.

James Oswald Harper, 1531–1569. Isabel Harper, 1531–1570. E, por fim, *Andrew John Harper, 1533–1575.*

A câmara da família Harper. Só que alguma coisa não está certa. Tem alguma coisa me incomodando.

— Isso não faz sentido — digo.

— Por quê? — pergunta Flo. — Você acabou de dizer que as famílias ricas mandavam os caixões serem colocados em câmaras.

— É, mas a história diz que a família Harper foi de mártires de Sussex, queimados na fogueira por se recusarem a renunciar à religião deles.

— Isso mesmo — diz Kirsty. — Os nomes deles estão no memorial. Nós o restauramos ano passado.

É isso que está me incomodando. Os nomes no memorial. Os mesmos nomes. Se os Harper foram queimados na fogueira, o que estão fazendo enterrados ali embaixo?

— Quando foi a expurgação de Chapel Croft?

— Ah, a gente estudou isso na escola — responde Kirsty. — A Expurgação Protestante de Chapel Croft aconteceu na noite do dia 17 de setembro de 1556.

Eu aponto para as plaquinhas nos caixões.

— Então por que essas datas de morte são diferentes? De mais de uma década depois?

Nós todas olhamos para o caixão.

— Você está achando que eles não foram queimados como mártires? — pergunta Flo.

— É o que parece.

Parece que em algum momento alguém decidiu reescrever a história. Seria fácil. Os registros eram poucos no século XVI. E Rushton não falou que um incêndio destruiu a maior parte dos registros da paróquia?

E a história é escrita pelos impiedosos.

— Mas *todo mundo* sabe que os Harper foram mártires de Sussex — diz Kirsty. — É uma coisa importante. Se não for verdade... — Ela para de falar.

Se não for verdade, o nome da família Harper ficaria irrevogavelmente manchado. Poderia até significar que foram *eles* que traíram as garotas em chamas para salvar a própria pele. E isso, sim, é uma coisa importante numa cidade pequena. Será que Simon Harper sabe que a reputação da família foi construída sobre uma mentira? Foi por isso que ele "doou" dinheiro para a igreja? Para manter aquilo escondido? Mas, se for isso mesmo, significaria que alguém de *dentro* da igreja devia ter sido cúmplice.

Olho para o crânio de James Oswald Harper. Está surpreendentemente bem conservado. Eu franzo a testa. E aponto a lanterna para dentro do caixão. O que é isso?

— Kirsty, você pode apontar sua lanterna para cá?

— Claro.

— O que foi? — pergunta Flo.

Não respondo. Seguro a lanterna com a boca e, usando as duas mãos, puxo a madeira rachada do caixão.

— Mãe — diz Flo com voz preocupada. — O que você está fazendo?

Solto um grunhido e puxo de novo. Faz um *creeec* que ecoa na pequena câmara, e a tampa inteira de madeira do caixão se solta na minha mão, e eu cambaleio para trás. O caixão tomba para o lado, e um corpo esquelético cai.

Flo dá um gritinho. Até Kirsty murmura:

— Cacete!

Olho para os restos no chão. E olho para o caixão, onde há um esqueleto bem mais decomposto e marrom. Foi isso que eu vi. Um segundo crânio. Um segundo corpo dentro do caixão.

— Por... por que tem dois? — Kirsty está ofegante.

Boa pergunta. Eu me agacho ao lado do primeiro esqueleto. Só está um pouco amarelado. Vestido com uma batina preta de padre e um colarinho branco. Tem fios de cabelo louro ainda presos na cabeça. Então vejo outra coisa.

Em um dedo tem um anel de sinete.

Chego para a frente e levanto delicadamente os dedos esqueléticos para olhar o anel melhor. Na frente tem um santo entalhado, segurando uma cruz e uma espada. Tem palavras em latim por toda a circunferência:

Sancte Michael Archangele, defende nos in proelio.

São Miguel Arcanjo, nos proteja em batalha.

Uma onda de tontura toma conta de mim. Eu agacho.

— Mãe? — A voz de Flo soa distante. — Você está bem? O que você encontrou?

Faço que sim, mas não estou bem.

Acho que acabamos de encontrar o padre desaparecido. Benjamin Grady.

Um barulho na janela. Unhas esqueléticas arranhando o vidro.

Merry se sentou na cama, piscando, confusa. O quarto estava tomado de sombras. O luar entrava pela janela.

Estalo, clique. Estalo, clique.

Não unhas. Pedrinhas. Pedras.

Ela foi até lá e puxou o canto da cortina para espiar. Arregalou os olhos quando viu a pessoa parada lá embaixo. Joy. Ela abriu a janela.

— O que você está fazendo aqui?

— Eu precisava ver você.

— No meio da noite?

— Era o único jeito. Por favor.

Ela ficou em dúvida, mas acabou assentindo.

— Espera aí.

Ela pegou o roupão e saiu do quarto na ponta dos pés. Dava para ouvir os roncos no quarto ao lado. Sua mãe tinha tomado duas garrafas de vinho depois do chá, devia estar apagada. Ainda assim, Merry percebeu que prendeu a respiração quando desceu a escada e saiu pela porta dos fundos. A brisa da noite estava fria e entrou pela roupa.

— O que aconteceu?

Joy começou a chorar, soluçando alto.

— Me desculpa. Eu decepcionei você.

Merry olhou com nervosismo para a casa.

— Não chora. Vem.

Elas foram até um canto do jardim e se sentaram no muro quebrado, perto do poço.

— Eu fui burra demais — disse Joy, aos prantos. — Achei que ele fosse bom, mas ele é o diabo.

— Quem? Do que você está falando?

Mas Joy só balançou a cabeça.

— Sabe o que conversamos antes? Sobre fugir?

Merry sabia. Mas elas não falavam sobre aquilo ultimamente. Elas mal estavam se vendo.

— Achei que você tivesse mudado de ideia.

— Não. Você ainda quer ir?

Ela pensou na mãe, que estava ficando pior. Outra noite, ela tinha colocado na cabeça que Merry estava possuída e precisava que o diabo fosse arrancado dela. Quando Merry viu a banheira cheia de água gelada, saiu correndo e se escondeu na floresta.

— Quero — respondeu ela com firmeza.

— Quando?

Ela pensou.

— Amanhã à noite. Arruma suas coisas. Vem me encontrar aqui.

— E dinheiro?

— Eu sei onde a minha mãe esconde um pouco.

— Para onde a gente vai?

Merry sorriu.

— Para um lugar onde nunca vão nos encontrar.

Ele tem a sensação de levar muito tempo pedalando da fazenda até os arredores de Chapel Croft, apesar de uma placa branca gasta informar que são apenas oito quilômetros.

Sua cabeça está latejando por causa do xerez (ou melhor, por parar de tomar o xerez) e seu tornozelo pega fogo. Ele para várias vezes para recuperar o fôlego e massagear inutilmente o tornozelo. A inflamação está se espalhando. A pele vermelha-arroxeada já ultrapassou a meia e chegou à panturrilha. Mas ele precisa seguir em frente.

Em determinado momento, ele descansa perto de uma escadinha. Avista um bebedouro para ovelhas atrás. Sobe os degraus, enfia a cara na água e bebe. A água está marrom e amarga, mas relativamente fria e sacia um pouco da sede.

Por fim, ele faz uma curva longa e vê. Uma capela branca ao longe. Só pode ser aquela. Sua empolgação aumenta. Tão perto. Mas em seguida vê uma fila de viaturas da polícia parada em frente; policiais de uniforme, um cordão de isolamento.

O que está acontecendo? Por que eles estão ali? Aconteceu alguma coisa com ela?

Ele abaixa a cabeça e passa direto pedalando. Quando está a uma distância segura, ele para, desce da bicicleta, abre o descanso e se agacha ao lado, fingindo mexer na corrente enquanto olha discretamente para a capela.

Então ele a vê. Pela primeira vez em quatorze anos, andando até o chalé com uma mulher velha, um homem alto e uma adolescente. *A filha dela.* Ele é tomado de emoções. Choque. A filha se parece tanto com ela quando garota. Alívio. Ela está ali e está bem. Confusão. *Qual é o motivo dessa atividade policial toda?*

Não pode haver ligação com o que ele fez na fazenda. É cedo demais para terem encontrado os corpos. Mas ele está com um mau pressentimento. Ele fez besteira. Deveria ter ficado no celeiro. Longe das pessoas. Assim, ninguém teria sofrido. A única coisa a seu favor agora é que ninguém sabe quem e como ele é. Mas isso não vai durar. E seu estado atual não é nada discreto, com a roupa rasgada e suja e o tornozelo vermelho, inchado. Ele precisa se esconder em outro lugar. Precisa se recompor. Pensar num plano.

Para quê? Se ela amar você, sua aparência não vai importar. De que você tem medo?

De nada. Ele não tem medo de nada. Só quer fazer tudo certo. Tem que fazer tudo certo. Ou...

... ela pode rejeitar você de novo. Deixar você de novo.

Não. Ele fez uma coisa ruim. Cometeu um erro. Mas agora ela teve tempo. Tempo de perdoá-lo. Assim como ele a perdoou.

Ele sobe na bicicleta e sai pedalando de novo. Dessa vez, só para quando está do outro lado da cidade. A estrada é deserta. Para todos os lados, só há campos e corvos. E, à esquerda, um portão. Enferrujado, com cadeado. Um caminho sulcado e coberto de mato corta a estrada e desaparece em meio a uns arbustos. Acima dos galhos, ao longe, surge a ponta de um telhado velho.

Ele leva a bicicleta até o portão. Depois de pensar por um momento, passa-a por cima. E vai também.

Cada cidade, vilarejo e subúrbio tem prédios abandonados. Ele aprendeu isso no tempo que passou nas ruas. Lugares que, por algum motivo, ninguém ocupou ou, talvez mais precisamente, ninguém quer ocupar.

Mesmo nos bairros mais ricos, sempre há algum lugar que fica vazio, nunca é vendido. Talvez por causa de detalhes legais ou burocracia, ou talvez porque algumas construções não querem ser ocupadas. Suas paredes já absorveram dor e infelicidade demais, a ponto de transbordar. Vazando de cada tijolo rachado e cada tábua torta no piso. Inabitável, inóspito. Não entre. Você não é bem-vindo. Fique longe.

Como aquele lugar.

Ele olha para a casa abandonada. As janelas escuras olham para ele, o teto caído parecendo uma testa franzida, mal-encarada. A porta está aberta em um grito silencioso.

Ele vai até lá pela grama alta. Espia da porta e entra. Está escuro na casa. Apesar de o sol estar alto, a luz não chega aos aposentos. As sombras são profundas. A escuridão se condensa lá dentro.

GAROTAS EM CHAMAS

Mas isso não o incomoda. Nem o cheiro, as latinhas amassadas e as guimbas de cigarro no chão, nem as pichações estranhas nas paredes do andar de cima. Ele sorri.

Está em casa.

— É difícil ter cem por cento de certeza, mas *parece* o mesmo anel.

O detetive à paisana, Derek, coloca a fotografia na mesa da cozinha e tira os óculos. É um homem alto, na casa dos cinquenta, com um rosto gentil. Parece que nasceu para ficar em casa cuidando de sua horta, e não investigando assassinatos.

— Então é ele? Grady? — Joan olha para ele por cima do café, os olhos brilhando.

Liguei para ela logo depois de ligar para a polícia. Ela insistiu em vir imediatamente. "É a coisa mais emocionante que vi desde que uma carroça entrou na minha sala."

Derek sorri para Joan.

— Grady pode ter dado o anel, ou pode ter sido roubado...

Ela dá uma risada zombeteira. Eu disfarço meu sorriso. Às vezes, desejo ter idade suficiente para ser rude sem precisar me desculpar.

Ele cede.

— É bem provável que os restos mortais sejam de Benjamin Grady. Mas, enquanto a equipe forense não tiver a oportunidade de analisar os ossos e as roupas, não podemos ter certeza.

Olho pela janela. Um policial uniformizado protege a entrada da capela, e outro permanece na calçada, perto da entrada do cemitério. Um isolamento policial foi erigido na rua. Mais cedo, vi a equipe forense entrar na capela, com um fotógrafo carregando iluminação portátil. Imagino-os colocando marcadores, tirando fotos, recolhendo provas. Duvido que a capela tenha visto tanta atividade desde a época dos mártires. Flo está no cemitério, do lado de fora, de olho em tudo que está acontecendo e tirando fotos discretas com o celular.

— Grady desapareceu trinta anos atrás — continua Joan. — Em maio de 1990. Logo depois que duas garotas da cidade, Merry e Joy, também desapareceram. Você sabe disso?

— Eu conheço o caso.

— E está procurando outros restos na capela?

— Os outros esqueletos da câmara parecem ser históricos.

— O caso será reaberto? — insiste ela.

— Se não tivermos novas provas...

— Tem um padre morto numa câmara de igreja. De que outras provas você precisa?

Agora é minha vez de não conseguir conter o riso: sai café pelo meu nariz. O sorriso de Derek fica tenso.

— Neste momento, especular não ajuda em nada. No entanto, vamos precisar dos nomes de todo mundo que trabalhou aqui ou teve acesso à capela nos últimos trinta anos.

— Os registros da igreja estão em um arquivo no escritório — digo. — Mas não sei se chegam tão longe.

— O reverendo Marsh foi o vigário aqui dos anos 1980 até cinco anos atrás — informa Joan. — Ele está muito doente, tem doença de Huntington, mas talvez tenha guardado alguns papéis.

— Aaron, o filho dele, é o administrador — acrescento. — Ele pode ajudar. — Hesito. — E o reverendo Rushton é o vigário da igreja vizinha, em Warblers Green, há quase trinta anos.

Derek anota tudo.

— Obrigado. Vamos falar com os dois. — Ele fecha o caderninho e se vira para mim. — Deve ter sido um choque.

— Podemos dizer que sim.

— Que primeira semana!

— Realmente, foi... animada.

— Bom, se você pensar em alguma coisa, aqui está o meu cartão.

Pego e guardo no bolso.

— Obrigada.

Levo-o até a porta, e ele segue para a capela. Olho ao redor, pelo cemitério. E solto um palavrão. O policial na rua parece ter sido emboscado por alguns moradores curiosos. Enquanto isso, um MG velho parou ao lado das viaturas e uma figura familiar está parada na calçada, tirando fotos com o celular.

Vou até Mike Sudduth, que sorri e acena.

— O que você está fazendo aqui? — pergunto bruscamente.

O sorriso some.

— Hã, meu trabalho. Um corpo escondido numa câmara da igreja? É uma grande notícia para o jornal local.

— Quem contou sobre o corpo? — pergunto. — Não, espera, deixa eu adivinhar. Kirsty?

Ele tem a delicadeza de parecer envergonhado.

— Ela pode ter mencionado. Desculpa, ela não sabia que era segredo.

— Certo.

Ele me lança um olhar de curiosidade.

— O que houve?

—Você quer dizer além disso tudo? — respondo, indicando o isolamento policial.

— Desculpa. Foi uma pergunta idiota.

Dou um suspiro. Estou sendo injusta. Ele está fazendo o trabalho dele. Mas a polícia, a imprensa. Tudo isso me traz lembranças ruins.

— Olha… é coisa demais para aguentar no momento.

— Imagino. Eles têm ideia de quem seja o corpo?

— Não.

— Então não é Benjamin Grady, o padre que desapareceu trinta anos atrás?

Eu o encaro.

— Sem comentários.

— Ele foi assassinado?

— Isso é uma entrevista?

— Não. Bom…

Cruzo os braços.

— Eu realmente não sei de nada. Talvez seja melhor você só tirar suas fotos e ir embora. Está bem?

Ele fecha a cara.

— Está bem.

Garotas em chamas

Volto para o chalé. Lidei mal com isso. Não me importo agora. Joan olha para mim quando entro na cozinha.

— Está tudo bem?

— Está, sim. — Consigo abrir um sorriso. — Quer outro café?

Ela faz que não.

— Tenho que ir. Você já tem muita coisa para resolver aqui.

— Você não precisa...

— Se aprendi uma coisa em oitenta e cinco anos, foi a não abusar da boa vontade das pessoas.

Ela se levanta lentamente e olha pela janela.

— Eu me enganei sobre Grady — murmura ela.

— Como?

— Em todos esses anos, achei que ele tivesse alguma coisa a ver com o desaparecimento das garotas. Mas, se ele estiver morto, isso meio que o descarta, não é?

— Acho que sim.

Ela se vira, a expressão consternada.

— Mas *alguém* sabia que Grady estava ali embaixo. Possivelmente, alguém da igreja. — Ela apoia a mão ossuda na minha. — Cuidado, Jack.

— O que você acha que aconteceu com ele?

Flo está sentada diante de um prato de macarrão. Já passou das sete da noite. A polícia e a equipe forense terminaram o trabalho na capela há mais de uma hora. A porta foi isolada com uma fita e me mandaram deixá-la trancada.

Espeto um pedaço de brócolis com o garfo.

— Com quem?

Um revirar de olhos lento.

— Com o corpo. Na câmara. Grady.

Levo um momento para responder.

— Bom, acho que cabe à polícia resolver.

— Você não está curiosa?

— Claro.

— Ele foi assassinado?

— Bom, ele não foi parar lá sozinho.

— Quem mata um *vigário*... — De repente, ela percebe o que diz e me olha em choque. — Desculpa, mãe. Eu não quis...

Consigo abrir um sorriso fraco.

— Tudo bem. E, respondendo à sua pergunta, as pessoas matam por todos os motivos possíveis. Alguns, nós conseguimos compreender. Outros, não.

Uma longa pausa. Flo empurra o macarrão no prato.

— Se uma pessoa faz uma coisa ruim, isso quer dizer que ela é sempre ruim?

— Bom, acho que é exatamente isso que Jesus quis dizer sobre perdão.

— Não estou falando de Jesus nem de Deus. Estou perguntando o que você acha.

Coloco o garfo no prato.

— Acho que *fazer* uma coisa ruim é diferente de *ser* ruim. Acho que todo mundo tem a capacidade de fazer coisas ruins, de fazer o mal. Depende das circunstâncias, do nosso limite. Mas se a pessoa sente culpa, se busca perdão e redenção, isso mostra que ela não é ruim. Nós todos merecemos a oportunidade de mudar. De compensar nossos erros.

— Até o homem que matou o papai?

Só falamos sobre o que aconteceu com Jonathon uma vez, quando Flo tinha sete anos. A mãe de uma amiga tinha acabado de morrer de câncer. Flo quis saber se o pai dela também tinha morrido de doença. Por mais tentador que tivesse sido mentir e dizer que sim, respondi às perguntas dela da melhor maneira que pude, e a história pareceu ter acabado ali. Flo era tão pequena quando Jonathon morreu que ela não se lembra dele, e acho que isso a distanciou da morte do pai. Mas admito que às vezes me perguntei — e, sim, temi — quando ela começaria a fazer mais perguntas.

— Sim — digo com cautela. — Até ele.

— Foi por isso que você o visitou na cadeia? Para perdoá-lo?

Eu hesito.

— A pessoa tem que querer o perdão. Tem que querer mudar. O homem que matou seu pai não foi capaz de fazer isso.

— Você disse que ele era viciado.

— Era.

— Talvez depois de se livrar das drogas ele pudesse mudar.

— Talvez. Por que você está perguntando isso agora? Em que está pensando?

— Nada…

— Você sabe que pode se abrir comigo.

— Eu sei.

— Tem a ver com o Wrigley?

Ela se fecha.

— Por que você disse isso?

— Só pensei...

— Lá vamos nós de novo. Você não gosta dele, não é?

— Ainda não decidi.

— É por causa da distonia?

— Não.

—Você acha que ele não é normal, que não é bom o bastante.

— *Não.* E não bote palavras na minha boca.

— Ele me salvou ontem à noite.

Porque estava rodeando a capela, com más intenções, tenho vontade de dizer, mas não digo. Penso na faca de novo.

— Flo, eu não sabia se deveria mencionar, mas ontem à noite sumiu uma coisa do meu quarto.

— O quê?

— A faca do kit de exorcismo. Você e Wrigley foram os únicos sozinhos na casa.

Ela arregala os olhos.

— E você acha que o *Wrigley* pegou?

— Bom, estou supondo que não foi *você*.

— Não. Mas ele não é o único que poderia ter roubado. Você ficou a noite toda fora. Eu estava presa na capela. O chalé não estava trancado. Qualquer pessoa poderia ter entrado.

Ela tem razão.

— Mas por que alguém entraria aqui e roubaria uma faca?

— Por que o Wrigley roubaria?

— Não sei.

Ela me encara. O rosto dela está cheio de mágoa e confusão, e meu coração dói. Ah, é tudo tão difícil quando se tem quinze anos. A vontade é de acreditar que o mundo é preto e branco. Mas, quando viramos adultos, percebemos que a maioria das pessoas existe na área cinzenta entre ambos. Tudo fica no limbo, meio perdido.

— Flo...

— Ele não pegou, está bem? Ele acha idiotice andar por aí com uma faca. *Está bem?*

Não. Não está bem. Mas não posso provar. Não agora.

— Está bem.

Ela empurra a cadeira para trás.

—Vou para o meu quarto.

—Você não terminou.

— Não estou com fome.

Observo com impotência Flo sair da cozinha. A escada range, e ouço a porta bater lá em cima. Que ótimo. Passo as mãos pelo cabelo. Flo e eu não discutimos muito, não em condições normais. Mas desde que viemos para cá parece que tudo está se desfazendo, que minha vida está desmanchando ao meu redor. Eu raspo os pratos no lixo e coloco na pia.

Preciso de um cigarro. Pego minha latinha, enrolo um rapidamente na mesa da cozinha e abro a porta dos fundos. Saio, mas dou um pulo para trás.

Tem uma coisa nos degraus. Mais duas bonecas de gravetos. Maiores do que as outras e sentadas, as pernas de gravetos esticadas, os braços entrelaçados. Fiapos de cabelo louro foram presos na cabeça de uma das bonecas; de cabelo escuro na outra. E elas estão se movendo. Balançando de leve de um lado para outro, como se estivessem inquietas.

Como assim?

Com o coração disparado, eu me inclino e as pego. Quando faço isso, uma coisa branca e gosmenta sai se contorcendo de uma das bonecas e cai no chão.

— *Merda!*

Solto as bonecas com um grito de repulsa e limpo as mãos na calça.

Elas estão cheias de larvas.

O quarto está quente e abafado. Estou deitada em cima do lençol, nua. O suor escorre pelo meu pescoço e entre meus seios. Tento me virar e encontrar uma área mais fresca para me deitar. Mas não consigo. Meus pulsos e tornozelos estão presos na cabeceira e no pé da cama. Prisioneira.

E tem alguma coisa chegando.

Ouço os passos subindo lentamente a escada. Chegando cada vez mais perto. Sou tomada pelo pânico. Puxo as amarras, mas não adianta. Vejo a maçaneta virar. A porta se abre. Uma figura de roupas escuras entra, um brilho branco no pescoço e outro prateado e pontudo na mão. Uma faca.

Ouço a pessoa sussurrar:

— *Sancte Michael Archangele, defende nos in proelio.*

São Miguel Arcanjo, nos proteja em batalha.

Levanto o olhar, suplicante. *Por favor, não. Por favor, me solte.* A pessoa se debruça sobre mim. Meu olhar encontra seu rosto na escuridão e o horror me engole quando vejo que a pessoa não tem face. Só um amontoado de larvas se retorcendo...

— *Aahhh!*

Acordo com um sobressalto, empurrando o lençol, suada e desorientada. Eu me reviro para o lado. O relógio me diz que são 5h33 da manhã. Visto minha calça de moletom e desço. Em vez de pegar minha latinha de fumo, pego a chave de ferro pesada, abro a porta e percorro o caminho curto até a capela. O sol é um disco prateado claro no céu enevoado. O ar quente acaricia meus braços. Sinto cheiro de jasmim, o odor pungente de compostagem, de grama seca. O que me leva de volta a outra manhã, muito tempo antes. Parada na beira da estrada, com medo, sozinha, me perguntando aonde ir.

A polícia me mandou proibir a entrada de qualquer pessoa na capela, mas não falou se eu estava incluída nisso. Giro a chave na fechadura e empurro a porta pesada. Lá dentro está um frescor agradável. Ando pela nave e me sento na ponta de um banco. A entrada da câmara é um buraco escuro. Ela está rodeada pela fita indicando uma cena de crime. Fico observando. O lugar do descanso final de Benjamin Grady. Como ele foi parar lá? E quem sabia?

Quem esconde os seus pecados não prospera, mas quem os confessa e os abandona encontra misericórdia.

Eu me viro para o altar, abaixo a cabeça e rezo.

Depois de um tempo, me sinto mais calma, renovada. A fé não é um recurso infinito. Pode esgotar. Até os padres precisam recarregá-la às vezes. Acabo me levantando, faço o sinal da cruz e saio da capela.

Sei o que tenho que fazer.

A descrição "caixa de chocolate" poderia ter sido inventada para a casa dos Rushton. Tijolos vermelhos quentes reluzem no sol do meio da manhã. O telhado é de sapê. Janelinhas metálicas brilham na claridade, e trepadeiras florescem nas paredes. De um lado, há a igreja de Warblers Green; do outro, um riacho gorgoleja passando pelo pub local, o Black Duck.

Entendo por que Rushton ama este lugar. E por que faria qualquer coisa para proteger sua vida confortável aqui.

Quando ele abre a porta, o rosto normalmente alegre está sombrio, até os cachos estão meio murchos. Ele não está surpreso de me ver.

— Pode entrar. Clara saiu para caminhar um pouco.

Ele me leva até uma cozinha grande e iluminada pelo sol no fundo da casa. Portas de vidro levam a um jardim amplo, cheio de flores coloridas. Uma brisa fresca entra na casa, aliviando o calor do dia.

— Café?

— Não, obrigada.

Ele se senta na minha frente à mesa e abre um sorriso triste.

— Antes que pergunte, já falei com a polícia... e devo desculpas a você.

— Você sabia sobre a câmara?

— Sabia. Mas, como falei para a polícia, eu não fazia ideia sobre o corpo. Foi — ele balança a cabeça — um choque terrível, terrível.

— Há quanto tempo você sabia?

Ele dá um suspiro pesado.

— O reverendo Marsh me contou quando comecei aqui. Ele explicou que tinham descoberto a câmara no ano anterior, quando estavam repondo lajotas danificadas. Mas que não a tornariam pública porque prejudicaria a reputação da família Harper.

— Isso porque os ancestrais deles não foram mártires?

Ele assente.

— Pode parecer estranho para você, mas isso tem um peso muito grande em Chapel Croft. Até hoje os que têm linhagem dos mártires são respeitados. Os que não têm são vistos como famílias inferiores.

— A verdade não é mais importante do que o ego de uma família?

— Eu acho que disse o mesmo. O reverendo Marsh me perguntou quem eu achava que tinha bancado os consertos do telhado da capela. Quem pagou a festa da igreja? Quem pagou os suprimentos e equipamentos do clube das crianças?

— Os Harper.

Ele assente.

— Todos os anos, eles fazem uma doação considerável para a igreja. Para preservar a história.

— E você concordou em encobrir?

Outro suspiro profundo.

— Eu concordei em *não revelar*.

Uma mentira por omissão continua sendo mentira. Mas me pergunto: quem sou eu para julgar?

— Quem mais sabe? — pergunto.

— Até recentemente, só eu, Aaron e Simon Harper. — Ele hesita. — Mas o reverendo Fletcher começou a pesquisar a história da capela.

— Ele encontrou uma cópia da planta?

— Encontrou. Ele ficou muito animado com a possibilidade de uma câmara secreta. Aaron entrou na capela uma manhã e descobriu que ele tinha removido metade do piso e descoberto a entrada.

— O que você fez?

— Bom, tentei persuadi-lo a não contar para ninguém. Mas ele achava que a câmara e os caixões eram uma descoberta histórica importante. Então, pedi a Simon Harper para falar com ele. O que quer que ele tenha dito, pareceu ter surtido efeito. Fletcher concordou em ficar quieto e, pouco depois, pediu demissão.

— Assim, do nada?

— É. Chamei um pedreiro que conheço para vir cobrir a entrada. Achei que a história tinha acabado ali.

— E depois Fletcher se matou?

— Infelizmente, sim.

—Você ainda acha que foi suicídio?

— Acho, sim. — O tom dele é firme, quase irritado. — Você não pode estar mesmo achando que alguém o matou por causa da câmara.

— Se soubessem o que havia escondido dentro, talvez. Pode ser que a pessoa tenha ficado com medo de que ele estivesse chegando perto demais.

Rushton balança a cabeça.

— Eu conheço essa cidade. Os moradores. Ninguém aqui é capaz de assassinar uma pessoa.

— O corpo na câmara sugere o contrário. — Antes que ele possa retrucar, eu pergunto: —Você acha que Marsh sabia que o corpo estava lá embaixo?

—A polícia perguntou a mesma coisa e vou dizer o que eu disse para eles. Marsh era um homem honrado. Muito religioso. Por que ele encobriria um assassinato?

Boa pergunta. Penso na linha do tempo. Marsh devia ter descoberto o cofre na mesma época em que Merry e Joy desapareceram e em que Grady (supostamente) foi embora da cidade. Em algum momento antes de a entrada ser fechada, o corpo de Grady foi escondido lá dentro. Um intervalo curto entre os dois eventos. E, se mais ninguém de fora da igreja sabia da câmara, um número pequeno de suspeitos.

— Joan me contou sobre o desaparecimento de Merry e Joy — digo. — Benjamin Grady teoricamente foi embora da cidade no mesmo período. Só que agora sabemos que não. As duas coisas poderiam estar ligadas?

— Não vejo como. As garotas fugiram.

— Fugiram mesmo?

— Jack, pare, por favor. — Ele ergue a voz, o rosto está ficando vermelho. — Isso é exatamente o que aconteceu com Matthew. Joan fazendo fofoca. Ele ficou obcecado. E nós dois sabemos como terminou.

Eu o encaro, me perguntando se é uma ameaça velada.

Ele respira fundo, tenta abrir um sorriso, mas o ato de reverendo alegre não está mais funcionando.

— Entendo seu interesse. Naturalmente, você tem perguntas. Mas temos que deixar a investigação para a polícia. Em tempos assim, temos que ficar unidos. Pelo bem da igreja e da cidade.

— E dos Harper?

— Quer você goste ou não, em uma cidade como Chapel Croft, precisamos de famílias como os Harper. O negócio deles emprega muita gente. Eles doam para a caridade...

— Entendo. Mas ao tentar agradar uma família, você encobriu um crime. Possivelmente, mais de um.

Rushton me encara com seriedade.

— E você nunca tentou enterrar pequenas verdades, Jack, para tentar deixar as coisas mais fáceis para si mesma ou para outra pessoa?

— A questão aqui não sou eu. — Eu me levanto. — Tenho que ir.

Ele faz menção de se levantar.

— Está tudo bem. Posso sair sozinha.

Saio da casa e volto para o sol quente e forte. Estacionei o carro embaixo da sombra de uma árvore um pouco mais à frente na rua. Mesmo assim, quando me sento no banco, a sensação é de entrar num micro-ondas. Abro as janelas sentindo calor, raiva e, pior, decepção. Eu gostava do Rushton. Queria confiar nele. Eu me enganei.

Estou prestes a sair de lá quando vejo Clara chegando. Está de short e tênis de corrida. Tem uma bolsa grande de lona pendurada no ombro. Ela para antes do portão. Está ofegante, os olhos vermelhos. Ela está chorando. O instinto me manda ir consolá-la. Alguma outra coisa me diz para não fazer isso. Ela parou antes de entar em casa de propósito. Não quer que o marido a veja.

Claro que pode haver muitos motivos para ela estar tão chateada. Mas, considerando a descoberta recente na capela, só consigo pensar em um. *Grady*. E não se derrama lágrimas assim por alguém que era só amigo.

Vejo-a secar os olhos, ajeitar o cabelo branco e abrir o portão. Quando ela faz isso, a alça da bolsa de lona escorrega do ombro e se abre.

Dentro, há feixes de gravetos.

43

Flo prende um pedaço de papelão na janela do banheiro. Sua mãe saiu e ela decidiu revelar o segundo filme enquanto tem o chalé só para si.

Ela achou que isso tiraria os problemas da cabeça, mas não ajudou muito. Talvez não seja surpreendente. Ela vem sendo aterrorizada por aparições em chamas, quase morreu caindo em um buraco no chão da capela e depois encontrou um monte de esqueleto e um vigário *assassinado* na câmara. Só uma semana como outra qualquer em Salem, certo?

Flo sai com cuidado da banheira porque a perna esquerda ainda está meio dolorida e arruma as bandejas de revelação no assento da privada e no chão. Em parte, Flo deseja que elas pudessem simplesmente se mudar para bem longe daquele lugar, para Nottingham, de volta à sanidade. Por outro lado, está meio que gostando das bizarrices. Tropeçar em esqueletos em uma câmara é um nível acima de encontrar seringas usadas nos degraus da igreja. E talvez, só talvez, haja outro motivo para ela querer ficar. Um motivo de cabelo escuro e olhos verdes. *Wrigley.*

Ela gosta dele. E, embora não seja uma donzela em perigo, ele a *salvou* na noite anterior. Mas ela pode mesmo confiar num garoto que confessou ter tentado botar fogo em sua última escola? Isso é bem pesado. E a faca? Ela garantiu para a mãe que ele não pegou, mas não consegue afastar uma sementinha de dúvida. A preocupação é como uma pele despontando na cutícula. Talvez tenha sido por isso que se irritou com a mãe. Não queria admitir que ela poderia, quem sabe, estar certa.

Elas conseguiram manter uma trégua incômoda durante o café da manhã. Para falar a verdade, sua mãe parecia exausta, e Flo se sentiu meio mal. A garota não gosta quando as coisas ficam estranhas entre elas, mas a mãe está sendo chata *demais* com Wrigley. Flo não entende por que ela não pode dar uma chance a ele. Talvez reagisse assim com qualquer garoto de quem Flo gostasse. Mas parece ter alguma coisa mais. Alguma coisa relacionada *àquele* lugar.

Flo queria ter alguém com quem conversar. Pensou em mandar mensagem para Kayleigh, mas se deu conta de que não sabia o que dizer. Tudo que estava acontecendo ali era totalmente diferente de Nottingham. Parece que elas estão em mundos separados.

Quando enfim conseguiu mandar mensagem para os amigos pelo Snapchat no café no outro dia, acabou se sentindo deslocada em relação a todos os assuntos deles. A conversa soou irrelevante para ela, desinteressante, até. E a sensação foi que eles acharam a mesma coisa de tudo que ela contou sobre Chapel Croft. Leon nem fingiu interesse. Estava ocupado demais atualizando as fofocas: uma garota do segundo ano apareceu grávida, o professor de química foi visto num parque fumando maconha e duas garotas que ela nem conhecia direito estavam em um relacionamento homossexual. No fim, ela desejou nem ter se dado ao trabalho de entrar em contato. Em vez de aproximá-la, só serviu para deixá-la se sentindo mais isolada do que nunca.

Ela suspira e arruma o equipamento. Mas hesita. Achou ter ouvido uma coisa. Uma batida. Lá está de novo. Tem alguém batendo na porta de casa.

Meu Deus. O que foi agora?

Ela passa por cima da bandeja, abre a porta e desce a escada. Atravessa a sala na ponta dos pés e espia entre as cortinas. Uma figura familiar de preto espera do lado de fora, agitada. Ela tem um debate interno por um momento. Mas vai até a porta e a abre.

— Estou começando a achar que, se eu olhar no espelho e disser seu nome três vezes, você vai aparecer.

Wrigley sorri.

— Que engraçada.

— O que está fazendo aqui?

— Eu só queria ver como você está. E achei que talvez você quisesse isto emprestado. — Ele oferece um iPhone velho para ela. — Está sobrando. Você só precisa colocar seu chip.

— Ah, obrigada.

— Apaguei tudo ontem à noite.

— Caso tivesse alguma coisa incriminadora?

— Na verdade, é o celular velho da minha mãe, então...

— Ela não se importa de me emprestar?

— Eu talvez não tenha contado. Mas ela não vai reparar. Estava numa gaveta. — Ele tem um tremelique e tira o cabelo preto dos olhos. — E você está bem?

— Estou, sim. Obrigada.

— Certo. Que bom.

Ela hesita. Sua mãe não ficaria feliz se Flo convidasse Wrigley para entrar enquanto está sozinha em casa, mas ele acabou de lhe emprestar um celular, então seria grosseria deixá-lo do lado de fora. E, bom, sua mãe também não está em casa.

— Quer entrar um pouco?

— Bom, não posso ficar muito tempo, mas um pouco não tem problema.

Ela chega para o lado, e ele entra no pequeno saguão. Eles se encaram de um jeito constrangedor.

— Estou revelando umas fotos — diz ela.

— Ah, certo.

— Quer ir ver?

— Quero. Vai ser legal.

Ele a segue pela escada. No alto, ela para.

— Só tenta não tocar em nada, está bem?

— Está bem.

Ela abre uma fresta da porta e eles entram. Ela a fecha rapidamente e acende a luz de segurança.

— Esse é seu quarto escuro? — pergunta Wrigley.

— É temporário — diz ela. — Preciso encontrar uma solução melhor a longo prazo.

— Não, é ótimo. — Ele olha ao redor.

Ela pega o cilindro com o filme e o tira de dentro.

—Você não tem que fazer isso no escuro total? — pergunta Wrigley.

— Não. Como o filme é em preto e branco, não é sensível à luz vermelha. Se fosse colorido, eu precisaria tirar o filme em um saco escuro.

— Eu não sabia que as pessoas ainda faziam essas coisas.

Ele chega bem perto dela na hora de desenrolar o filme.

— Pouca gente faz. É uma arte que está morrendo. Todo mundo quer tudo instantaneamente. Por que perder tempo fazendo isso se é possível tirar uma foto com um celular e enfiar um filtro nela?

— Então por que você faz?

Ela corta os negativos.

— Eu gosto de não ter as respostas logo de cara. Tem algo na espera, em não saber como as coisas vão ficar. Em ver de fato as imagens se formando. É mais satisfatório do que tirar infinitas fotos com um celular e deixá-las esquecidas num computador, para nunca mais serem olhadas.

Ela se vira. Wrigley está logo atrás. Quase perto demais.

—Você está certa — diz ele. — Tudo é meio que descartável hoje em dia. Ninguém aprecia mais as coisas... não tem expectativa.

Ela olha para ele. A luz vermelha transforma o rosto dele em um anime esquisito, o preto do cabelo, o verde dos olhos mais intenso do que nunca. *Merda*, pensa ela. *A gente vai...* E, de repente, eles vão mesmo. Os lábios dele encostam nos dela, e é bom e estranho e empolgante, tudo ao mesmo tempo. Ele a encosta na parede. Suas mãos se entrelaçam, e ele as leva para cima da cabeça dela. Flo sente uma coisa se enrolar no pulso. Tarde demais, ela percebe que é o barbante da luz. Ouve um clique.

— Merda!

A luz fluorescente inunda o banheiro. Não, não, não. Ela se vira e puxa a cordinha de novo. Só alguns segundos, mas...

— Os negativos.

Ela empurra Wrigley e corre até o rolo de filme.

— Desculpa... — gagueja ele.

Ela vê na hora que metade dos negativos queimou. Merda.

—Vai dar para salvar?

— Não. Estragou.

— Me desculpa. Eu não deveria...

— Não foi sua culpa. Não tem importância.

Mas tinha, sim. Os negativos estragaram, e o momento, o que quer que fosse, passou.

— Melhor eu ir.

—Tudo bem.

Ele se vira para a porta.

— Espera — diz Flo. — Olha, não é que eu não queira... Que eu não goste de você.

— Certo. — Ele se mexe e tem um espasmo. — Então me deixa compensar.

— Como?

— Me encontra hoje à noite.

— Onde?

— Na casa na floresta.

— Não sei...

— Por quê?

— O que eu vou dizer para a minha mãe?

— Diz que vai ao grupo de jovens.

Ela pensa a respeito. O celular do Wrigley toca. Ele o tira do bolso e olha a tela.

— É a *minha* mãe. Tenho que ir.

— Tudo bem.

— A gente se vê de noite?

— Acho que sim.

— Às sete.

— Está bem.

— Você confia em mim, não é?

— Confio... Mas, se formos atacados por zumbis...

Ele sorri.

— Vou levar uma pá.

Ela se enganou sobre as fotos. Só metade estragou. Dá para salvar o resto. Ela coloca os negativos embaixo do ampliador e os mergulha nos fluidos de revelação. Na verdade, a luz talvez até dê um efeito legal em algumas fotos. Às vezes, a beleza pode surgir de uma falha.

Se eu fosse você, ficaria longe do Wrigley.

Mas ela não pode. Às vezes, não há escolha.

Quando termina, ela desce para a cozinha. Está com sede. Pega um copo e vai até a pia. Abre a torneira de água fria e de repente pula para trás dando um grito, o coração disparado.

Tem um homem parado ali fora, olhando pela janela da cozinha.

Desgrenhado, sujo, com olheiras escuras. Assim que ele a vê, ele recua, se vira e sai andando rapidamente.

Sem nem pensar, Flo bota o copo na pia, corre até a porta, destranca-a e sai. Observa o entorno, os olhos espremidos por causa do sol. Ela o vê desaparecendo nos fundos do chalé, na direção do cemitério.

— Ei!

Ela vai atrás, corre até a esquina. Ele está na metade da ladeira, mancando entre as lápides. Parece estar com o tornozelo machucado e vestindo uma túnica de vigário, embora ela não consiga ver com clareza.

Ela sobe a colina atrás dele e está se aproximando quando prende o pé em alguma coisa no chão. Tropeça, gira os braços, mas não consegue impedir a queda. O ar some dos pulmões. Sobe uma dor pela perna ferida.

— Aiii. Merda.

Ela fica deitada por um momento, abalada, tentando recuperar o fôlego. Por fim, levanta-se, mas o homem sumiu depois de pular o murinho de pedra que leva aos campos. Ela não vai alcançá-lo agora. Mesmo que conseguisse, o que planejava fazer? Nem está com o celular para chamar a polícia. Não foi o melhor plano do mundo. Mas alguma coisa nele a irritou, ficar bisbilhotando a casa daquele jeito.

Ela se senta na grama seca e se vira para ver em que tropeçou. É a mesma lápide tombada que quase a derrubou outro dia. A que ela ia fotografar quando foi distraída pela garota sem cabeça e sem braços.

Ela fica encarando, como se a lápide tivesse feito com que ela caísse de propósito, mas então vê outra coisa, meio escondida na grama alta. É uma foto em um porta-retrato manchado. Uma garota adolescente e um garotinho. A imagem é familiar, mas ela não consegue se lembrar onde viu aquilo. Até que a lembrança volta. É a mesma foto que estava na casa velha e abandonada. Ela franze a testa. O morador de rua a deixou cair? Ele roubou da casa? Seria isso que ele tinha ido fazer ali, estava de olho no chalé para se abrigar?

Ela olha para a foto. Tem outra coisa. Algo que ela não havia percebido até então. É meio estranho, mas... ela sente um arrepio percorrer seu corpo.

A garota da foto se parece muito com ela.

Emma Harper não parece feliz em me ver. Tenho a sensação de que ela sabe que falou demais na noite do pub, mas não consegue lembrar o quê.

Claro que eu não deveria estar aqui. Não deve ter sido isso que Rushton quis dizer quando falou em união. Mas uma coisa passou pela minha cabeça quando comecei a me afastar da casa dos Rushton. Fletcher dedicou muito tempo e esforço para pesquisar a história da capela e das garotas que desapareceram. E, no entanto, bastou uma palavra de Simon Harper para ele aceitar tranquilamente não dizer nada, deixar para lá. Estou querendo saber exatamente o que Simon disse para ele.

— Desculpe incomodar — falo.

Ela segura a porta entreaberta, pronta para fechá-la na minha cara.

— Não é uma boa hora, infelizmente. Estou meio ocupada...

— Na verdade, era com o Simon que eu queria falar.

— Com o Simon? Ah, ele está na fazenda.

— Tudo bem se eu for procurá-lo?

— É alguma coisa com que eu possa ajudar?

— Tem a ver com a capela. Com a câmara.

Ela olha para mim sem entender. Fica óbvio que Simon nunca mencionou a câmara secreta para a esposa.

— Ah, bom, se é coisa da igreja, melhor mesmo falar com o Simon. Vou ligar para perguntar onde ele está ou ver se está voltando. — Ela olha em volta. — Acho que meu celular está lá em cima. Entre.

Ela sobe, e eu entro no saguão enorme. Pela porta à esquerda, vejo Poppy brincando com bonecas no chão da varanda. Ela nem olha quando entro. Novamente, penso no quanto ela parece solene e também estranhamente infantil. Aos dez anos, as bonecas costumam ser substituídas por iPads.

Vou até lá e me agacho ao lado dela.

— Oi.

Ela não olha para mim.

— De que você está brincando?

Ela dá de ombros.

— Essas são suas bonecas favoritas?

Ela assente.

— Quais são os nomes delas?

— Poppy e Tara.

Tara. A garotinha que morreu.

— Elas são amigas?

— Melhores amigas.

— Que legal. Elas brincam muito juntas?

— O tempo todo.

—Você tem outras amigas?

— Não. Ninguém quer brincar comigo.

— Por quê?

— Para elas não morrerem, como aconteceu com a Tara.

Eu a encaro e sinto um arrepio.

— Reverenda Brooks?

Tomo um susto e me empertigo quando Emma aparece no corredor.

— Simon está no estábulo.Você pode ir até lá ou esperar aqui.

—Vou até lá. O estábulo fica ali atrás?

— Fica.

— Obrigada.

Vou até a porta, mas paro.Tem uma espingarda de pressão apoiada ao lado do suporte de guarda-chuvas.

— Isso é uma espingarda de pressão?

—Ah, sim. É do Tom.

—Tom?

— Primo da Rosie. Eles estão lá em cima agora, jogando Xbox.

— Ele gosta de atirar nas coisas, é?

— Atirar é um modo de vida no interior.

Abro um sorriso mínimo.

— Ao que parece.

Ando pelo caminho enlameado, me afastando da casa, silenciosamente furiosa. A espingarda de pressão pode ser coincidência. Mas eu duvido. Sobretudo em uma cidade tão pequena. Foi Tom quem atirou em Flo. Mas será mesmo que foi acidente? Quando se trata daquela família, não acho nada impossível. Penso em Poppy de novo. Claramente ainda está traumatizada pela morte da melhor amiga. Mas tem alguma outra coisa, algo de *errado* naquela casa. É uma reação instintiva. Mas de famílias disfuncionais eu entendo.

Avisto o estábulo. É uma estrutura corrugada e velha. O cheiro de esterco e vegetais podres paira no ar. Lá dentro, há fileiras de currais de ovelhas dos dois lados. Simon Harper, de jaqueta Barbour e galochas, está jogando palha fresca dentro de cada um.

— Oi! — grito.

Ele joga palha em um curral, apoia o tridente na amurada de metal e limpa as mãos na jaqueta.

— Reverenda Brooks? A que devo o prazer?

— Eu queria falar com você sobre a capela.

— O que tem?

— Encontramos a câmara mortuária escondida.

— Que incrível. — Ele se vira e pega o tridente. — Fecha de novo.

— Como?

— Você me ouviu. Fecha de novo. Vou pagar o piso novo e o que mais a capela precisar.

— Não posso…

— Pode, sim. Eu sou dono da câmara. São os meus ancestrais.

— E, depois que são enterrados lá, passam a ser propriedade da igreja.

Ele se vira para mim.

— Eu sou dono da maior parte daquela maldita capela. Fecha a câmara e vou preencher outro cheque para a diocese.

— Infelizmente, não vou poder fazer isso.

Ele espeta o tridente no monte de palha.

— Qual *é* o seu problema?

— Meu problema é que encontramos um corpo escondido na câmara. Parece ser o de Benjamin Grady, um jovem padre que desapareceu trinta anos atrás.

Ele se vira.

— *O quê?*

—Você não sabia?

— Claro que eu não sabia. *Meu Deus!* — Ele passa a mão pelo cabelo. — Então o que houve, ele foi assassinado?

— É o que parece.

— Que ótimo. Então imagino que isso vá parar no noticiário agora.

— Provavelmente — digo, percebendo que eu mesma não tinha pensado nisso.

—Tem alguma forma de você conseguir manter o nome Harper fora disso?

Eu o encaro.

— Acharam um corpo, e você só se importa com isso? Que bom saber quais são suas prioridades.

— As minhas *prioridades* são minha família e meus negócios. Isso pode destruir as duas coisas.

— Por que é *tão* importante que seus ancestrais sejam mártires? Foi centenas de anos atrás.

Um sorriso amargo.

— Como *mártires*, eles são parte da história. Como covardes que renunciaram à própria fé para salvar a pele, eles não são nada. O *nome* Harper não significa nada.Você sabe como é difícil ter um negócio no interior, reverenda?

— Não.

— É difícil para caramba. Nós conseguimos por causa da nossa reputação. Estamos aqui há gerações. As pessoas confiam em nós.

— E tenho certeza de que vão continuar confiando.

—Você não sabe como funcionam cidadezinhas como Chapel Croft.Você jamais seria capaz de entender.

—Você não me conhece.

— Eu conheço seu tipo.

— Meu tipo?

— Intrometida. Que mete o nariz onde não é chamada. — Ele dá um passo na minha direção. — Eu sei o que aconteceu na sua última igreja, com aquela garotinha negra.

Reparo nas palavras que ele usa.

— Foi você quem enviou o recorte?

— Foi. — Ele faz expressão de desdém. — Interferir não deu tão certo lá, não foi?

Uso todas as minhas forças para manter o controle.

— Foi isso que você fez com o reverendo Fletcher? Intimidação? Ameaça? Foi por isso que ele aceitou ficar calado sobre a câmara?

Ele balança a cabeça.

— Eu gostava do Matthew. Ele era um sujeito decente. Mas teimoso. Então, mostrei que ele também tinha segredos que talvez quisesse proteger.

— Tais como?

— Um relacionamento que não queria que as pessoas soubessem.

Eu me lembro do que Joan disse, sobre a autora.

— Com Saffron Winter?

Ele dá uma risada desagradável.

— Isso podia ser o que ele queria que as pessoas pensassem.

— Não entendi.

— Saffron Winter não era bem o tipo do Fletcher, se é que você me entende.

Tenho quase certeza de que até as ovelhas *entenderam*. Mas agora, apesar de tudo, estou curiosa.

— Então quem?

A antiga casa vitoriana fica a aproximadamente um quilômetro e meio de distância da capela. Podia ter sido uma casa bonita no passado. Agora, a grama está alta e descuidada, os batentes das janelas estão podres e parece que um sopro forte de vento poderia derrubar a chaminé torta.

Nós nos sentamos na sala de jantar, nos fundos da casa. É escura e está cheia de coisas. Caixas de suprimentos médicos cobrem a maior parte da mesa. Livros, revistas e enlatados ocupam o espaço num armário e num aparador. E tem um cheiro também. Como de alguma instituição. O tipo que sentimos em refeitórios de escola e em hospitais. De comida velha, urina, fezes.

Estou tentando não sentir pena de Aaron. Mas é difícil.

— Se quiser me demitir — diz ele rigidamente —, vou entender.

— Não quero que você se demita, Aaron. Mas queria que você tivesse me contado sobre a câmara.

— Desculpe. Achei que estava fazendo a coisa certa pela igreja.

— Foi por isso também que escondeu seu relacionamento com Matthew?

Ele me encara. Vejo o pomo de Adão subir e descer quando ele engole em seco.

— Não me importo com a sua sexualidade — digo, delicadamente. — Mas me importo que Simon Harper tenha usado isso para intimidar o reverendo Fletcher e fazê-lo manter segredo sobre a câmara.

— O quê?

— Simon Harper de alguma forma descobriu sobre o relacionamento de vocês. Matthew pediu demissão porque Simon Harper ameaçou expor isso.

O rosto dele treme, e ele olha para baixo.

— Eu... eu não sabia.

— Acho que Matthew queria proteger você, embora estar num relacionamento homossexual não seja motivo para vergonha.

— É pecado.

— Jesus não diz em nenhum lugar da Bíblia que a homossexualidade é pecado.

— No Velho Testamento...

— O Velho Testamento é baboseira. É cheio de misoginia, tortura e inconsistências. Jesus pregava sobre o amor. Todo tipo de amor.

Ele dá um sorriso estranho.

— E se eu dissesse que não era amor, reverenda? Que era só sexo? O que Jesus diz sobre isso?

— Acho que nem Deus nem Jesus se importariam.

— Mas muita gente desta cidade sim.

— As pessoas têm a mente mais aberta do que você pensa.

Mas, na hora que digo isso, me dou conta de que não tenho certeza. Não ali, em Chapel Croft.

Aaron balança a cabeça.

— Meu pai me criou depois que a minha mãe morreu. Ele sempre foi um bom pai, gentil, paciente. Mas ele é tradicional. Nunca me aceitaria. E não posso decepcioná-lo. Ele perdeu tudo. Como posso tirar a única coisa que ele ainda tem, o orgulho do filho?

Dou um suspiro. Eu entendo. As pessoas são feitas para sentir culpa por "viver uma mentira", mas quem nunca escondeu partes de si daqueles que ama? Porque não queremos magoá-los. Porque não queremos ver decepção nos olhos deles. Falamos que o amor é incondicional, mas poucos querem colocar isso à prova.

— Aaron — digo lentamente. — Desculpe ter que perguntar, mas... você acha que seu pai poderia saber sobre o corpo na câmara?

Ele hesita. Vejo que está em um dilema interno. Por fim, ele diz:

— Se eu contar isso, espero que não saia daqui.

— Você tem a minha palavra.

— Uma noite, quando eu tinha uns quatro anos, acordei e ouvi meu pai voltando para casa.

— De onde?

— Não sei. Meu pai nunca saía à noite. Foi bem incomum. Desci a escada sorrateiramente. Vi meu pai na cozinha. Ele tinha tirado a roupa toda, e eu nunca o tinha visto sem a batina, e estava enfiando tudo na máquina de lavar, como se não quisesse que minha mãe visse. E o mais estranho: ele estava chorando.

— Isso foi mais ou menos na época em que as garotas e Grady desapareceram?

— Eu não tenho certeza da data.

— Você contou isso para a polícia?

Ele balança a cabeça.

— *Não*. Porque eu *conheço* o meu pai. Ele não faria mal a uma mosca. A vida toda dele foi dedicada à igreja, à comunidade e à família. Por que ele arriscaria tudo isso para ajudar a encobrir um assassinato?

É uma boa pergunta, e não sou capaz de dar uma resposta.

— Posso vê-lo? — digo, por fim.

Ele me encara por um momento. E assente. Então me leva pelo corredor, até uma porta entreaberta. O cheiro institucional fica pior ali.

— Alguns anos atrás, eu o trouxe para o andar de baixo e converti a sala da frente em quarto para ele.

Aaron abre a porta e nós entramos.

O quarto é grande. Uma parede é tomada de estantes, em outra há uma cruz grande pendurada. No centro do quarto, o reverendo Marsh ocupa uma cama de hospital. Ouço o chiado baixo do colchão pneumático, que ondula para prevenir escaras. Sinto o odor da urina azeda do cateter, o odor leve da comadre hospitalar. São cheiros com os quais estou acostumada, das visitas a lares de idosos e hospitais.

Marsh é uma sombra pálida e magra dele mesmo. O cabelo, que era preto, está todo branco e fino como algodão-doce. Veias grossas pulam da pele. Os olhos estão fechados, e pálpebras finas como papel tremem delicadamente enquanto ele dorme.

— Ele fica dopado com os remédios — diz Aaron, baixinho. — Ele dorme muito agora. É a única hora que sinto que ele está em paz.

— Ele sente dor?

— Não muito. É mais frustração, medo. Ele ainda está lúcido o bastante para entender que o corpo está parando de funcionar, que está se tornando uma prisão de carne e osso. Que ele está preso dentro de si mesmo. Impotente.

Um telefone toca em outro aposento. Aaron se curva um pouco.

— Com licença. Deve ser do hospital.

Faço que sim e vou até a cama. Paro e olho para Marsh. Penso novamente no quanto estamos despreparados para doenças e velhice. Que seguimos nessa direção sem pensar, como lemingues, para um penhasco. Admiramos, feito bobos, os pequenos seres humanos no começo da vida, mas hesitamos em olhar para o fim.

— Sinto muito — sussurro. — Eu queria que as coisas tivessem sido diferentes.

Ele abre os olhos. Levo um susto. Ele me encara e arregala os olhos. Uma das mãos sobe, os dedos tortos apontando.

— Está tudo bem — digo. — Sou...

Um grunhido gorgolejante escapa de sua garganta. Ele está tentando falar, mas parece mais que está engasgado.

— Aah... Aaahhhhh.

Eu recuo, as pernas trêmulas. A porta se abre, e Aaron entra correndo.

— O que houve?

— Desculpe — digo. — Ele acordou e começou a balbuciar.

— Ele não vê muita gente nova. Deve ter sido o choque.

Ele vai até o pai e segura o braço dele com delicadeza.

— Está tudo bem, pai. Está tudo bem. Essa é a reverenda Brooks. A nova vigária.

Marsh tenta puxar o braço.

— Aah, aah.

— Acho melhor eu esperar lá fora — digo, e saio correndo do quarto.

Paro no corredor, me recompondo, ainda meio abalada. Aquela expressão nos olhos dele. O grito engasgado. Alguns minutos depois, Aaron sai e fecha a porta.

— Ele está mais calmo agora.

— Que bom. Desculpe por incomodá-lo.

— Não foi sua culpa. — Ele limpa a garganta. — Agradeço sua visita e seu apoio.

Sorrimos um para o outro com inquietação.

— É melhor eu ir — digo.

Aaron me leva pelo corredor. Estou ansiosa para sair daquela casa. O cheiro, o sofrimento, as lembranças. Mas, na porta, Aaron hesita.

— Reverenda Brooks.

Olho para ele sem entender.

— Só consigo pensar em um motivo para meu pai esconder um corpo. Se ele estivesse protegendo outra pessoa.

— Quem?

Ele me encara.

— Essa é a questão, não é?

Que teias emaranhadas nós tecemos. Mas não, na verdade. Estamos mais para moscas infelizes do que para aranhas: nunca vemos a armadilha até ser tarde demais.

Paro na frente da capela e sigo pelo caminho irregular até o chalé. Na porta, hesito. Os pelos da minha nuca se eriçam. É aquela sensação estranha de estar sendo observada. Eu me viro e olho a estrada e os campos em volta. Não tem carros. Não tem ninguém. Só o som distante de maquinário de fazenda. Mais nada.

Talvez eu só esteja tensa, nervosa. Meu cérebro ainda está processando todas as novas informações que foram jogadas em mim. Mudando as suposições que fiz sobre as pessoas. A não ser sobre Simon Harper. Ele continua sendo um babaca. Também tenho a estranha sensação de estar a um passo de encontrar as respostas, mas na dúvida se é isso mesmo que eu quero.

Franzo a testa, olho ao redor uma última vez e abro a porta.

— Olá!

Ninguém responde. Coloco a cabeça na sala. Flo está deitada no sofá, as pernas para cima, olhando o celular. Ela se vira para mim.

— Oi.

— Sentiu minha falta?

— Até que não.

— Que fofa.

Ela desce as pernas e se senta direito.

— Mãe, sinto muito por ontem à noite.

— Eu também.

Eu me sento na beira do sofá.

— Olha, não quero ser uma dessas mães que vivem se metendo e tratam os filhos como crianças.

—Você não é assim. Quase nunca. Bom, às vezes é. Um pouco.

Abro um sorriso.

— Eu sou *mãe*. E sou velha. Acredite se quiser, já fui adolescente e já fiz muita besteira.

— Como o quê?

— Não vou ficar aqui dando dicas.

Ela sorri.

— Mas, como mãe — continuo falando —, meu trabalho é tentar te manter em segurança.

— Eu *estou* em segurança. Sei que você quer cuidar de mim, mas também precisa confiar no meu discernimento.

— É que às vezes você faz amigos e eles colocam você em enrascadas.

Ela levanta a sobrancelha.

—Wrigley não me meteu em enrascada nenhuma. Eu que me meti, e ele me ajudou a sair.

—Talvez você esteja certa.

— Estou, sim. Por favor, mãe. Não quero que a gente continue brigando por isso.

Eu também não. Mas não posso explicar por que pensar nela perto de garotos me enche de medo. Como tem homens predadores em toda parte. E que não importa ser inteligente, eloquente, gentil, talentosa, porque um homem ainda pode usar a força física para tirar tudo isso de uma mulher, degradar, abusar e transformá-la em vítima.

— Desculpa — digo. —Vou tentar fazer um esforço com o Wrigley, está bem?

— Que bom. Porque ele me convidou para ir ao grupo de jovens com ele hoje à noite.

Pronto.

— Grupo de jovens?

— É.

— Com o Wrigley?

— É.

— Quando ele te convidou?

— Ele deu uma passada aqui mais cedo.

— Ele fez *o quê*?

— Ele veio trazer um celular para substituir o meu. Foi uma gentileza.

Mas ele também veio aqui quando eu estava fora. Tento controlar minha irritação.

— Onde é esse grupo de jovens?

— Henfield.

— Como vocês estão planejando ir para lá?

— De ônibus.

— Não sei.

— Mãe! Por favor!

Não quero que ela vá. Mas também não quero dar mais um motivo para ela se revoltar.

— Você pode ir, mas com uma condição — digo.

— O quê?

— Quero falar com a mãe dele antes.

— Esse negócio de não me tratar como criança não durou nadinha.

— Bom, até você ter dezesseis anos, legalmente você é criança.

Ela olha para mim de um jeito que seria capaz de perfurar aço. Eu olho para ela com firmeza.

— Manda uma mensagem pedindo o número da mãe dele.

— Meu Deus.

Mas ela pega o celular e digita uma mensagem.

Volto para o saguão e tiro as botas. O celular de Flo apita.

— Estou mandando por AirDrop — diz ela.

Pego o celular e aceito o link do WhatsApp. A foto no canto mostra uma mulher com um chapéu grande segurando um coquetel. Não dá para ver o rosto.

Flo abre um sorriso doce.

— Feliz agora?

Não, mas é um começo. Digito uma mensagem.

"Oi, aqui é a Jack Brooks, mãe da Florence. Como Flo e Lucas parecem ter se tornado amigos, achei que poderia ser legal nos conhecermos. Quer tomar um café qualquer hora dessas? Também queria saber se por você tudo bem os dois irem ao grupo de jovens hoje."

A resposta chega quase imediatamente.

"Oi, Jack, obrigada pela mensagem. Sim, eu estava pensando a mesma coisa. Lucas falou do grupo de jovens. Tenho certeza de que eles vão se divertir. Quer que eu busque os dois?"

Sinto a preocupação diminuir um pouco. Digito em resposta:

"Se você não se importar…"

"Imagina! Bjs."

— E aí? — Flo está me olhando, emburrada.

— A mãe do Wrigley disse que vai pegar vocês depois.

— Então eu posso ir?

— Pode.

O rosto dela se ilumina e meu coração derrete.

— Obrigada, mãe.

— Tem certeza de que não quer que eu leve vocês?

— Não, tudo bem. Toma um banho de banheira ou faz alguma coisa do tipo. Para relaxar.

Até parece.

— Vou tentar.

— Ah, quase esqueci — diz ela. — Aconteceu uma coisa estranha de tarde…

— Estranha? Como?

— Tinha um homem aqui perto.

Eu a encaro.

— Um homem? Que tipo de homem?

— Tipo um morador de rua.

— Como ele era?

— Sujo, com cabelo escuro.

Meus nervos se agitam. *Poderia* ser Jacob. Mas também poderia ser qualquer um. E como ele me encontraria ali?

— Ele falou com você?

— Não. Só estava no cemitério e depois desapareceu.

Devo estar sendo paranoica. Por outro lado, ele me encontrou da última vez.

— Você já tinha visto esse homem alguma vez?

— Não!

Tento controlar o pânico.

— Só não gosto da ideia de homens estranhos rondando a casa.

— Talvez ele quisesse entrar na igreja, mas estava trancada.

— Talvez.

Ela olha para mim com preocupação.

— Eu *posso* ir hoje mesmo assim, não posso? Você não vai ficar esquisita por causa disso?

Não estou gostando nada disso, mas seria injusto voltar atrás.

— Pode ir, mas tome cuidado, por favor.

O rosto dela relaxa.

— Pode deixar. Obrigada, mãe.

Eu me levanto.

— Preciso de um café e depois vou fazer o jantar. Pode ser chilli?

— Pode. E depois tenho que me arrumar para dar tempo de pegar o ônibus.

— Tudo bem.

Vou para a cozinha e pego duas canecas no armário. Estou tremendo por causa da adrenalina. *Um homem. Um homem estranho.* Quando vou botar as canecas na bancada, uma escorrega dos meus dedos e se quebra, os pedaços de porcelana voam pelo linóleo gasto.

— O que aconteceu? — grita Flo da sala.

— Deixei uma caneca cair. Não foi nada.

Respiro fundo, olhando para o chão, pensando por um momento em pular descalça nos cacos afiados. Pego uma pá e uma escova. *Relaxa.*

Flo sai de casa e segue pela estrada em direção ao ponto de ônibus. Ela está linda com uma calça jeans skinny, botas roxas e uma regata larga. Ela ficaria linda até vestindo um saco. Meu coração dói. Wrigley não é bom o bastante para ela. Ninguém é bom o bastante para ela. Muito menos eu.

Fecho a porta lentamente, me segurando para não ir atrás e ver se ela pega o ônibus em segurança. Estou preocupada com o homem que ela viu. Mesmo que não seja Jacob, qualquer homem estranho rondando é uma ameaça em potencial. Tento dizer a mim mesma que ainda está claro lá fora. O ponto de ônibus fica em frente a uma casa. Ela vai voltar no máximo às dez. Só vai a um grupo de jovens. Não a uma casa noturna. Nem a um bar. E Flo sabe se defender. Ela vai ficar bem.

Mas não consigo aplacar a inquietação no estômago. Ela recusou a carona com veemência demais? Ou eu que estou sendo desconfiada demais? Vai haver outros adolescentes no grupo de jovens. Outro adultos. E a mãe de Wrigley vai buscá-los. Não vai? Eu não falei com ela de verdade. E se não tiver sido ela que escreveu a mensagem?

Ah, caramba, Jack. Se controla.

Ou melhor, não. Adolescentes são como areia. Quanto mais se tenta segurá-los, mais eles escorregam por entre os dedos. Tenho que dar liberdade a ela. Deixar que ela escolha os próprios amigos e namorados. *Mas precisa ser Wrigley?*

Vou até a cozinha e pego uma garrafa de vinho tinto na bancada. Não bebo muito em casa, mas, esta noite, cairia bem. Abro a garrafa e sirvo meia taça.

Minha voz da razão tenta argumentar que só faltam duas semanas para as férias de verão acabarem. Quando as aulas de Flo começarem, ela vai fazer novos amigos. Andar com Wrigley talvez não pareça mais tão legal. Infelizmente, conheço a minha filha. Ela é leal e, como eu, tem uma quedinha pelos párias.

Falando nisso, minha mente vaga até Aaron. O pai dele *escondeu mesmo* o corpo de Grady? Parece o cenário mais provável. Marsh tinha acesso. Sabia sobre a câmara. E, se achou que estava protegendo alguém, temos um motivo. Ele também estava na melhor posição de encobrir o desaparecimento repentino de Grady. Mas ainda tem alguma coisa que não encaixa. Só não consigo descobrir o que é.

E o reverendo Fletcher? Um homem assombrado em diversos aspectos. Um relacionamento ilícito, chantagem de Harper, o conflito da fé. Talvez a morte dele não tenha nada a ver com a descoberta na câmara.

Levo meu vinho para a mesa da cozinha e me sento. Tem ainda uma pessoa com quem não falei e que talvez possa indicar um caminho. A elusiva Saffron Winter.

Abro meu laptop antigo. Enfim temos internet. Dolorosamente lenta, mas temos. Mas cavalo dado, sabe como é. Pesquiso o nome de Saffron no Google. Fletcher supostamente contava as coisas para ela, mas ainda não sei nada sobre a reclusa escritora.

A foto no site é uma versão maior da impressa nos livros. Tem uma biografia curta, que não me conta muito a seu respeito, e um link para os outros títulos. São cinco livros juvenis sobre uma escola de bruxas. Encontro também um link de e-mail, para o qual envio uma mensagem rápida me apresentando e perguntando se ela tem tempo para conversar. Só por via das dúvidas, pesquiso o nome no Twitter, Facebook e Instagram. Nada. Nenhuma rede social, o que é incomum, principalmente para uma escritora.

Olho para o laptop, pensativa. Tenho quase certeza de que Joan vai saber onde Saffron mora, mas, embora eu esteja me acostumando com esse estilo de vida típico do interior de "aparecer na porta da casa das pessoas sem avisar", tenho a impressão de que Saffron é uma pessoa muito reservada. Com toda a razão. Se bem que, nesse caso, morar no interior foi uma má ideia.

Na ficção, se as pessoas querem se esconder, sempre vão para uma cidade pequena em algum canto. Grande erro. Uma coisa é certa numa cidade de interior: todo mundo vai querer saber da sua vida. Quem quer anonimato deve morar numa cidade grande. Lá, é possível sumir com o próprio passado, que se perderá numa avalanche de informações. Mudar de nome, mudar de roupas. Ressurgir como outra pessoa. Se quiser.

Fecho o laptop. O que fazer agora? Ver televisão? Um filme? Talvez eu devesse seguir o conselho de Flo e tomar um banho de banheira para relaxar, coisa que fiz muito pouco desde que cheguei. Subo a escada estreita e abro a porta do banheiro.

— Ah.

Tinha esquecido que Flo estava usando o banheiro como quarto escuro de novo. Precisei tirar parte do equipamento quando subi para usar o vaso antes do jantar. Ela tirou uma parte das coisas, mas só jogou tudo na banheira. Há também duas pilhas de fotos em cima da privada.

Pego a primeira. São as que ela tirou da capela e do cemitério. Nenhhum sinal da garota em chamas. Coloco-as de lado e pego a segunda pilha. Meu coração dispara.

A primeira foto é de uma casa abandonada. As janelas vazias olham sombriamente, o telhado cheio de buracos. Dá para ver, só pelas fotos, *que é um lugar ruim*. Quando Flo tirou isso? Deve ter sido quando ela disse que estava com Wrigley no bosque.

Começo a olhar as fotos, da parte externa da casa até outras, obviamente tiradas no interior. Olho para os aposentos destruídos, os móveis quebrados. Paredes cobertas de pichação. Símbolos pagãos. Olhos malignos. Sinais de adoração satânica.

Desabo na tampa fechada do vaso. O que Flo estava pensando para entrar numa casa velha e deserta assim? Sei como os adolescentes são, mas fico com raiva assim mesmo. De Flo. De mim. Eu a trouxe para cá. A culpa é minha também.

Olho o resto das fotos. Na metade, parece que os negativos foram expostos à luz. As fotos estão parcialmente queimadas. A última é quase abstrata. Percebo que foi tirada lá de dentro, da vista de uma janela superior. O bosque é uma mancha preta. Os campos são uma massa cinzenta. No canto, há uma mancha branca ligeiramente mais distinta. Eu olho de perto. Alguma coisa explode no meu estômago.

Levo a foto para o meu quarto e pego os óculos na mesa de cabeceira para ver melhor. Não é um truque de luz. Tem uma figura parada entre o boque e o muro da casa. Quase espectral. Mas não é um fantasma. É uma pessoa bem viva.

Que eu conheço.

O céu está cinzento. Só vai escurecer daqui a umas duas horas. Mas a floresta já entrou no modo noturno. Os galhos enormes das árvores bloqueiam a luz como se fossem um grande cobertor de folhas. Flo liga a lanterna do iPhone enquanto segue pelo caminho estreito e pensa de novo no quanto isso tudo é sensato... ou burro.

Ela tenta se convencer de que provavelmente corria bem mais perigo andando pelo centro de Nottingham do que ali pela floresta. Havia bem mais chance de encontrar estupradores, assassinos e ladrões em potencial em ruas agitadas de metrópoles do que em um campo no meio do nada, mas mesmo assim... não é porque um lugar é bonito e pitoresco que coisas ruins não podem acontecer.

Ela pensa no homem na janela. Será que ainda estava por ali, em algum lugar? *Não.* Ele devia ser só uma pessoa passando, procurando casas vazias e portas destrancadas, de olho em algo para roubar. E a foto? Ela acabou a deixando no cemitério, dizendo para si mesma que era só uma coincidência bizarra. Uma vaga similaridade. Sua mente estava exagerando a situação. Aquele lugar maldito estava fazendo tudo parecer sinistro e assustador.

Ela chega à ponte de madeira acima do riacho e atravessa, mas para quando está subindo na cerca. Achou ter ouvido alguma coisa. Movimento à frente. Um farfalhar. Um cervo sai do mato e para, assustado.

— Oi.

O cervo olha para ela com olhos arregalados e intensos, mas, com um movimento rápido da cauda, sai saltitando. Ela espera um pouco, e mais três ou quatro vão atrás, os cascos velozes e leves mal tocando no chão.

Ela se pergunta o que os assustou. E se dá conta de que deve ter sido ela própria. Às vezes, você é o predador. Às vezes, a presa. Só depende da perspectiva.

Ela passa a outra perna por cima da cerca e olha ao redor. O campo parece deserto, mas ela tem a sensação de não estar sozinha. Tem animais escondidos no mato. Olhos escondidos espiam por entre as árvores.

Ela treme um pouco, desejando ter levado o moletom, e segue pela grama alta em direção à velha casa. As janelas vazias a observam sombriamente. Só que, em uma no andar de cima, há luzes tremeluzindo. Ela acelera o passo, pula o muro quebrado, estica o celular para iluminar o velho poço e passa em volta dele. Sobe a escada correndo e chega ao quarto principal.

— Wrigley?

Pela porta entreaberta, vê chamas tremulando nas paredes. *Meu Deus. Ele não pode ter feito isso!*

Ela entra no quarto... e para.

Tem várias velas espalhadas no quarto todo. Enfiadas em garrafas e latas. Wrigley está sentado em um cobertor aberto no chão sujo. Ele levou batata frita, chocolate, uma garrafa de vinho e dois copos de plástico.

Abre bem os braços, e ela sente o esforço que ele está fazendo para controlar os tremores.

— Bem-vinda!

— Uau! Que merda adolescente romântica você anda vendo?

— Fico feliz de ver que você está impressionada.

— Estou. É que...

— Exagerei?

— Um pouco.

— Certo.

Ele baixa a cabeça.

Ela diz depressa:

— Mas eu gostei. Ninguém nunca botou fogo numa casa por mim... — Ela se dá conta. — Desculpa. Eu não quis dizer...

— Eu sei.

Ela se senta ao lado dele.

— E aí, você não vai me servir uma bebida?

Ele coloca vinho em um dos copos de plástico e entrega para ela.

Ela toma um gole. É amargo e quente, mas ela sente um calor lento se espalhar pelo corpo. Toma outro gole.

— Não fica com raiva.

Ela limpa a boca.

— Está tudo bem.

Ele serve outro copo e toma um gole menor. Então faz uma careta.

— Não sei bem por que as pessoas bebem essa coisa.

— Para ficarem bêbadas, normalmente.

Ele sorri.

— É.

Os pontos prateados nos olhos dele cintilam. Ele pega o copo para beber, mas um espasmo sacode sua mão e derrama vinho pelo queixo e pelo moletom.

— Merda! — Ele limpa a sujeira com a manga. — *Malditos* espasmos. Que piada.

— Ei, tudo bem.

— Não está tudo bem. Eu queria que tudo desse certo e...

Ela se inclina e encosta os lábios nos dele. Ele tem goto de sal e de vinho azedo. Ele hesita, mas corresponde ao beijo com avidez, passando a mão no pescoço dela, segurando o cabelo. E é diferente de antes, no banheiro. E diferente dos outros garotos nas festas, quando era só vodca e cerveja e saliva. Aquele beijo parece real e urgente, e, pela primeira vez, ela sente algo que não uma leve repulsa. Desejo.

Ela permite que ele a deite no cobertor e, rapidamente, pensa que sua mãe vai matá-la. Pensa também se eles vão fazer aquilo mesmo e se ele trouxe proteção. Ele passa as mãos pelos seios dela e puxa a regata para cima. Ela coloca a mão na calça jeans dele. Mas ouve um barulho lá embaixo. Senta-se e o empurra para longe.

— O que foi isso?

— O quê?

Acontece de novo. Um baque. Como uma porta sendo empurrada. Eles se olham.

— Tem mais alguém aqui?

— Não sei. Espera.

Ele se levanta e tira o cabelo dos olhos.

— Vou olhar.

—Vou com você.

— Não, você fica aqui.

A vontade de Flo é dizer que é ela que sabe defesa pessoal e que levou a melhor quando brigou com ele. Mas não quer humilhá-lo. Então o deixa ir. Ela pode ir atrás. Não deve ser nada mesmo. O vento. Pássaros. Animais.

Ele olha em volta e pega uma vela de uma das garrafas de vinho vazias. Apaga a chama e a larga no chão. Depois segura a garrafa pelo gargalo.

— Só por garantia.

Ela assente e o vê seguir na ponta dos pés. Fica atenta a qualquer ruído. Aquilo foi um rangido? Uma voz? Ela se levanta, começando a ficar nervosa. Não que ache que tem um assassino com uma serra elétrica se esgueirando lá fora, nem um maluco com a máscara do *Pânico*, nem zumbis, nem... *Meu Deus, para.*

—Wrigley?

O som distinto de vidro quebrando. Ela se sobressalta.

—Wrigley?

Ela desce a escada, dois degraus por vez. Lá embaixo, acende a lanterna. Olha ao redor. Não dá para ver Wrigley. E, de repente, não dá para ver mais nada, pois alguém a segura por trás e enfia um saco em sua cabeça.

— Espero que não tenha problema eu aparecer sem avisar.

Joan coloca duas xícaras de café com cuidado na mesa da cozinha, bem na nossa frente.

— E interromper uma noite emocionante assistindo a *Corrie*? Não, querida, não tem problema.

Abro um sorriso e pego meu café.

— Obrigada.

Fiquei num dilema no caminho, mas, quando Joan abriu a porta, ela não pareceu surpresa de me ver.

— Alguma notícia sobre o corpo na câmara?

— O reverendo Rushton sabia sobre a câmara, mas não sobre o corpo. Ele aceitou doações dos Harper para encobrir tudo.

Seus lábios se repuxam e ela suspira.

— Isso me surpreende menos do que deveria.

— Por quê?

— O reverendo Rushton não gosta de sacudir o barco. O primeiro pensamento dele sempre é proteger a igreja e a si mesmo.

Tomo um pouco de café.

— Acho que Marsh sabia sobre o corpo de Grady, talvez até o tenha escondido lá.

— Entendo.

— Você continua não parecendo chocada.

— Bom, era impossível que muitas pessoas soubessem da câmara ou que tivessem acesso fácil a ela. A verdadeira pergunta é: o que levaria um clérigo devoto a esconder um cadáver… E, claro, quem matou Grady?

Essa *é* a pergunta. Que não sei responder. Ainda.

Ela sorri.

— Tem mais alguma coisa? — pergunta ela.

— Eu queria te mostrar isto.

Pego no bolso as fotos de Flo da casa abandonada e as espalho na mesa.

Joan olha e empalidece um pouco.

— Quem tirou?

— Minha filha, Flo.

— É a antiga casa dos Lane. Onde Merry morava. Diz para a sua filha ficar longe desse lugar.

— Estou surpresa de não ter sido vendida.

— Bom, legalmente a mãe de Merry ainda é a dona. Mas acho que, depois de um certo tempo, é possível tomar posse de uma propriedade abandonada. Mike Sudduth e a esposa estavam pesquisando isso, mas então a filha morreu e tudo desmoronou. Mais recentemente, acho que Simon Harper tentou tomar o lugar.

— É mesmo?

— Ele não perde uma oportunidade de ganhar dinheiro. A casa fica numa posição privilegiada, tem muita terra. Imagino que o objetivo dele a longo prazo seria derrubá-la e vender a terra para alguma construtora… e talvez fosse melhor mesmo.

Empurro as fotos para o lado e pego a última, que captura a figura parada entre o bosque e o muro quebrado, olhando para a casa. Bato nela com o dedo.

— Conhece de algum lugar?

Ela estreita os olhos e ergue as sobrancelhas brancas.

— Interessante. E estranho. Não é fácil chegar à casa dos Lane. Simon Harper botou cercas e portões novos na entrada da estrada para impedir que os adolescentes fossem lá. O único outro caminho é pela floresta e pelos campos atrás da capela. Ninguém passa por lá casualmente.

Olho para a foto. Foi o que pensei. Claro que há motivos inocentes para alguém estar lá. Por interesse em construções antigas, talvez? Mas alguma coisa na casa ainda me incomoda.

— Em que você está pensando? — pergunta Joan.

— Não sei. Tenho a sensação de que estou catando migalhas para tentar fazer um pão.

— E já chegou a alguma conclusão?

— A de que eu sou uma péssima padeira.

— Já conversou com Saffron?

— Não. Enviei uma mensagem, mas ela não respondeu.

— Ela gosta de privacidade.

— Você a viu recentemente?

— Não. Ela não foi ao enterro do Matthew. Presumi que estivesse muito abalada.

Tomo o resto do meu café. Não estou convencida de que falar com Saffron vai me levar a algum lugar. Por outro lado, se eu falar com ela, posso pelo menos dizer para mim mesma que segui cada migalha e, se ainda assim não tiver chegado perto da casa de biscoito de gengibre, talvez seja hora de sair da floresta.

Olho para Joan.

— Você por acaso sabe onde ela mora?

Ela sorri de novo.

— Ah, que bom que você perguntou.

Ela não consegue respirar. O capuz é grosso e áspero e fede a feno e esterco. Foi bem apertado no pescoço dela. Mãos seguram seus pulsos antes que ela tenha a chance de reagir e prendem um lacre de plástico em volta deles. O pânico sobe por sua garganta. Ela tenta se lembrar do que aprendeu na aula de defesa pessoal, mas isso é fácil quando se está de frente para o agressor, com todos os membros livres. Quando se está emboscada, cega, sem conseguir respirar, a pessoa fica impotente.

Alguém a empurra para a frente com força.

— Me solta — tenta gritar, mas o saco sufoca suas palavras.

Fica calma, ela diz para si mesma. Lembre que, se você não pode lutar, é melhor tentar obter informações sobre seu agressor e sobre o ambiente até ter a chance de escapar. Tente entender o que está acontecendo. Ela está sendo empurrada para fora da casa. Isso quer dizer que o agressor provavelmente não vai estuprá-la. Do contrário, por que levá-la para fora? Então, o que está acontecendo e onde está Wrigley?

— Anda — sussurra uma voz masculina.

Familiar? Talvez. Ela não consegue ter certeza absoluta com o capuz na cabeça. Tudo fica abafado.

Outro empurrão e ela cambaleia para a frente.

— O que você está fazendo? — diz ela, ofegante, tentando fazê-lo falar de novo, para confirmar suas desconfianças. *Conheça seu agressor.* Assim, há mais chances de argumentar ou encontrar um ponto fraco.

—Você vai ver.

Ela é empurrada com tanta força que quase tropeça nas ervas daninhas no jardim.

—Wrigley! — grita ela por baixo do saco. — Cadê você?

— Flo — grita uma voz estrangulada em resposta, de algum lugar à frente, à direita. — Aqui.

— Cala a boca — diz uma segunda voz.

Uma voz de mulher. E agora ela tem certeza de quem são os agressores. *Rosie e Tom*. Ela só não sabe se isso melhora ou piora as coisas.

— Por favor. — Ela tenta manter a voz calma, racional. — Já está bom. Vocês nos assustaram. Agora, nos soltem.

—Ah, você vai ser solta. *No poço.*

Ah, Deus. Jesus. O pânico cobre seu corpo de suor.

—Você enlouqueceu?

— Está com medo, Vampirina? — A voz de Rosie, mais próxima agora.

— Por favor, não faça isso.

— Diga adeus ao seu namorado.

Ela ouve uma agitação. Uma luta. E um grito. De pânico, primitivo. Sobe no ar da noite e some no silêncio.

— *WRIGLEY!*

— Um já foi — diz Tom, rindo.

Ela tenta lutar, firmar os calcanhares, empurrar o corpo firme atrás dela. Mas outro par de mãos a segura e a empurra para a frente, e ela não consegue lutar contra dois. Ela sente a ponta das botas baterem na beirada de pedra do poço. Eles vão mesmo fazer isso. Ela fecha os olhos e se prepara para a queda.

— NÃÃÃÃO!

O rugido vem do nada. Feroz, animalesco. Pés pesados batem no chão.

— *Que porra é essa?*

— *Corre!*

Ela é empurrada bruscamente para o lado. Tropeça, perde o equilíbrio. Sem conseguir esticar as mãos, ela cai no chão com força, a lateral da cabeça batendo na terra e a deixando atordoada. Ela fica deitada na grama, respirando com dificuldade, desorientada.

Será que Rosie e Tom foram embora? Ela tenta se levantar, mas ouve alguém se aproximando de novo. Ouve o barulho de grama seca sendo pisada. Fica tensa quando alguém se agacha ao seu lado. A pessoa irradia um calor úmido e um cheiro ruim. Muito ruim. Suor, álcool e alguma outra coisa, meio doce e podre, enjoativa. *Ah, Deus.* Teria ela sido deixada ali para enfrentar um destino ainda pior?

— Não se mexe.

A voz do homem é rouca, com um leve sotaque do norte. Ela o sente segurar seus pulsos. E há um estalo quando a amarra da mão é arrebentada.

— Fica aqui. Conta até dez. Depois, tira o capuz.

Ela conta até trinta só por garantia. Depois, se senta devagar e tira o saco da cabeça. Uma fraqueza toma conta dela. Ela se sente tonta e fraca. Curva o corpo e vomita. Depois, olha em volta. O jardim está vazio. Não há sinal de Rosie e de Tom. Nem do seu salvador.

Seu coração está disparado. Ela não ficaria surpresa se tivesse urinado um pouco na calça. Medo. Como ela nunca tinha sentido. Nem mesmo quando viu as garotas em chamas. Ela achou que seria jogada no poço. Achou que poderia morrer. *Wrigley.*

Ela vai até a boca do poço.

— Wrigley!

Sua voz ecoa de volta. *Meu Deus.* Ele está lá embaixo? Está vivo?

Ela remexe no bolso da calça jeans atrás do celular e liga a lanterna. Aponta para o poço. Não é forte o bastante para iluminar até lá embaixo, mas ela acha que consegue identificar uma sombra.

Ela ouve a voz dele, fraca, rouca:

— Flo?

— Ah, graças a Deus. Você está ferido?

— Torci o tornozelo, mas, fora isso, estou bem.

Deus do céu. Isso que é um milagre.

— Jesus. Você podia ter quebrado o pescoço. Psicopatas do cacete.

— Pois é. O que houve? Para onde eles foram?

— Não sei. Alguém… os espantou. Um mendigo, talvez?

— Merda.

— Olha, vou pedir ajuda. Aguenta firme, está bem?

— Pode deixar, não vou sair daqui.

Ela sorri em meio ao medo.

— Flo?

— Sim.

— Tem outra coisa.

— O quê?

— Tem uma coisa aqui embaixo, comigo?

— O quê? Aranhas? Ratos?

— Não. Acho que é… um corpo.

Nunca tenha filhos, uma amiga me disse uma vez. Não se você quiser terminar uma xícara de café, ver um filme até o final ou aproveitar uma noite inteira de sono novamente.

Não é só nos primeiros meses, quando se fica do lado do berço, verificando se eles ainda estão respirando. Nem nos anos da primeira infância, em que basta virar as costas por um segundo para que eles pulem do encosto do sofá para a janela aberta; nem durante os anos escolares, cheios de amizades, decepções e primeiros amores.

Na adolescência é que você fica esperando que eles cheguem em casa com segurança, sabendo que precisa lhes dar independência, sabendo que não pode cortar as asas deles, dizendo para si mesma que se eles não atendem o celular é porque estão se divertindo muito, e não mortos num beco qualquer. Você fica rezando para nunca receber *aquela* ligação...

Meu celular toca no bolso. Acabei de voltar para casa, depois de decidir não visitar Saffron Winter hoje. Ainda estou com a chave do carro na mão. Pego o celular e olho para a tela. Número desconhecido. Outro? Atendo.

— Alô.

— Alô. Estou falando com a reverenda Brooks?

É uma voz masculina jovem, educada, formal. Polícia. Meu corpo fica inerte.

— Sim.

— Sou o policial Ackroyd...

— O que houve? É minha filha? É a Flo?

— Não há motivo para pânico, senhora.

— Não estou em *pânico*. Estou fazendo uma pergunta.

— Sua filha está bem, mas houve um incidente.

— Que tipo de incidente?

— Sua filha e o namorado foram vítimas de agressão.

— Agressão? Meu Deus. Ela está ferida ou...

— Não, não. Ela não está ferida. Só um pouco abalada, mas se você puder vir buscá-la...

— No grupo de jovens...

— Não. — Um tom de confusão. — Na antiga casa dos Lane, perto da estrada Merckle. Sabe onde é?

Na casa dos Lane. Aperto tanto o celular que fico surpresa de não quebrar.

— Eu sei onde é. Estou a caminho.

Vou dirigindo por um caminho sulcado que claramente não é usado há anos e freio bruscamente em frente à casa abandonada. O portão está aberto, com o cadeado pendurado. O lugar está vibrando de atividade frenética.

Duas viaturas policiais e uma van da equipe forense estão paradas do lado de fora. Luzes azuis iluminam a escuridão. Vejo gente de uniforme e, novamente, mais gente de roupa branca. Atrás da casa tem holofotes sendo montados. Parece atividade demais para um episódio de agressão. Meu pânico aumenta.

— Com licença, senhora. — Um policial uniformizado se aproxima.

— Sou a reverenda Jack Brooks. Estou procurando minha filha, Flo.

— Ah, sim. Sou o policial Ackroyd. Ela está ali.

Ele me leva para o outro lado da van. Flo está sentada na traseira de uma viatura da polícia com a porta aberta, as pernas para fora, enrolada num cobertor térmico.

— Ah, meu Deus. Flo.

Corro até ela. Ela se levanta e me abraça, as lágrimas começando a escorrer.

— Desculpa.

Faço carinho no cabelo dela.

— Estou feliz de você estar bem. O que houve?

Ela olha para baixo. Vejo a culpa estampada no rosto pálido.

— Wrigley e eu... combinamos de nos encontrar aqui hoje.

Wrigley. Maldito Wrigley. Vou matar esse garoto.

— Então você nem foi ao grupo de jovens?

— Não. Desculpa.

Contenho a raiva.

— A gente conversa depois. Continua.

— A gente estava na casa, no andar de cima, quando eu ouvi um barulho, e Wrigley foi ver o que era. Ele não voltou e eu fui atrás dele. Nessa hora, enfiaram um saco na minha cabeça e amarraram meus braços.

— Ah, meu Deus. — Eu me sinto enjoada. —Você não viu quem?

Ela balança a cabeça.

— Não fizeram mais nada…

— *Não*, mãe. Nada desse tipo. Só me empurraram aqui para fora, para o jardim.

— Onde estava o Wrigley?

— Acho que o pegaram primeiro. Eu ouvi um grito, e foi nessa hora que o empurraram dentro do poço. Iam fazer o mesmo comigo, mas aí apareceu um cara. Ele surgiu do nada e assustou as pessoas. Soltou meus pulsos, mas quando tirei o saco da cabeça, ele já tinha sumido.

— Então você não viu nem quem te atacou nem quem te salvou?

— Não.

— E o Wrigley?

— Ele também não viu nada.

— Onde ele está?

— Foram examiná-lo para ver se ele não tinha quebrado o tornozelo. Depois, os paramédicos o levaram para casa.

Que pena. Eu estava planejando quebrar o pescoço dele.

— E você não tem *nenhuma* ideia de quem fez isso?

Uma hesitação. Ela enrola a barra da regata.

— Flo — digo. — Se você tiver alguma desconfiança, tem que contar para a polícia. Vocês dois poderiam ter morrido.

— Eu sei, e eu *contei* para eles, mas… — Vejo-a lutar com as palavras e suspirar. — Não tenho certeza se foram eles.

— Quem?

— Rosie e Tom.

— Rosie *Harper*?

— É.

Sinto a raiva crescer tão rápido que acho que vou perder a cabeça. A fachada que me esforço tanto para manter vai se desfazer, como lava vulcânica explodindo. Aperto bem as mãos.

—Vou matar essa garota.

— E aquela história de perdão?

— Primeiro a perdoo, depois mato.

— Sinto muito, mãe. *De verdade.*

— Eu sei.

—Você não está com raiva?

— Claro que estou com raiva. Estou com raiva porque você mentiu. Estou com raiva porque eu jamais permitiria que você viesse aqui. — Dou um suspiro. — Mas a única coisa que importa é que você está segura. Sei que tem coisas que você não quer dividir comigo. Sei que só a ideia de falar sobre sexo com a sua mãe é constrangedora e nojenta, principalmente quando se é filha de uma vigária...

— E, mesmo assim, lá vai você.

— *Mas* só quero que você saiba que estou aqui se você quiser conversar, e que nunca vou julgar e...

— Eu sei, mãe. Mas, só para deixar claro, não foi isso que a gente veio fazer aqui. Era só tipo um encontro.

— Um encontro?

— É.

— E por que vocês não foram a um café, ao cinema ou... ah, sei lá, ao grupo de jovens?

Ela me lança um olhar fulminante.

—Você já pensou que talvez seja difícil para o Wrigley, com o problema dele?

— É verdade, mas tem lugares mais seguros para um encontro do que uma casa deserta e abandonada no meio da floresta. Você nunca viu *Uma Noite Alucinante*?

— Não.

— Certo. Vamos ver qualquer hora dessas.

— A gente só queria ficar sozinho.

— Sei.

—Você quer que eu pare de me encontrar com ele?

Sim.

— Não. Mas quero que você seja sincera comigo. Chega de segredos.

Ela me encara e, por um momento, acho que vai exigir o mesmo em troca, e isso é uma outra caixa de Pandora.

—Tudo bem. — Ela assente.

— Tudo bem. — Eu a abraço com força. — E eu queria que você tivesse me contado antes sobre Rosie e Tom.

— Achei que pudesse lidar com eles sozinha.

— Bom, a polícia pode lidar com eles agora.

— Com licença.

Eu me viro. O mesmo detetive à paisana de ontem, Derek, aparece.

— Hã… reverenda Brooks?

— Detetive Derek. — Estico a mão e ele a aperta.

— Está tudo bem aqui?

— Está. Flo estava me explicando o que aconteceu.

— Certo. Que bom. Bem, nós tomamos um depoimento. Talvez seja preciso fazer mais perguntas depois, mas pode levar Flo para casa agora.

— Obrigada.

Ele olha para Flo.

—Vocês dois tiveram muita sorte. Frequentar uma construção velha como essa é muito perigoso.

Eu me irrito.

—Você está tentando culpar minha filha por ter sido atacada?

— Não, claro que não. Só estou dizendo que aqui não é um lugar para crianças… Se bem que, agora, ninguém deve vir aqui por um bom tempo, depois do que sua filha e o namorado dela encontraram.

Eu queria que ele não chamasse Wrigley assim.

— Então é real? — pergunta Flo.

—A perícia acredita que sim. — Ele sorri. —Talvez a gente precise contratar você e seu amigo. Dois corpos descobertos em dois dias. Deve ser um recorde.

— *Corpos.* — Olho fixamente para Derek. — De que você está falando?

— Quando o namorado da sua filha…

— *Wrigley.*

— Quando Wrigley caiu no poço, ele encontrou uma coisa lá embaixo.

— O quê?

— Um crânio humano… estamos recolhendo o resto dos ossos agora.

Ela esperou. Primeiro, sentada no muro quebrado, depois andando de um lado para o outro. Tinham combinado de se encontrar às oito. Era para saírem discretamente, subirem num ônibus para Henfield e, de lá, seguirem para Brighton. De Brighton, poderiam pegar um trem para qualquer lugar.

Ela olhou o relógio. Quase oito e quinze. Havia nuvens passando no céu cada vez mais escuro. O tempo estava correndo. Onde ela estava?

Finalmente, com o coração apertado, ela se deu conta.

Ela não ia.

As lágrimas arderam em seus olhos. Ela pegou a mochilinha, pronta para voltar. Uma coruja piou, disfarçando o farfalhar na grama atrás dela.

Alguém a segurou pelo cabelo e a puxou para trás.

Estou sonhando com garotas. Sempre garotas. Mutiladas. Violentadas. Torturadas. Mortas. Vejo seus rostos; seus corpos tristes e maltratados. Por que odiamos tanto nossas garotas que a história ecoa seus gritos e a terra está sulcada com suas covas anônimas?

Eu as vejo andarem pela grama molhada do cemitério: Ruby com o sorriso amplo e vermelho; as garotas em chamas, um rastro de fogo, a pele preta e seca; e Merry e Joy, de mãos dadas, com colares de prata cintilando no pescoço — M e J. Melhores amigas para sempre.

Estou parada do lado de fora da capela tentando rezar, pedir a misericórdia de Deus. Mas elas não me escutam, e percebo que elas não veem uma religiosa, só mais um demônio. Deus não tem significado para elas porque ele as abandonou. Eu me viro e corro para dentro, fecho a porta diante das mãos estendidas das garotas, tranco. Mas elas continuam bradando, arranhando e batendo na madeira.

Tum, tum, tum.

Abro os olhos embaçados. E fecho novamente.

Tum, tum, tum.

Tento de novo, usando os dedos para abri-los. O sonho está sumindo, o rosto das garotas está se desintegrando, flutuando para longe como cinzas na brisa. Olho para o relógio: oito e meia da manhã. Uma hora humana. Mas por pouco. Bocejo e levanto da cama.

— Estou indo — grito enquanto visto umas roupas e desço a escada.

Chego à porta, destranco-a e abro-a.

Simon Harper está na minha frente. O rosto vermelho, o cabelo desgrenhado, o bafo fedendo a álcool. Ele aponta um dedo calejado para mim.

— Espero que você esteja feliz agora!

— Bom, quando eu estiver acordada, eu aviso. A igreja só abre às dez.

Faço menção de fechar a porta. Ele enfia uma bota suja de lama na minha casa.

— Você poderia tirar o pé da minha porta, sr. Harper?

— Só quando você ouvir o que eu tenho a dizer.

Cruzo os braços.

— Pode falar.

— A polícia foi na minha casa ontem à noite.

— É mesmo?

— Sua filha acusou Rosie de agressão.

— Alguém botou um saco na cabeça da minha filha, amarrou os pulsos dela e empurrou o amigo dela dentro de um poço.

— Não foi a Rosie.

— É mesmo? Parece que ela e o primo já têm reputação.

— O quê?

— Outro dia, atiraram na Flo com uma arma de pressão. Tom tem uma arma de pressão, não tem?

— A minha filha estava em casa ontem, a noite toda, como falei para a polícia.

— Estou vendo que mentir é mesmo tradição familiar.

Ele se inclina na minha direção.

— Deixa a minha família em paz.

— Com prazer. Agora, tira o pé da minha porta, antes que *eu* chame a polícia.

Ele dá um passo para trás.

— A capela não vai mais receber doações minhas. Vamos ver quanto tempo você vai durar sem minha família mantendo esse lugar.

— Tenho certeza de que a descoberta da câmara vai levar a uma renovação de interesses e investimentos. Todo mundo adora um bom escândalo histórico, não é?

Com o rosto ficando ainda mais vermelho, ele abre um sorriso maldoso.

— Eu sei com quem sua filha estava ontem à noite. Com aquele monstrinho esquisito do Lucas Wrigley. Talvez você devesse se preocupar menos com a *minha* filha e mais com ele.

— Se você quiser dizer alguma coisa, será que pode botar logo para fora?

— Lucas Wrigley foi expulso da última escola.

— E?

— Ele tentou botar fogo nela e quase matou uma garota.

Isso me abala. Tento manter a voz firme.

— E por que eu deveria acreditar em você?

Ele enfia a mão no bolso e me dá um papel amassado.

— O que é isso?

— O telefone de Inez Harrington. A antiga diretora da escola. Ela vai te contar.

Fico de braços cruzados.

— Fique à vontade. — Ele dá um sorrisinho e deixa o papel cair no chão. — Mas, se fosse eu, ia querer saber com quem minha filha está transando.

Ele se vira e vai até o Range Rover. Preciso de todo o autocontrole do mundo para não voar nas costas dele e transformar a cabeça dele em mingau com minhas próprias mãos. Vejo-o acelerar e seguir pela estrada. Em seguida, me inclino e pego o pedaço de papel no chão com as mãos tremendo. Eu deveria rasgá-lo. Jogar no lixo. Queimar.

Mas não. Enfio o pedaço de papel no bolso e vou pegar minha latinha de fumo.

Estou no meio do meu segundo cigarro quando Flo entra na cozinha, boce- jando e se espreguiçando. Ela me encara.

— Você está fumando!

— É.

— Na minha frente.

— É. — Eu olho para ela com olhos sonolentos. — Você ia fazer sexo ontem à noite… ah, e quase morreu.

Ela abre um sorriso largo até demais.

— Café?

— Preto.

Dou uma última tragada no cigarro e o apago na parede do chalé. Fecho a porta e vou para a cozinha. O pedaço de papel está no meu bolso. Eu me sento à mesa enquanto Flo ferve a água.

— Como está se sentindo hoje? — pergunto.

— Bem. Parece que tudo foi um pesadelo.

— É.

—Você acha que o Wrigley está bem?

— Com certeza.

— Melhor eu mandar uma mensagem para ele.

—Talvez seja melhor ficar um pouco longe por um tempo.

— Por quê?

— Preciso dizer?

Ela me olha com mágoa e pega o café.

—Tudo bem.Vou para o meu quarto.

Quando ela sobe, afundo na cadeira. Sinto o número de telefone abrindo um buraco no meu bolso. Estou com muita vontade de ligar para Inez Harrington. Para marcar uma conversa. Mas, se ela concordar em se encontrar comigo, não quero deixar Flo sozinha. Odeio dizer que não confio na minha filha, mas, principalmente depois da noite de ontem, não confio na minha filha. Tomo um gole de café. Meu celular toca. É Mike Sudduth.

— Alô.

O telefone chia.

— Oi. É… om.

— Um minuto.

Subo, abro a janela e coloco a cabeça para fora.

— Oi. Está me ouvindo?

— Bem melhor. Como você está?

— Estou bem. Desculpe se fui grosseira no outro dia.

—Tudo bem. Eu entendo. Foi um momento ruim.

— Que não está melhorando.

— É. — Ele hesita. — Eu soube o que aconteceu ontem à noite.

— Já? Rápido assim?

— A banda larga pode ser um lixo, mas a fofoca da cidade é mais rápida que um raio.

E ele trabalha em um jornal.

— Flo está bem? — pergunta ele.

— Está. Imagino que você também tenha ouvido da descoberta no poço.

— Dos esqueletos. Ouvi.

Sinto um calafrio.

— Esqueletos, no *plural*?

— Ah, está vendo, é por isso que costumo ser enviado para cobrir festas e porcos assados na cidade. Ser discreto não é o meu forte.

— Então descobriram mais de um?

— Dois.

— A polícia sabe de quem são?

— Ainda estão examinando, mas só podemos imaginar que são das duas garotas que desapareceram nos anos 1990. Merry e Joy.

— Certo — digo lentamente. — Só pode ser mesmo.

— E, se isso se confirmar, vai ser um caos. O caso será reaberto. A imprensa nacional vai cair em cima.

Eu não tinha pensado nisso. Jornalistas lotando a cidade, remexendo no passado.

— Jack. Ainda está aí?

— Estou. Só estou pensando no quanto isso é horrível.

— E, pior ainda, se elas foram assassinadas, o que parece provável, isso quer dizer que alguém aqui da cidade sabe o que aconteceu com elas.

— Acredito que sim.

Também quer dizer que mais de uma pessoa aqui está mentindo. E sinto que meu tempo de descobrir a verdade está se esgotando. Olho escada abaixo.

— Mike, pode me fazer um favor?

— Claro. Ainda te devo um pelo pneu.

—Você tem algumas horinhas livres?

Marquei de me encontrar com Inez Harrington perto da casa dela em Lewes, em um café artesanal na rua principal.

Tudo em Lewes parece artesanal, feito à mão ou elaborado individualmente. O lugar é tomado de mulheres artisticamente arrumadas em vestidos floridos e galochas, andando com crianças chamadas Apollo, Benedictine e Amaretto.

Peço um café preto e me sento a uma mesa no canto do café, me sentindo chamativa e desgrenhada. Pensei em não usar o colarinho, mas concluí que me daria mais autoridade, principalmente porque vou me encontrar com uma professora. Sempre me sinto vulnerável perto de professores. Como se fossem me dar uma bronca por não usar a forma correta de um verbo. Ou me mandar parar de mentir. Meio irônico, eu sei, considerando a minha profissão.

Pesquisei Inez Harrington no Google antes de vir, então já sei quem procurar. A foto exibia uma mulher de rosto quadrado de cinquenta e poucos anos, com cabelo grisalho curto e um sorriso largo. Um rosto para o qual o termo "sensata" foi inventado. Observo as pessoas entrando e saindo do café. Cheguei alguns minutos mais cedo. Até que a vejo entrando. Está um pouco mais velha do que na foto, um pouco mais robusta. Ela se aproxima.

— Reverenda Brooks?

— Sim. Jack, por favor.

— Inez.

Nós nos cumprimentamos com um aperto de mão. O aperto dela é firme e caloroso.

— Obrigada por vir — digo.

Ela sorri, e os anos somem do rosto dela.

— De nada.

Uma garçonete se aproxima.

— Gostaria de beber algo?

— Um café com leite, por favor.

Ela se vira para mim. Seu olhar é direto.

—Você precisa saber que não costumo falar de antigos alunos com ninguém.

— Certo.

— Estou abrindo uma exceção porque Simon Harper me pediu.

— Ele é seu amigo?

— Não. Eu dava aulas de apoio de inglês para a filha dele, Rosie. Sou amiga da esposa dele, Emma.

— Certo.

— Eu soube que sua filha, Flo, tem a mesma idade de Rosie.

— Sim.

— Então você sabe que os anos da adolescência são difíceis.

— Ah, sim.

— É uma época confusa. Os hormônios estão enlouquecidos. Não sei nem se eles mesmos entendem por que fazem as coisas às vezes.

A garçonete serve o café dela.

— Obrigada.

— Eu sei o que você quer dizer. Dar aulas para adolescentes deve ser muito difícil.

— Mas também é gratificante. Já vi adolescentes transtornados se transformarem em adultos gentis e adoráveis. Assim como já vi alunos exemplares perderem o rumo completamente. A adolescência não nos define.

— Concordo com cada palavra. Sou uma pessoa completamente diferente do que fui na adolescência.

— Bem, então você entende.

Entendo. Também sinto que tem um "mas" enorme a caminho.

— Mas, de vez em quando, encontramos um adolescente que nos confunde.

— Lucas Wrigley?

Ela assente e, quando levanta a xícara de café, reparo num leve tremor.

— Pode me contar sobre ele?

— No começo, senti pena dele. Os pais morreram quando ele era bem pequeno. Ele foi adotado aos nove anos. Não que isso faça diferença. Só estou dizendo que ele não teve um começo fácil. E, claro, também tem a distonia.

— Sim, um tipo de problema neurológico.

Ela assente.

— Inevitavelmente, ele se tornou um alvo por causa disso. A diferença é a maior inimiga do adolescente. Houve apelidos, bullying.

Eu me irrito com o uso da palavra "inevitavelmente". Não acho que a crueldade seja inevitável. É uma escolha, alimentada por pais e pelo meio. Mas deixo passar.

— A escola fez o que pôde para ajudá-lo. *Eu* me esforcei ao máximo para apoiá-lo e falar com os alunos que o intimidavam, mas alguns adolescentes não se ajudam.

— Como assim?

— Era quase como se Lucas convidasse os outros a implicarem com ele, provocasse brigas, se botasse deliberadamente no caminho dos agressores. Ele *queria* conflito.

— Tenho dificuldade de acreditar que algum adolescente *queira* sofrer bullying.

— Eu também teria, em condições normais.

— Me conte sobre o incêndio.

— Lucas fez amizade com uma garota chamada Evie. Ela também era meio desajustada. Calada, tímida. Eles andavam juntos. Achei que o relacionamento poderia fazer bem para os dois.

— E aí?

— Ela o abandonou. Um grupo de garotas a acolheu. Ela não queria mais saber do Wrigley. Você sabe como as garotas dessa idade são.

Na verdade, não sei, não, porque Flo nunca foi de ter um grupinho de amigas assim. E ela é leal aos amigos, radicalmente. Eu era igual.

— Lucas ficou chateado — continua Inez. — O comportamento dele se tornou mais errático. Ele faltava aulas. Se metia em confusão. Evie reclamou que ele a perseguia quando ela ia embora, ficava rondando a casa dela.

— O que isso tem a ver com o incêndio?

— Foi *Evie* a garota que quase morreu no incêndio.

Fico atordoada.

— Foi numa quarta-feira. Evie tinha a tarefa de guardar uns equipamentos depois da aula de educação física, a última do dia. Alguém a fechou no depósito.

— Onde estava o professor?

— A professora não percebeu que ela estava lá dentro. Achou que todos os alunos tinham ido embora.

— Que responsável.

— De fato. Mas todo mundo erra. Mais tarde, Lucas entrou na escola e botou fogo no ginásio.

— E você tem certeza de que foi Wrigley?

— Uma pessoa o viu correndo, ficou desconfiada e investigou. Felizmente, o fogo não tinha se espalhado para o depósito e Evie foi ouvida gritando por socorro.

— E provas físicas? Fósforos. Gasolina nas roupas dele.

Ela suspira.

— Quando foi interrogado, ele já tinha passado em casa. Poderia ter trocado de roupa, se lavado.

— Então, em outras palavras, não há provas reais.

— Evie me contou que foi ele. Ela disse que, alguns dias antes, ele a abordou no parquinho e disse que ela ia pegar fogo.

— Adolescentes dizem coisas ruins às vezes.

— Dizem. E alguns adolescentes são simplesmente ruins.

Eu a encaro, chocada.

— Para onde foi o discurso "a adolescência não nos define"?

— Na maioria das vezes, não define mesmo. Mas, às vezes, encontramos um adolescente que não está sofrendo da angústia adolescente tradicional. Não é pelo passado, pela criação. É um defeito de fabricação. Não dá para consertar. Sendo bem direta, Lucas Wrigley me assustava. Eu vivia com medo do que ele poderia fazer.

— E por isso ele foi expulso?

— Ele não foi expulso. Depois de uma discussão cuidadosa com a mãe dele e com os pais de Evie, chegamos a um acordo de que seria melhor se ele fosse para outra escola.

— E Evie?

— Ela continuou na escola, mas o desempenho dela despencou. Ela ficou retraída, deprimida. Certa manhã a mãe foi acordá-la e não a encontrou no quarto. Ela havia se enforcado em um bosque atrás do jardim.

— Meu Deus. — Sinto um arrepio percorrer meu corpo. — Que tragédia.

— Tudo foi abafado. A família se mudou pouco depois.

— Mas você contou a Emma Harper. Por quê?

— Alguns meses depois, eu estava visitando uma amiga em Henfield e vi Rosie com um garoto.

— Lucas Wrigley?

— Sim. E eles pareciam... íntimos.

Eu franzo a testa. A abelha-rainha *Rosie* andando com Wrigley, o esquisito dos tremeliques? Não fez sentido. Ela e Tom não acabaram de jogá-lo num poço?

— Quando foi isso?

— Pouco depois que ele começou na escola nova.

— E você ficou com medo do que Wrigley poderia fazer com Rosie?

Ela ri.

— Não.

— Como assim?

— Rosie Harper sabe se cuidar. Fiquei com medo do que eles poderiam fazer *juntos*.

Absorvo aquelas palavras.

— O que Emma fez?

— Acredito que tenha proibido Rosie de vê-lo.

— Proibiu e pronto?

Ela dá de ombros.

— Nunca mais os vi juntos, mas os adolescentes são sorrateiros quando querem.

São mesmo.

— E a mãe do Wrigley?

— Como muitas mães, ela tinha dificuldade de ver defeitos no filho. Para ser sincera, eu a achei meio estranha, absorta na escrita. Ela parecia passar mais tempo com o coven fictício de bruxas do que com o filho.

As engrenagens se encaixam no meu cérebro. *Click.*

— Desculpe, você disse *escrita*? Ela é escritora?

— É. De livros para jovens. Fazem sucesso entre alguns adolescentes da escola.

— Qual é o nome dela?

— Annette Wrigley, mas você deve conhecê-la pelo pseudônimo: Saffron Winter.

Tem uma placa ao lado da porta da frente. "Proibido vendedores e visitantes indesejados." O vendedor teria que ser muito determinado para vir até aqui. Acho que nem uma testemunha de Jeová faria tanto esforço.

A casa de Saffron Winter não fica visível da rua, não tem nem placa. Só uma caixa de correspondência velha no começo do caminho longo e sulcado. Tem um carro estacionado do lado de fora. Um Volvo vermelho e sujo. Então tem alguém em casa.

Apesar de eu ser uma visitante indesejada, toco a campainha. Ninguém atende. Mas o carro está lá. Olho para ele e algo chama a minha atenção. Ervas daninhas em volta dos pneus, que estão meio arriados. Certo. Saffron não sai com o carro há um tempo. Talvez ela faça as coisas a pé ou de ônibus. Não é necessariamente suspeito, mas, mesmo assim.

Olho de novo para a casa. Os indícios de negligência não são óbvios. A grama está aparada, as cortinas estão abertas. Mas também não parece habitada. Passa uma sensação de vazio. Como um fundo falso usado em cenários de filmes. Convincente de longe, mas, de perto, dá para ver que é fachada. Toco a campainha de novo. Em seguida, bato três vezes, de forma brusca.

Dou um passo para trás e procuro nas janelas um rosto ou um movimento de cortina. Talvez ela não esteja mesmo em casa. Mas tem alguma coisa me incomodando. Sobre Saffron Winter. Sobre Wrigley. Sobre aquilo tudo. Se ela recebeu minha mensagem sobre o reverendo Fletcher, devia saber quem eu era, então por que não respondeu? Por que ela não fez contato depois de tudo que aconteceu ontem à noite? Por que ninguém a viu desde o funeral de Fletcher? Faz mais de um mês.

Ando pela lateral da casa. Há um portão, mas está sem cadeado. Abro o trinco e sigo por um caminho estreito até os fundos. Percebo na hora que a parte de trás está muito mais desleixada do que a frente. A grama está alta e o pequeno pátio perto da casa está coberto de guimbas de cigarro. Então Saffron fuma. Talvez, como eu, ela goste de ficar ao ar livre à noite e saborear um ou dois cigarros. Talvez nós tivéssemos sido amigas. De repente, me pergunto por que estou pensando sobre ela no passado.

Tento abrir a porta dos fundos. Trancada. Claro. As pessoas no interior são de confiar mais, mas a maioria não costuma ser descuidada a ponto de deixar portas destrancadas. Principalmente pessoas que gostam de privacidade e não querem ninguém xeretando sua casa.

Espio pela janela da cozinha. Não sou a pessoa mais organizada do mundo, mas uau. A pia está cheia de pratos sujos. Há pacotes e latas espalhados em todas as superfícies, assim como caixas de pizza e embalagens de restaurantes.

Dou um passo para trás, me sentindo mais inquieta, e olho para as guimbas de cigarro de novo. A porta de trás, assim como a da frente, tem uma fechadura Yale. Nós também tínhamos na antiga casa de Nottingham. Uma coisa que sei sobre fechaduras Yale é que é fácil se trancar do lado de fora, sobretudo quem sai com frequência para fumar e esquece de levar a chave. Ninguém faz mais de uma vez sem aprender a tomar mais cuidado.

Olho ao redor e encontro um vaso revirado. Eu o levanto. Nada. Bom, seria fácil demais. Onde eu escondia minha chave? Volto até a frente da casa. Então me ajoelho ao lado do para-choque traseiro do carro e espio no cano de descarga. *Na mosca*. Pego a chave. Da frente e dos fundos, ao que parece. Olho para a porta da frente. Talvez eu devesse bater mais uma vez. Eu tenho a chave, então, estritamente falando, não é "invasão", mas, mesmo assim, vou entrar sem ser convidada.

Levanto a mão e bato na porta mais uma vez.

— Olá! Saffron! Meu nome é Jack Brooks, sou a nova vigária. Posso conversar com você?

Não há resposta. Mas tive a impressão de ver a rede tremer no andar de cima. Fico na dúvida. Então enfio a chave na fechadura. A porta se abre.

— Olá! Tem alguém em casa?

Silêncio. Entro no saguão a passos hesitantes e levo a mão ao nariz na mesma hora. Argh. Está fedendo. Um odor velho, azedo. Sujo. Dou alguns passos à frente.

— Saffron? Meu nome é... meeeeerda!

Uma forma preta pequena desce a escada correndo e passa entre as minhas pernas. Porra. Meu coração quase pula para fora. Cacete. Um gato. E agora eu deixei o maldito sair.

Entro na cozinha. Talvez eu precise de comida para atraí-lo. Aqui dentro, a cozinha parece ainda mais ter sido atingida por uma bomba. Eu olho em volta. As pilhas de pratos na pia estão cobertas de mofo. O cesto de lixo no chão está transbordando. Uma caixa de areia de gato está cheia de excrementos.

Meu Deus. É o tipo de detrito que eu esperaria numa república de estudantes, não na casa de uma mulher de meia-idade. E mãe. Eu recuo, franzindo o nariz.

A sala fica à direita. Espio lá dentro. Não está ruim como a cozinha, mas, ainda assim, o nível de nojeira é alto. Tem caixas de pizza, pratos sujos e latas vazias espalhados no chão. Roupas foram empilhadas num canto. Tem um saco de dormir emaranhado no sofá e, ao redor, por toda parte, no chão, nas cadeiras, grudados nas paredes, há desenhos. Seriam bons desenhos não fosse pelo tema. São expressões gráficas de assassinato, mutilação, estupro e tortura. Símbolos satânicos. Pentagramas, a cruz de Leviatã, demônios, diabos. Olho para tudo aquilo e sinto a pele se arrepiar.

É o quarto do Wrigley? Ele dorme ali embaixo? Pelo cheiro, parece. Tem um odor pungente de suor e hormônios. Mas por que Saffron permitiria, se estiver presente? A não ser que ela o tenha deixado ali sozinho.

Volto para o saguão e olho para a escada. Coloco a mão no corrimão e começo a subir. O pressentimento ruim aumenta. O cheiro horrível lá em cima é ainda mais desagradável do que o de comida velha, suor e hormônios. Quase insuportável. Enfio o braço na frente do nariz quando chego ao patamar. Três aposentos. À esquerda, vejo um banheiro. À direita, um quarto de garoto. Agora entendo por que Wrigley não está dormindo aqui em cima. Seria impossível, com o cheiro. Um cheiro que vem do quarto na minha frente. O que está com a porta fechada. *Claro.*

Digo para mim mesma que não preciso abri-lo. Não preciso saber. Posso ligar para a polícia agora mesmo e deixar que cuidem disso. Mas eu *preciso* saber. Eu me preparo e abro a porta.

— *Jesus Cristo amado.*

Eu me viro e vomito. Sem nem pensar. Por reflexo. Fico curvada, com a saliva pingando da boca, por vários minutos. Tentando recuperar o controle do meu estômago, tentando me segurar para não gritar.

Acabo me empertigando e me viro para o quarto. Tem um corpo na cama de casal. Ou o que resta dele. Fluidos corporais ensoparam o colchão e formaram poças no chão. O resto é uma massa quase impossível de identificar de carne podre e roupas manchadas. Um pijama. Dreadlocks escuros emaranhados.

Saffron Winter.

Ela deve estar morta há pelo menos uns dois meses. E as circunstâncias não são nada misteriosas. A parede atrás da cama está pintada com respingos marrom--escuros e manchas. No chão, uma faca afiada, manchada de marrom também.

Ele a matou quando ela estava dormindo, penso. *Trucidou-a. Quantas vezes ele a esfaqueou?*

Preciso sair daqui. Preciso ligar para a polícia. Preciso... Uma tábua do piso range atrás de mim. *Não.* Eu me viro. Por questão de segundos, é tarde demais. Uma coisa pesada bate violentamente no meu crânio. Com tanta força que minha coluna estala e minhas pernas se dobram. Um momento de dor cegante. A constatação de que estou correndo grave perigo. E então, escuridão.

Uma babá. Flo está furiosa. Está deitada na cama, ouvindo a barulheira do Nine Inch Nails. Mike Sudduth está lá embaixo. Ela acha que é ele. Ela não desceu para vê-lo nem para dizer oi. Por que deveria? Ela não o quer ali. Não precisa dele ali. Seja lá o que sua mãe pense.

Ela sabe que decepcionou a mãe, mas mesmo assim fica furiosa. Que se danem aquele lugar e aquela cidadezinha de merda. Que se danem Rosie e aquela família que procria entre si. Que se dane sua mãe por levá-la para lá, e que se dane você também, Deus.

Ela mandou outra mensagem para Wrigley, mas ele não respondeu. Flo sente um mal-estar e uma raiva por causa disso também. Ele está dando um gelo nela? Está constrangido? Talvez esteja de castigo. Ou talvez seja igual a todo os garotos, que ficam frios depois de conseguirem o que querem... não que ele *tenha conseguido*, mas ela se mostrou bem receptiva.

Ela pensa em entrar no Snapchat e encher os ouvidos da Kayleigh de tanto reclamar, mas no momento não quer revelar a porcaria que sua vida se tornou. Esse é o problema das redes sociais. Não são feitas para coisas negativas. Mas sim para as pessoas mostrarem o melhor lado. Posar com filtros, criar uma espécie de vida perfeita falsa. Mas o que fazer quando a vida não está perfeita? Quando tudo está uma merda? Quando se tem a sensação de estar afundando num buraco negro e fundo do qual não dá para sair? Ha ha, que piada.

Seu celular vibra com uma mensagem. *Sim*. Wrigley.

"Como vc está?"

Ela sorri e responde a mensagem: "Bem. E seu tornozelo?"

"Indo."

"Que bom."

"Vc está de castigo?"

"Não, mas minha mãe acha q vc dá azar!"

"Ela pode estar certa."

"Não. Não foi sua culpa."

"Mas me sinto mal. Foi ideia minha ir lá."

"Eu quis ir."

"Eu gosto muito de vc."

"Eu gosto de vc tb."

"Sua mãe está aí agora?"

"Não. Mas o namorado dela está, me vigiando."

"Namorado?"

"Brincadeira. É só amigo."

"Tudo bem. Aguenta firme aí. A gente se vê."

Ele encerra com dois corações pretos.

Ela fica olhando para o celular, sentindo o coração aquecido. Talvez até desse certo, afinal. Ela se senta e se dá conta de que está com fome. Não tomou café, não almoçou e são quase cinco horas.

Desliga a música e sai da cama. Abre a porta e desce a escada. Ouve Mike falando no celular, na cozinha.

— Dois corpos. Na cidade ao lado. *Meu Deus*. Bom, não é estritamente o meu… bom, sim, eu entendo. Estou perto. Mas estou meio ocupado agora. Como assim "com o quê?"? Escrevendo a história dos esqueletos no poço!

Ela entra na cozinha. Ele está sentado à mesa, com o laptop aberto e uma xícara de café fumegante. *Fique à vontade*, ela pensa.

Ele olha quando ela entra.

— Eu ligo depois. — Ele desliga o telefone e sorri para ela. — Oi. Como você está?

Ela o encara. Passa pela sua cabeça que sua mãe poderia ter escolhido pior. Ele até que é bonito, mesmo velho e com rugas. Barba por fazer. Cabelo escuro um pouco comprido demais, com mechas grisalhas. Linhas irradiando de olhos azul-claros.

— Estou bem. — Ela passa por ele e vai até a geladeira. — Mas não preciso de babá.

— Sei que não. Mas sua mãe me pediu um favor, e ainda estou em dívida com ela por ter me ajudado outro dia.

Ela percebe que ele está de olho no celular.

— Não estou atrapalhando nada, estou?

— Não, não. Tudo bem.

— Eu ouvi você falando. Alguma coisa sobre mais corpos?

— Está ouvindo a conversa dos outros?

— Você fala alto.

— Certo. O jornal quer que eu vá cobrir uma história.

— Assassinato?

— É. Dois aposentados na cidade ao lado.

— Uau. Tudo está acontecendo na Nada Acontecelândia.

— Nunca vi tantos assassinatos e tanto caos desde que sabotaram a abobrinha premiada na feira anual de Chapel Croft.

Ela não consegue segurar um sorrisinho.

— Pode ir.

— Eu prometi à sua mãe.

— Eu vou ficar *bem*.

— Não.

— Por que você não manda uma mensagem para ela e pergunta?

— Não sei.

Ela tira o celular do bolso.

— Posso mandar?

— Não. Eu posso mandar. Não tenho medo da sua mãe.

— É mesmo?

— Bom, um pouco, talvez. — Ele pega o celular e digita uma mensagem.

Flo pega queijo, tomate e manteiga na geladeira e começa a preparar um sanduíche. Ela ouve o celular dele tocar quando a resposta chega.

— O que ela disse?

— Que está voltando. Chega em dez minutos. E que não preciso esperar se tiver que ir.

— Pronto, viu. — Ela olha para trás. Dá para ver que ele está num dilema. — Eu vou ficar *bem* por dez minutos.

— Tudo bem. — Ele fecha o laptop e o guarda na bolsa. — Mas quero que você prometa que vai ficar com a porta trancada e que não vai abrir para ninguém que não conheça.

— Eu não sou burra.

— Longe disso. — Ele pendura a bolsa no ombro e pega o casaco. — Diz para a sua mãe que eu ligo mais tarde, está bem?

— Pode deixar.

— Tranca a porta quando eu sair. Certo?

— *Sim.*

— Está bem.

Ela o leva até a porta e a tranca com firmeza depois que ele sai. *Caramba.* Ela volta para a cozinha e serve um copo de suco de laranja. Leva-o até a mesa e se senta com o sanduíche. Está prestes a dar uma mordida quando ouve uma batida na porta. Sério? Ela larga o sanduíche no prato. Deve ser Mike, pensa. Ele deve ter esquecido alguma coisa. Mesmo assim, é bom verificar.

Ela se levanta e segue pelo corredor até a sala. Olha pela janela. Ergue as sobrancelhas. *Sério isso?*

Vai até a porta.

Não abra para ninguém que não conheça.

Ela abre a porta.

— O que você está fazendo aqui?

Quando eu era criança, meu livro favorito era sobre uma coruja que tinha medo do escuro.

Eu ficava repetindo um trecho para mim mesma quando minha mãe me punia: *O escuro é emocionante, o escuro é divertido, o escuro é lindo, o escuro é gentil.*

Claro que, conforme fui crescendo, parei de acreditar na mentira.

O escuro só é emocionante e divertido quando se é a coruja. Uma caçadora, uma predadora.

Quando se é a presa, impotente e sozinha, o escuro é a morte.

Abro os olhos. Ao meu redor, tudo preto, denso, impenetrável. Estou deitada de lado, sobre o ombro, que dói muito. Minha bochecha está espremida num tapete áspero e duro. Sinto as fibras fazendo cócegas no meu nariz, algumas chegaram à garganta. Tusso. Uma dor quente e aguda envolve parte da minha cabeça. Tem uma coisa seca grudada em volta da minha orelha e do meu pescoço. Quero levar a mão em direção à dor, mas não consigo me mexer. Meus punhos estão presos nas costas. Não sinto os pés, mas tenho certeza de que também estão presos. *Toda amarrada. Impotente, no escuro.*

Tento sufocar o pânico. Eu me mexo um pouco. Uma nova dor perfura meu crânio quando encosto em alguma coisa de metal. Poucos centímetros acima de mim. Rolo para o outro lado e meu nariz bate em mais tecido áspero. Tento esticar as pernas e não consigo.

Estou presa, confinada. Em um caixão. Enterrada viva. O pânico cresce e ameaça transbordar. Não. Controle-se. Pare. Não é possível. Pode não ser muito, mas tem ar entrando por *algum lugar*. E um cheiro... de gordura e óleo.

Tento ouvir com atenção. Do lado de fora, ouço alguma coisa. Pássaros. Ruídos da tarde. Estou na superfície. Confinada. A percepção não é tão horrível quanto estar enterrada viva, mas quase. Estou em um porta-malas de carro. *O porta-malas do carro de Saffron.* Meu cérebro gera uma lembrança confusa. Eu, parada, olhando o corpo dela. Ouvindo um barulho atrás de mim. Começando a me virar e o golpe. Algo atingindo meu crânio, uma dor absurda. Mas, antes da escuridão, um vislumbre. Olhos verde-prateados.

Wrigley matou a mãe. E está morando com o corpo dela, fingindo que ela ainda está viva. As mensagens que recebi devem ter sido enviadas por ele. Meu estômago se contrai. Não só por pensar no cadáver de Saffron em decomposição, mas também naquele garoto, aquele *psicopata*, tocando na minha filha. *Flo. Ah, Deus. Flo.* Preciso avisar Flo.

Ouço outro som. Passos no caminho de cascalho. Chegando mais perto. Um estalo. Aperto os olhos com a luz repentina que aparece. Uma silhueta alta acima de mim. Minha visão se adapta.

Por um momento, não reconheço aquele estranho. Pela névoa de medo e dor, percebo que o cabelo dele está mais curto, raspado bem rente. Faz com que ele pareça mais velho. O moletom largo também sumiu. Ele está usando uma camiseta cinza-escuro e os braços são musculosos.

— Oi, reverenda Brooks.

— Wrigley.

Só que minha língua está pesada e o som que sai é "Wugle".

Ele sorri. E reparo em outra coisa. Os tremores, os tremeliques repentinos, pararam. Ele fica parado, alto e perfeitamente imóvel.

— Seus tremores?

— Ah, aquilo. É.

Ele faz uma convulsão repentina. Com os membros sacudindo incontrolavelmente. Mas se empertiga e ri.

— Boa atuação, né? Pobre Tremelucas. — Ele se senta na beira do porta-malas. — Já viu o filme *Os Suspeitos*? É ótimo. — Ele se inclina e sussurra: — "O maior truque do diabo foi fingir que não existia."

Ele se levanta.

— As pessoas não gostam de olhar para um aleijado. Ficam constrangidas. Só sentem pena. — Ele pisca. — Dá para se safar de muita coisa assim.

Olho para ele desesperada.

— O que você vai fazer?

— Bom, a gente vai esperar escurecer e *depois* vai dar uma volta. Só para buscar mais uma coisinha.

Ele some de vista, deixando o porta-malas aberto. Eu me remexo e consigo me virar, me contorcendo de um lado para outro, puxando as amarras, mas não adianta. Penso em gritar, mas ninguém me ouviria além de Wrigley, e não quero deixá-lo com raiva. Ouço um assobio. Wrigley já está voltando. Está mancando um pouco — então machucou mesmo o tornozelo — e está carregando algo comprido enrolado num lençol manchado.

Meu estômago se contrai, e meu coração se enche de horror.

— Não.

Ele sorri.

— Desculpa, reverenda. Vai ficar meio apertado.

E ele deita o cadáver de Saffron em putrefação no porta-malas ao meu lado e o fecha.

O cabelo louro está preso. Ela está usando uma calça jeans e um moletom largo, as mãos enfiadas nos bolsos. O rosto está pálido e arrependido.

Flo olha para Rosie.

— Isso poderia ser visto como intimidação de testemunha.

— Não é por isso que estou aqui. Sinceramente. Eu só preciso conversar.

— Por quê?

— Eu... quero pedir desculpas.

— Tudo bem. Já pediu. Tchau.

— Espera!

Apesar de saber que não deve, Flo deixa a porta aberta, só uma fresta.

— O quê?

— Olha, não era para as coisas irem tão longe. De verdade. Não foi ideia minha.

— Tenho dificuldade de acreditar que *Tom* tem ideias.

— Não estou falando do Tom.

— Então de *quem*?

— Posso entrar?

— Não pode me contar aí de fora?

— Por favor. Eu trouxe isto para te devolver.

Rosie oferece um moletom do Jack Esqueleto a ela. O que Flo emprestou para Poppy em seu primeiro dia na cidade. Parece que foi uma vida atrás.

Flo fica hesitante. Se estiver sozinha, essa vaca não é páreo para ela.

— Tudo bem. — Ela pega o moletom e abre mais a porta. — Mas rápido. Minha mãe volta em cinco minutos... e, se te encontrar aqui, vai te matar.

Elas vão para a cozinha e ficam paradas, tensas.

— E então? — pergunta Flo.

— Olha, eu sei que você me odeia.

— Nem consigo imaginar por quê. Depois de atirar em mim e no Wrigley. De jogá-lo num poço.

— Eu não joguei.

—Ah, é. Foi o Tom, não é?

— Não.

— O quê?

— Ninguém jogou Wrigley no poço.

— Que merda você está dizendo?

—Você nos *viu* jogando Wrigley no poço?

— Não, mas...

— Não acha meio estranho ele não ter se machucado?

— Pode só ter sido sorte.

— De quem foi a ideia de se encontrar lá? Do Wrigley, não foi?

Flo a encara com uma sensação horrível de garganta seca.

— Foi.

— Foi tudo planejado. O saco na sua cabeça. O ataque. Nós amarramos uma corda nele e o descemos no poço. Foi tudo enganação.

— Não.

— Sim.

— Por quê? Por que você faria isso? Por que Tom faria isso?

— Porque você quebrou o nariz dele.

— Mas você odeia o Wrigley.

—Ah, você é burra para cacete.

Ela chega mais perto. Por instinto, Flo recua.

—Wrigley e eu. Nós estamos juntos. Somos alma gêmeas. — Ela sorri. — Se serve de consolo, ele até que gostou de você. Mas eu fiquei puta e mandei que ele desse uma prova para mim. Fodendo com sua vida.

— Não acredito em você.

— Ele me mandou vir aqui.

— E eu já falei. Minha mãe vai chegar em casa a qualquer momento.

— Não vai, não.

306   C. J. TUDOR

Rosie tira a mão do bolso. Está segurando a faca de serra. Do kit de exorcismo. A que Flo jurou para a mãe que Wrigley não tinha roubado. O medo esmaga as entranhas de Flo.

— Nós vamos nos divertir tanto, Vampirina.

Ele observa a capela. Está deitado de bruços na grama, atrás de uma lápide alta. Não ousa chegar mais perto. Ainda não. Só quando escurecer mais. Principalmente depois que a filha dela o viu na janela ontem.

Ele não pode cometer mais nenhum erro. Mas é difícil. Sua dor é constante. Ele está cansado. A cabeça está estranha, com os pensamentos lerdos e arrastados. Seu corpo todo parece estar ficando mais lento, quase parando.

Mais cedo, ele ouviu o barulho de um helicóptero da polícia. Procurando. Devem ter encontrado os corpos. Até o momento, não o viram. Mas ele não vai conseguir ficar escondido por tanto tempo. Com aquelas roupas imundas, o fedor e o tornozelo infeccionado, ele não está lá muito discreto.

Mas ele chegou tão longe.

Precisa vê-la, falar com ela. Só isso.

Ele fez besteira da última vez. Muita. Tantos anos procurando, tendo apenas a carta que ela enviou e um carimbo postal apagado como pista. Mas ele a encontrou por sorte. Em uma distribuição de sopa para pobres. Ele foi com outros sem-teto e de repente ela estava lá. Sorrindo, feliz, com o colarinho branco cintilando em volta do pescoço. Ele mal conseguiu acreditar, mas reconheceria a irmã em qualquer lugar.

Não ousou falar com ela. Ficou esperando, observando-a, avaliando qual seria a melhor abordagem. Ele sempre foi assim. Observador. Lento para agir, a não ser quando a raiva subia à cabeça. Como aconteceu com sua mãe. Ela tinha ultrapassado o limite, e ele reagiu. Só percebeu depois o que tinha feito com uma faca de pão na mão.

Foi a mesma coisa com o marido dela. Naquela noite na igreja. Ele não pretendia machucá-lo. Bom, talvez só um pouco. Afinal, ele tinha visto como o homem tratava sua irmã. Como gritava com ela, batia nela. Ele quis puni-lo. Mas foi longe demais.

Quando foi visitá-lo na prisão, ela disse que o perdoava. Mas o fez prometer não contar para ninguém sobre eles. E ele concordou. Ele sabia que a tinha decepcionado. Ela disse que voltaria. Nunca voltou. Mas ele a perdoa por isso também.

Ela não está lá no momento. Só a filha. E uma garota chegou. Ele não tem certeza, mas acha que é a mesma garota de ontem à noite.

Quando o garoto apareceu na casa abandonada, ele se escondeu no porão. Ouviu vozes acima. E um grito. Saiu correndo. Espantou os agressores e libertou a garota. Quando se deu conta de quem ela era, ele se escondeu novamente. Ela não podia vê-lo. Ainda não.

Ele está confuso porque a filha acabou de deixar a agressora entrar. Ele se pergunta se deveria fazer alguma coisa, mas, por enquanto, só observa. Ele está cuidando da sobrinha, ele pensa. Sua família. Sorri e depois boceja. Logo ela vai chegar. Eles vão ficar juntos. Finalmente.

Não sei quanto tempo fico deitada lá, no escuro, juntinho dos restos em putrefação de Saffron, como duas amantes. No começo, fico louca. Grito. Bato com os calcanhares no porta-malas. Sinto os fios finos que me prendem à sanidade arrebentando um a um.

Mas uma partezinha do meu cérebro parece resistir e assume o controle: *Você já passou por algo assim. Você sobreviveu. E vai sobreviver agora. Você precisa sobreviver. Pela Flo.*

Preciso ficar calma. Concentrar-me em alguma outra coisa que não seja o calor, o cheiro, o medo irracional de um movimento na escuridão ao meu lado. O som de uma respiração molhada e ofegante e de mãos esqueléticas tentando se soltar do lençol sujo.

Pare com isso. Agora.

Saffron está morta. E preciso ficar viva. Pela minha filha. Ela ainda está em casa com Mike? Eles tentaram falar comigo? Estão começando a se preocupar, talvez pensando em me procurar, em chamar a polícia? Ou estão dando mais tempo?

Tempo. Há quanto tempo estou aqui? Cheguei na casa por volta das quatro. Minha percepção está distorcida. O tempo passa mais devagar no escuro, no medo, na dor. Mas várias horas devem ter se passado desde que cheguei. Devem ser oito ou nove horas. A luz lá fora deve estar sumindo. Wrigley disse que queria esperar até escurecer.

Depois, a gente vai dar uma volta.

Ele sabe dirigir? Tenho que presumir que sim. Não é tão incomum no interior. Muitos pais têm terras particulares e os filhos começam a aprender antes da hora. Mas aonde nós vamos? O que ele está planejando?

Fico tensa. Ouço passos no cascalho de novo, o barulho de portas de carro se abrindo. Uma coisa sendo empurrada no banco de trás. Uma batida de porta. Um rangido e a suspensão desce quando alguém entra na frente. O motor é ligado. Estamos em movimento. Sou sacudida no porta-malas, sentindo cada buraco na estrada pelos pneus murchos. Jogada em cima do corpo macio e em decomposição de Saffron, seus fluidos corporais molhando minhas roupas. Finalmente, acaba. O carro para. Fico deitada respirando com dificuldade e prestando atenção. Wrigley sai. Está tirando alguma coisa da parte de trás. De repente, o porta-malas é aberto. Ar fresco. Eu respiro com avidez.

Wrigley enfia os braços no porta-malas e tira o corpo de Saffron. Tento focar a visão. Não está escuro ainda. É crepúsculo. Ele está colocando o corpo dela em… um carrinho de mão. Jogando um cobertor sobre ela. Mas onde estamos? Vejo céu, pontilhado de estrelas. À minha direita, uma cerca, um portão. Eu reconheço o local. *A capela.* Estamos na capela.

Eu deveria gritar, pedir ajuda. Minha língua parece estar funcionando de novo. Alguém pode estar passando e me ouvir. Como se estivesse lendo minha mente, Wrigley se vira e tira uma coisa do bolso. Ele se curva, agarra meu cabelo e enfia um trapo sujo na minha boca.

— Já volto.

O porta-malas é fechado novamente. Grito de frustração mesmo com o trapo na boca. Embora o corpo de Saffron tenha sido removido, o cheiro permanece. Tento ficar numa posição mais confortável, para aliviar a câimbra nos braços e pernas. Por que ele nos levou até ali? O que está fazendo? E Flo e Mike? O medo consome avidamente minhas entranhas.

Alguns minutos depois, o porta-malas é aberto de novo.

— Sua vez.

Ele é surpreendentemente forte. Sou levantada e colocada no carrinho de mão. Com as pernas e braços presos e o trapo na boca, não tenho muito como resistir. Tento olhar em volta. Estamos no acostamento em frente à capela. A traseira do carro está virada para a igreja. Na quase escuridão, no silêncio daquela estrada de interior, seria difícil ver alguma coisa, exceto talvez um vulto empurrando um volume escuro em um carrinho de mão. Não há luzes, só um filete de lua. Sinto o desespero pesar no peito.

Wrigley empurra o carrinho de mão para a capela. Meus ossos se sacodem. Olho para o chalé. As luzes estão acesas. Mas tem alguém em casa?

— Sabe, tudo funcionou muito bem — diz Wrigley em tom casual. — Eu estava pensando em como me livrar do corpo da minha mãe, mas descobrir a câmara foi um presente. Que lugar melhor para colocar um corpo do que numa câmara mortuária, não é?

A porta da capela está aberta. Ele deve ter pegado minha chave. Empurra o carrinho para dentro.

— Lar, doce lar.

A porta se fecha com um estrondo, e em seguida ouço o tilintar da chave.

Olho em volta. A capela está iluminada com velas. Dentro de garrafas e nos bancos, no altar e no chão. Sinto o cheiro de cera derretida e outro odor mais pungente, químico.

Mas não é isso que me faz perder o controle da bexiga.

Uma cadeira de plástico foi colocada na frente do altar. Acima dela, pendurada num corrimão superior, há uma forca.

Wrigley tira o trapo da minha boca.

— Agora talvez seja uma boa hora para rezar.

Fico olhando para a forca, me dando conta da verdade.

— Foi você. Você matou o reverendo Fletcher.

— Bom, tecnicamente ele se matou. Como você vai se matar.

Ele tira uma faquinha afiada do bolso, se inclina e corta a amarra de plástico nos meus tornozelos.

— Levanta.

— Não.

Ele empurra o carrinho e eu caio de cara no chão, mas consigo me virar de lado no último momento, desviando por pouco de uma vela acesa. Sinto o calor da chama perto do pulso.

— Como? Como você o convenceu a fazer isso?

Wrigley sorri, enfia os dedos na boca e assovia. Uma figura sai do escritório. Rosie Harper. *Que porra está acontecendo aqui?* Ela vai até Wrigley. Ele a segura, passa um braço em volta do pescoço dela e encosta a faca na sua garganta.

— Sobe na cadeira e bota a forca no pescoço, senão ela morre.

— Por favor. Não me machuca. — Os olhos de Rosie se enchem de lágrimas.

— Anda — rosna Wrigley. — Senão vai ser devagar.

Olho para os dois, horrorizada. De repente, Wrigley gira Rosie e eles dão um beijo longo, intenso. Perco as forças nos membros. Os dois caem na gargalhada.

— A cara dela — diz Rosie.

Wrigley se vira para mim.

— Foi muito fácil. Aquele bode velho subiu aí e se enforcou. Você tinha que ver a cara dele quando entendeu que tinha sido enganado.

Eu consigo me sentar, o punho pairando acima da chama da vela atrás de mim.

— Por quê?

— Porque, quando eu estava no sistema de acolhimento, antes de ser adotado, um padre abusou de mim. É isso que você quer ouvir? Você quer motivos? Você quer uma confissão. Como nos filmes. Isso vai facilitar as coisas?

— Talvez.

— Tudo bem. Vamos brincar. Fletcher era uma bicha e era mentiroso. Antes, éramos só eu e a minha mãe, mas de repente ele começou a aparecer lá em casa o tempo todo, falando sobre os livros dela, sobre história, essas merdas. Fingindo estar interessado nela.

— Você ficou com ciúmes?

— Não. Ele a estava usando. Ele não gostava dela desse jeito, mas ela não via. Vaca burra. Um dia, minha mãe tinha saído e eu estava no jardim, fazendo flexão. Fletcher foi até os fundos e me viu.

— Ele se deu conta de que você fingia a distonia?

— É. Disse que ia contar para a minha mãe se eu não contasse.

— Ela nunca desconfiou?

— Minha mãe vivia tão absorta nos livros dela que não teria notado nem se uma segunda cabeça tivesse nascido em mim. Além do mais, ela gostava da ideia de ter adotado um "defeituoso". Afinal, foi por isso que comecei a fingir, para me destacar dos outros fedelhos abandonados. Mas Fletcher ia estragar tudo.

— E ele precisava morrer por isso?

— Eu tentei espantá-lo, fazer com que fosse embora...

Outra peça se encaixa.

— As Garotas em Chamas presas na porta dele. O incêndio na capela?

— O filho da puta burro nem para se tocar.

— E Saffron? Por que matá-la?

— Aquele veado mentiroso contou para ela. Ela soube que alguma coisa tinha acontecido quando ele morreu. Ficou fazendo um monte de perguntas.

— Ele dá de ombros. — Só me deixou mais confuso...

Sinto a pele dos meus pulsos se repuxando com o calor, mas também sinto o plástico do cabo fino ficando mole.

— Eu não vou subir aí. Não vou facilitar nada.

— Vai, sim.

Ele assente para Rosie, que some no escritório. Um momento depois, volta com uma figura magra e pálida.

E me dou conta de que ele está certo. Eu vou me matar ali mesmo, naquela noite.

Ele devia ter adormecido (ou talvez desmaiado) por um tempo. Quando abre os olhos, está escuro. Ele está com câimbra e com frio. Tremendo. Além do tornozelo, que parece um calombo de lava derretida na ponta da perna.

Passa por sua cabeça uma vaga ideia de que desmaiar, tremer e se sentir quente são sinais de uma infecção desenfreada por todo o corpo.

Mas ele não pode se preocupar com isso agora. Ele se senta e procura se situar. O cemitério. Sim. É onde ele está. De olho nela. Ela está em casa? Seus olhos procuram no chalé. Está escuro. Mas ele vê luzes tremeluzindo na capela. Não, não luzes. Chamas. Como velas.

Por que haveria velas na capela? Tem alguma coisa errada. Ele sente nas entranhas.

Ele luta contra a letargia e a dor, se levanta e sai mancando lentamente pelo cemitério.

— Mãe!

Eu olho para a minha filha.

— Está tudo bem, querida. Você está bem?

Os braços dela estão presos para trás, e Rosie está com uma faca nas suas costas. A faca de serra do kit de exorcismo.

— Você estava certa, mãe. O tempo todo.

Abro um sorriso triste.

— Eu odeio ter que dizer isso, mas eu avisei...

— Que fofo — diz Wrigley.

Rosie empurra Flo na direção dele, que passa o braço em volta do pescoço dela. E estica a outra mão para Rosie.

— Querida, acho que vou precisar de uma faca maior.

Ela sorri, tira a faquinha dele e entrega a de serra. Ele encosta a lâmina no olho de Flo. Desta vez, sei que não está fingindo.

— Agora sobe na cadeira.

— Mãe — choraminga Flo. — Ele vai me matar de qualquer jeito.

— E posso fazer rápido ou devagar. Posso cortar cada pedacinho dela enquanto você observa.

— E depois? Você acha que vai convencer as pessoas de que eu matei minha própria filha, botei fogo na capela e me enforquei?

— Você teve dificuldade de se adaptar aqui, reverenda. Ainda se sente muito culpada pelo que aconteceu na sua última igreja. Era mesmo inevitável.

— Ele dá de ombros. — Sabe por que eu gosto de fogo? O fogo fode com tudo. Quando a polícia começar a juntar as peças, nós vamos estar longe.

— Bonnie e Clyde de Sussex. — Olho para Rosie. —Você acha mesmo que uma pessoa capaz de fazer isso tudo vai pensar duas vezes na hora de se livrar de você?

Ela rosna:

— Cala a boca e sobe na porra da cadeira.

A chama está tão quente nos meus pulsos que tenho vontade de gritar, mas sinto que o plástico cede. Separo os pulsos, mas os mantenho nas costas. Eu me levanto e vou na direção da cadeira.

Wrigley sorri.

—Viu. Eu falei que você ia fazer.

Eu me viro. Mas, em vez de subir no assento, eu pego a cadeira e jogo no garoto.

Jogue alguma coisa e a pessoa vai tentar desviar. Instintivamente, Wrigley levanta o braço. A cadeira bate no pulso dele e a faca sai voando. Flo aproveita. Ela pisa com força no pé dele e se solta. A cadeira cai em cima de várias velas. Elas tombam no chão e as chamas se espalham. Eu me lembro do cheiro pungente de produto químico. *Combustível.*

— Corre! — grito para a minha filha.

Ela se vira e sai correndo para a porta. Rosie vai atrás dela e segura seu braço, mas, antes que ela possa erguer a faca, Flo dá uma cabeçada nela. Rosie grita e se curva para a frente. Flo dá uma joelhada no rosto dela e a derruba. *Boa menina.* Flo mexe na chave e sai para a escuridão.

Meu alívio dura pouco. Wrigley ainda está bloqueando minha rota de fuga. Ele avança na minha direção. Eu recuo e derrubo outra vela. Ele pula em cima de mim. Eu tento passar, mas ele é mais rápido e dá um soco na minha cara. Cambaleio e tropeço, caindo para trás e batendo a cabeça com força no piso de pedra. Vejo fagulhas girarem diante dos meus olhos. Wrigley me ataca mais uma vez, agarrando meu pescoço.

— Sua *filha da puta.*

Eu me debato e me contorço para tentar jogá-lo longe. Mais velas tombam. Ele é muito forte. Não consigo respirar. Seguro as mãos dele e tento soltar os dedos. Sinto o calor do fogo ao nosso redor. Só tenho uma vantagem. O peso do meu corpo. Rolo para a direita, levando Wrigley comigo na direção das chamas. Ele grita quando sua camiseta pega fogo.

Ele enfim solta meu pescoço. Eu ofego e me sento. Wrigley está lutando com as chamas, rolando no chão para apagá-las. Começo a me afastar, engatinhando. Embaixo dos bancos, vejo um brilho de metal. A faca de serra. Eu a pego. Mas alguém me segura pelo cabelo e me puxa para trás.

O hálito dele está quente no meu ouvido.

— Vou foder com você de um jeito que você não vai acreditar.

Meus dedos tocam no cabo gasto de osso... e o apertam com força.

— Tarde demais para isso.

Eu me viro e golpeio loucamente. Mais por sorte do que por cálculo, sinto a lâmina mergulhar na carne e o escuto grunhir de dor. Ele arregala os olhos. Olha para baixo, leva as mãos à barriga e cai no chão.

Eu me levanto, ofegante. As chamas estão se espalhando rapidamente, lambendo os bancos, consumindo a madeira velha e seca. Rosie sumiu. Preciso sair daqui. Encontrar minha filha.

— Por favor — geme Wrigley atrás de mim. — Me ajuda.

Olho para trás. Ele está encolhido no chão, com as mãos na barriga. Tem uma mancha mais escura crescendo embaixo da camiseta cinza-escuro. Algumas partes grudaram na pele queimada. Ele parece magro e jovem e assustado.

— Você não pode me deixar aqui. É uma reverenda.

Ele está certo. Com relutância, vou até ele e me agacho. Coloco a mão na testa dele. Sou reverenda. Uma mulher de Deus.

Mas também sou mãe.

— Me desculpe.

Levanto a faca e enfio na barriga dele de novo. Com força. Até o cabo. E vejo a escuridão engoli-lo.

Eu me levanto. Meus músculos não querem me sustentar. Cambaleio e estico a mão para me apoiar num banco, mas todos estão pegando fogo. O ar está denso de tanta fumaça. Minha garganta está inchada, fechada por causa do calor. A porta parece distante demais. Estou cansada.

Dou um passo à frente, mas minhas pernas cedem sob meu peso e caio de joelhos, olhando para o fogo. Meus olhos lacrimejam e ardem. Pelas lágrimas, vejo alguma coisa.

Duas figuras. Garotas. *Sempre garotas.* Paradas lado a lado. Inteiras. As chamas formam auréolas nas cabeças delas e brotam como asas das costas. Elas esticam os braços. Estico os meus para elas, sem nem sentir as chamas queimando a ponta dos meus dedos.

Elas tentaram avisar Flo, eu penso. Assim como tentaram avisar o reverendo Fletcher.

Elas aparecem para aqueles que estão passando por dificuldades.

— Obrigada — murmuro.

Minhas pálpebras começam a se fechar. Então vejo outra figura, andando entre as garotas. Enorme e escura, com um fedor forte e azedo. Ele para à minha frente, como um demônio vingativo.

Olho o rosto dele. Eu o conheço.

Quando caio para trás, seus braços me seguram e me tiram das chamas.

Uma lembrança. Parado na frente da capela com a mãe e a irmã. Sua irmã segurando sua mão. O ar da noite estava fresco e acre com o fedor de fumaça.

Acenderam uma fogueira na base do grande monumento do cemitério e havia muitas pessoas ao redor, conversando e rindo. As chamas pulavam para a noite, pintando os rostos de laranja, distorcendo sorrisos e os transformando em expressões vorazes.

Em uma mesa de cavalete, urnas grandes de sidra soltavam fumaça doce e forte. Os aldeões serviam sidra em canecas rústicas de argila e bebiam com gosto. O relógio acima da capela marcou a hora, e o vigário saiu, o rosto severo e sombrio, com vestes pretas. Ele olhou a reunião.

— Obrigado a todos por virem à nossa comemoração anual em homenagem às garotas em chamas. Hoje, lembramos nossos ancestrais que morreram aqui em nome de suas crenças. Agradecemos seus sacrifícios e fazemos orações por suas almas. E, assim como os Mártires de Sussex entregaram seus corpos às chamas para desfrutarem de uma vida eterna, nós fazemos oferendas em memória deles. Juntem-se a mim na Recitação dos Mártires!

O grupo entoou:

— *Pois mártires somos nós. No fogo, nosso fim. Almas libertadas. Ao céu ascendemos.*

— E agora, por favor, atirem suas Garotas em Chamas no fogo.

Enquanto ele olhava, um a um, os aldeões ergueram uma bonequinha de graveto e jogaram na pira. Sua mãe o empurrou. Ele pegou sua criação rudimentar no bolso. Mas não queria se separar dela. Não queria que ela pegasse fogo. Sua mãe acabou arrancando a boneca de suas mãos e a jogando nas chamas.

O corpinho de graveto se retorceu e ficou preto até que acabou virando cinzas. Devorado vivo pelas chamas famintas.

Ele sentiu o calor percorrer seu corpo. E fechou os olhos. Uma lágrima escorreu pela bochecha.

DUAS SEMANAS DEPOIS

— Batata.

Flo se senta ao meu lado no banco e coloca uma travessa de batata frita oleosa no meu colo. Um aroma de fritura sobe até minhas narinas.

— Hum — digo, apesar de não estar sentindo a menor fome.

Espeto um pedaço molenga de batata com o garfo de madeira e olho para o mar. Está agitado. O céu está cinzento, o mar, de um tom marrom sujo inóspito. Parece mais formado por montes de lama do que água. Como se desse para caminhar por eles até o horizonte.

Estamos hospedadas em uma pousada perto de Eastbourne. Não é glamorosa nem muito confortável, mas é o que a Igreja podia pagar e nos manteve longe da perturbação da imprensa em Chapel Croft. Não pude proteger minha filha de Wrigley, mas pelo menos posso protegê-la da repercussão.

Mike tem nos atualizado dos acontecimentos, mas nem ele sabe onde estamos hospedadas. Não o perdoei por ter deixado Flo sozinha, à mercê de psicopatas, apesar de entender que ele foi enganado pela mensagem que Wrigley enviou do meu celular, assim como muitos de nós foram enganados pelas mensagens enviadas do celular de sua mãe morta.

Penso em como é fácil se passar por outra pessoa nos dias de hoje, com nossa relutância em conversar pessoalmente, em falar olhando no olho. Recorremos a mensagens de texto e e-mails, sem nunca questionar quem pode estar do outro lado. Senhas podem ser descobertas. Wrigley só precisou usar meu polegar quando eu estava inconsciente para ter acesso ao meu celular. Se bem que Wrigley também enganou todo mundo cara a cara.

O maior truque do diabo foi fingir que não existia.

Rosie confessou, mas está alegando que foi tudo ideia de Wrigley. Ela estava com medo dele. Foi manipulada e controlada. Também foi uma vítima. Ela finge muito bem, com seus olhinhos arregalados feito uma garotinha inocente. Espero que não se safe dessa. Mas é uma boa atriz, e Simon Harper tem bolsos cheios para pagar pela melhor defesa. Às vezes, a justiça não acontece nos tribunais.

O primo de Rosie, Tom, negou que soubesse qualquer coisa além das "pegadinhas" em Flo. Acho que acredito nele. Há uma grande diferença entre garotos que fazem bullying e garotos que matam.

A polícia me interrogou, mas não há nada que refute minha alegação de legítima defesa. Como o próprio Wrigley declarou: *o fogo fode com tudo.*

Ainda há pontas soltas. Como o assassinato do casal no vilarejo ao lado. Nem todas as resoluções são simples. Nem as motivações das pessoas. Embora Wrigley fosse visto como uma criança problemática, nenhum dos especialistas que o avaliaram havia reparado em traços psicopatas.

É um defeito de fabricação. Não dá para consertar.

Olho para Flo. Quero poder ajudá-la a superar isso. Ela não falou muito sobre o que aconteceu. Por fora, parece bem, ainda que um pouco calada. Mas vejo o estrago nos olhos dela. Só espero que não seja permanente. Ela ainda é nova. Tem tempo de se curar. Embora nunca seja possível apagar um trauma, nossa mente é boa em consertar, em encobrir com experiências novas, como a pele que nasce sobre uma ferida velha. A cicatriz fica. Mas a dor diminui e é mais difícil enxergá-la.

Ela olha para mim.

— Você não vai comer a batata?

Faço uma careta.

— Não estou com tanta fome assim.

Ela abre um sorriso triste.

— Nem eu.

Ficamos um momento contemplando o mar.

— Por que o mar aqui sempre parece chá sujo?

— Não faço ideia. Mas é bom de ver mesmo assim, não é?

— Nem tanto.

— E a atmosfera do mar faz bem.

— Tem cheiro de esgoto e bosta de gaivota.

— Você parece melhor.

— Mais ou menos. — Ela olha para baixo. — Eu ainda penso no Wrigley.

— Bem, só se passaram duas semanas.

— É estranho eu sentir tristeza por ele estar morto, mesmo depois de tudo que ele fez?

— Não. Acho que talvez seja mais difícil de aceitar o que ele fez *porque* ele está morto. Você não teve chance de enfrentar o problema.

— É, pode ser. Quando penso nele, ainda vejo o Wrigley que eu achava que conhecia. De quem eu gostava. Que me fazia rir e citava Bill Hicks.

— É natural. Mas vai passar.

Eu espero.

— O papai passou?

Fico tensa.

— Passou. Mas, para ser sincera, ele já tinha passado bem antes de morrer.

— Como assim?

— Não era um casamento muito bom, Flo. Ele era um homem infeliz e às vezes descontava em mim. Não fiquei triste quando ele morreu. Fiquei chocada e com raiva, mas ele não era o homem por quem eu me apaixonei. — Espero a informação ser absorvida. — Me desculpe. Eu deveria ter sido mais sincera com você antes.

— Tudo bem — Flo acaba dizendo. — A vida é complicada, não é?

Passo o braço por cima dos ombros dela.

— É, mas acho que a nossa foi mais complicada que a da maioria, e não quero que você pense que não pode mais confiar nas pessoas.

— Eu sei. Mas pode ser que eu não marque um novo encontro por um bom tempo.

— Bom, como sua mãe, fico emocionada de ouvir isso, claro.

Outro sorrisinho.

— Mãe, quando podemos ir para casa?

— Bom, a capela vai demorar para ser reconstruída, isso se for, então...

— Não, eu quis dizer para *casa*, para Nottingham.

— Ah. Bom... — Respiro fundo e me preparo para tocar num assunto no qual andei pensando. — Preciso falar com o bispo Durkin antes de decidirmos, mas... e se a gente não voltar para Nottingham? E se a gente fosse para outro lugar? Mais longe?

— Tipo onde?

— Austrália.

Antes que ela possa responder, meu celular vibra no bolso. Eu o pego e olho para Flo.

— É o Mike.

Ela assente para dizer que devo atender.

— Alô.

— Oi.

— Como vocês duas estão?

— Estamos bem.

— Que bom.

— Como estão as coisas aí?

— Acalmando um pouco. Tem menos imprensa. Agora a maior parte do trabalho policial é no laboratório, e isso vai levar semanas.

— É bem mais fácil no *CSI*.

Ele ri.

— Quem diria que a série não era realista?

Há uma pausa.

— E como você está? — pergunto.

As revelações sobre Rosie despertaram interesse renovado na morte da filha dele. Poppy começou a falar sobre algumas das crueldades que a irmã fazia com ela, inclusive ter sido obrigada a ir ao abatedouro no dia em que a conheci. Fico me perguntando se o véu está finalmente caindo dos olhos de Simon e Emma no que diz respeito à filha mais velha e do que ela é capaz.

— Estou bem — diz ele. — Seja qual for a verdade, não vai trazê-la de volta, não é? Nada muda isso.

— Não.

Uma pausa mais longa. E ele diz:

— Enfim, houve outro desenvolvimento interessante. Sabe os esqueletos do poço? A polícia tem quase certeza de que um é de Merry. A idade bate e encontraram um colar com a inicial M. Ao que parece, Merry e Joy usavam colares com suas iniciais.

— E o outro?

— Não é Joy. É uma mulher mais velha que já teve um parto. Acham que pode ser a mãe de Merry. Assassinada um tempo depois e jogada lá.

— Entendi — digo secamente. — Acho que um poço é um bom esconderijo de corpos.

— É. A polícia está ansiosa para encontrar o irmão mais novo de Merry.

— Certo.

— *E* tem mais uma coisa.

— O quê?

— Merry estava grávida.

Dizem que não saber é pior. Mas, às vezes, saber também é muito ruim. Saber é finalmente encontrar a elusiva agulha no palheiro, e descobrir logo em seguida que a agulha era exatamente o que impedia o palheiro inteiro de desabar e soterrar você.

Faço algumas ligações. A primeira é para o bispo Durkin.

— Só preciso que você me diga uma coisa, com sinceridade.

— Isso é mesmo necessário?

— Quando meu nome foi cogitado para a posição de Chapel Croft?

— Pouco depois da demissão do reverendo Fletcher.

— Antes da morte dele, então?

— Sim.

— E quem me sugeriu?

— Bem, como você sabe, tive uma conversa com o bispo Gordon, da diocese de Weldon.

— Sim, eu sei disso. Quero saber quem citou meu nome para *ele*.

— Isso faz alguma diferença?

— Sim. Faz.

Algo no meu tom deve tê-lo convencido. Ele reflete por um momento e me conta.

Minha ligação seguinte é para a mãe de Kayleigh, Linda. Eu peço um favor. Ela fica feliz em ajudar.

Quando conto para Flo, ela me olha com desconfiança.

— Então vou ficar com Kayleigh algumas noites. E você?

— Tenho algumas coisas para resolver aqui. Coisas chatas.

Ela continua olhando para mim, mas dá um pulo de repente e me abraça com tanta força que não consigo respirar.

— Eu te amo.

— Eu também te amo.

— Não faz nenhuma besteira.

— Eu? Quem você pensa que eu sou?

Ela recua e me olha.

— Minha mãe.

Aceno para Flo no trem, entro no carro e volto para Chapel Croft. Dirijo pela cidade e estaciono na frente da mesma casa vitoriana decrépita que visitei duas semanas antes. Muita coisa aconteceu desde então. E eu também pensei bastante sobre tudo.

Vou até a porta, que é aberta antes que eu possa bater.

— Reverenda Brooks.

— Aaron.

— Eu recebi sua ligação.

Ele abre a porta, e eu entro.

— Como estão você e sua filha?

— Estamos melhorando. Não tive oportunidade de agradecer por você ter ligado para a polícia.

Quando Flo saiu correndo naquela noite, ela conseguiu parar um carro. Era Aaron. Descobrimos que ele dirigia pela cidade todas as noites para dar uma olhada na capela. Meio obsessivo, estranho, mas, naquela ocasião, sem trocadilhos, um enviado de Deus.

— De nada. E como você está, reverenda? Deve ser difícil aceitar o que você fez considerando a sua fé.

— Às vezes, não há escolha — digo com voz tensa.

— Eu tenho orado por você.

— Obrigada. — Dou um sorriso rápido. — Agora, como falei ao telefone, eu gostaria de falar com seu pai.

— E, como eu falei, você já o viu. Ele não consegue falar.

— Mas pode ouvir.

GAROTAS EM CHAMAS

Olho para ele com expressão de súplica. Por fim, ele assente.

— Cinco minutos.

Marsh está acordado, por pouco. A respiração está pesada. O cheiro está mais forte do que nunca. E tem outra coisa. Não é específico. Mas qualquer um que esteve com uma pessoa doente perto do fim reconhece. É o cheiro da morte.

Eu me sento numa cadeira ao lado da cama e penso em como a vida e a doença podem ser tão cruéis. Algum de nós escolheria continuar a vida se soubesse que esse poderia ser o destino? Aí, eu lembro a mim mesma que pelo menos Marsh teve escolha. Pelo menos a vida dele não foi tirada por outra pessoa antes mesmo de começar.

— Oi, reverendo Marsh.

Ele me olha, piscando.

— Você se lembra de mim, não lembra?

Um pequeno movimento de cabeça. Talvez assentindo. Talvez um tremor involuntário. Difícil saber.

— Que bom. Eu serei breve. Descobrimos a câmara embaixo da capela. Encontramos o corpo de Benjamin Grady.

Um pequeno tremor na respiração. Chego mais perto.

— Eu sei que você esteve envolvido na ocultação do corpo lá. Acho que você agiu para proteger a Igreja e sua família de um escândalo. Eu gostaria de pensar que você também estava tentando proteger outra pessoa. Uma jovem assustada. É verdade?

Outro pequeno movimento de cabeça.

— Mas a questão é a seguinte. Nós dois sabemos que Grady não foi morto na igreja. O corpo dele foi levado para lá de outro lugar. E eu me lembro de uma coisa que Joan Hartman me disse: *você não dirige*. Então, você deve ter recebido ajuda naquela noite.

Os olhos dele me encaram com impotência.

— Tenho quase certeza de que sei quem foi. Então, vou só dizer um nome, e você pode deixar claro se estou certa. — Abro um sorriso. — Hora da confissão.

— Jack, que bom te ver. Nossa, seus dias não têm sido nada fáceis.

Permito que Rushton me dê um abraço caloroso e meio úmido.

Ele dá um passo para trás.

— Tenho que dizer que não achei que você fosse voltar depois de tudo que aconteceu.

— Nem eu. Mas havia umas coisas que eu precisava acertar.

Nós entramos.

— Clara está? — pergunto.

— Não, ela saiu. — Ele revira os olhos. — Ela corre, anda. Não é surpresa que seja tão magra. Claro que eu também me esforço para manter minha forma. — Ele ri e bate na barriga.

Dou um sorriso, mas fico chateada.

— E a que eu devo o prazer? — pergunta ele agora.

— Eu queria saber se posso falar com você... sobre Benjamin Grady.

Ele me encara por um momento. E diz:

— O dia está lindo. Por que não vamos para o jardim?

Nós nos sentamos a uma mesa de ferro fundido sob a sombra de um salgueiro-chorão.

Ao nosso redor, flores silvestres vicejam em uma explosão de cores. Abelhas zumbem preguiçosamente entre elas. Pássaros gorjeiam nas árvores.

— É lindo aqui fora.

— É, e Clara e eu somos muito felizes aqui. Eu sempre dizia que a única forma de eu sair daqui seria num caixão, e talvez nem assim. Sempre tive vontade de ser enterrado debaixo dessa árvore.

— Belo lugar.

— É. — Ele suspira. — Talvez seja a minha fraqueza. Amo muito este lugar. Minha vida, minha esposa, meu trabalho. Minha complacência é meu maior pecado.

— A maldição de ser sacerdote, a necessidade de confessar nossos pecados.

— E nós nem somos católicos.

Um sorrisinho.

— Por que você me recomendou para a posição de trabalho aqui? — pergunto.

— Eu não recomendei.

— Quando Fletcher pediu demissão, você não apresentou meu nome para o bispo Gordon?

— Clara que me pediu. Ela tinha lido sobre você num jornal. Ela disse que, assim que viu sua foto, soube que tinha que ser você. Ela foi muito insistente.

Sinto uma coisa se acalmar dentro de mim. Uma peça final se encaixando.

— Você sabia que Clara e Benjamin Grady eram amigos, que passaram a infância juntos?

— Sabia, sim. — Ele me olha com um sorrisinho triste. — E, antes que você pergunte, sim, eu sempre soube que Clara era apaixonada por ele.

Olho para ele com surpresa.

— Ela te contou.

— Não precisou. Eu via no rosto dela sempre que o nome dele era mencionado... não que ele fosse mencionado com frequência. Ela tem uma foto dele. Escondida num livro. Encontrei uma vez, sem querer. Ela não sabe.

— Você não se importa?

— O primeiro amor é uma coisa poderosa, principalmente quando não tem chance de envelhecer, de decepcionar ou de perder a graça. Eu sou louco pela Clara. Sei que ela não me ama tanto assim, mas o que ela sente por mim já é *suficiente*.

— E você fica feliz com isso?

— Fico satisfeito... e isso é o que a maioria de nós pode esperar, você não acha?

Talvez, eu penso. Mas talvez alguns de nós precisem de mais.

— Preciso falar com a Clara — digo. — Você disse que ela saiu?

— Sim, mas não tenho ideia de para onde ela vai quando sai por aí para caminhar.

Mas eu acho que sei.

Ela está de pé como na foto de Flo. Imóvel e silenciosa, olhando para a casa. A fita de isolamento ao redor do poço, ali perto, balança ao vento.

— Clara!

Ela se vira.

— Jack. O que você está fazendo aqui?

— Eu poderia fazer a mesma pergunta.

— Ah, só vim dar uma caminhada.

— Você vem muito aqui?

Ela sorri para mim, as rugas se acentuando nas maçãs do rosto de causar inveja. Uma mulher que ficou mais bonita com a idade. Uma mulher que não lembra em nada a professora desajeitada que nunca foi suficiente para o belo e jovem pároco.

Às vezes, nossos desejos procuram prazeres mais sombrios.

— Por que você acharia isso?

— Bom, demorei um pouco para entender. Por que vir aqui, até a casa? Eu entendo por que você quer ficar perto da capela. Porque é onde o corpo dele está enterrado. Mas aqui... foi onde ele morreu?

O sorriso dela oscila.

— Depois, me dei conta. Não é a casa que você visita. É o poço.

— Desculpe, Jack. — Ela balança a cabeça. — Não sei do que está falando.

— Sabe, sim. Você sabia sobre o corpo no poço. Já sabe há trinta anos.

— E como eu saberia que o corpo de Merry estava no poço?

— Porque não é Merry. É Joy. E você a matou.

Ela chegou cedo.

Elas tinham combinado de se encontrar às oito horas. Ainda eram dez para as oito.

Joy esperou perto do muro quebrado na ponta do jardim, onde ninguém da casa pudesse vê-la. Ela olhou o relógio, desejando que Merry saísse pela porta dos fundos.

Anda logo, por favor, pensou ela. Por favor. Nós podemos ir embora daqui. Começar uma vida nova.

Ela botou a mão na barriga.

E ouviu um som atrás de si.

Ela se virou. Seus olhos se arregalaram.

— Você? Por que você está aqui?

— Foi acidente.
— É mesmo?
— Nós brigamos. Ela tropeçou e caiu.
— Sobre o que vocês discutiram?
— O que você acha?
— Grady. Você o amava. Mas ele não estava interessado numa simples professora de vinte e poucos anos, estava? Ele preferia garotinhas. Coisinhas bonitinhas que ele pudesse subjugar, dominar, machucar.
— Joy o seduziu.
— Ela tinha quinze anos.
Os lábios dela se curvam.
— Ela sabia o que estava fazendo. Eu *vi* o que eles estavam fazendo quando ele deveria estar ensinando sobre a Bíblia para ela.
— Você viu o que ele estava fazendo com *ela*.
— Contei para o Marsh. Achei que acabaria com aquilo. Mas eu a vi naquela noite, se esgueirando até aqui com uma mochila. Achei que ela estivesse indo para a capela para se encontrar com ele. Eu fui atrás.
— Ela não ia se encontrar com Grady. Ia se encontrar com Merry. Elas tinham planejado fugir juntas.
— Eu não queria que aquilo acontecesse.
— Então por que você não foi pedir ajuda? Você poderia ter ido até a casa e batido na porta.

— Fiquei com medo.

— Ela estava grávida. Você sabia disso?

Ela olha para baixo.

— Não sabia, não.

— Ela tinha quinze anos e estava grávida e você a deixou num buraco até morrer.

— Foi acidente.

— É mesmo? Ou você achou que, com Joy fora do caminho, Grady fosse finalmente reparar em você? Mas ele não reparou, não é? Ele só foi atrás de outra vítima jovem.

Ela faz uma expressão de desprezo.

— Merry não era vítima. Aquela garota sempre foi uma peste. Benjamin só tentou salvá-la. Ele era um homem de Deus.

— Se acredita mesmo nisso, por que ajudou Marsh a esconder o corpo?

Ela hesita.

— Marsh me ligou naquela noite. Em pânico. Desesperado. Ele me contou que Benjamin estava fazendo exorcismos sem a permissão da Igreja. Aquele saiu do controle. Uma coisa horrível aconteceu…

Ela olha para baixo, perde a voz. Eu sentiria pena se não soubesse que ela não teve pena nenhuma das garotas de quem Grady abusava.

— Benjamin estava morto e Merry tinha fugido. A mãe dela implorou para Marsh não envolver a polícia.

— Então Marsh concordou e você aceitou isso?

Seus olhos brilham.

— Eu teria matado Merry Lane se pudesse. Mas Marsh me disse que, se alguém descobrisse o que tinha acontecido, seria o fim da igreja. Benjamin seria vilipendiado, desgraçado. Eu não pude suportar isso. Não consegui salvar sua vida, então escolhi salvar seu nome.

— E encobrir o que ele fazia.

— Ele estava fazendo o trabalho de Deus.

— Você acredita mesmo nisso?

Enfio a mão no bolso e pego o gravador. A fita cassete está dentro. Eu consegui consertá-la. De certa forma, queria não ter conseguido. O conteúdo não é nada agradável.

Clara franze a testa.

— O que é isso?

— A verdade sobre seu precioso Grady. Tudo que aconteceu naquela noite. Tudo que ele fez. Está tudo aqui. Eu poderia levar isto para a polícia agora mesmo.

Clara olha e sorri friamente.

—Você poderia... mas nós duas sabemos que não vai.

— É mesmo? E por quê?

— Porque, se o corpo no poço é de Joy, isso deve significar que Merry ainda está viva, em algum lugar por aí. — Os olhos cinzentos dela se fixam nos meus. — E vou contar quem você é de verdade.

Ela estava deitada na cama, as pernas e os braços abertos, coberta da própria sujeira. Sua mãe a pegara tentando fugir. Agora, essa era sua punição. Presa. Sozinha naquele quarto.

A não ser pelas visitas dele.

Ela estava possuída, dissera sua mãe. O diabo estava fazendo com que ela se comportasse assim. Ela precisava da ajuda dele.

Ele olhou para ela. Suas mãos e seus tornozelos estavam presos. Ela estava nua, as costelas pareciam ondas debaixo da pele. Os hematomas do último encontro deles contrastavam com a pele branca. Marcas roxas e pretas de dedos. Vergões vermelhos e ferozes nas partes sensíveis do corpo dela onde ele havia encostado o anel de sinete de prata aquecido numa chama.

Grady sorriu.

— Esta noite, Merry, vamos trabalhar com mais dedicação para expulsar seus demônios.

Ele se virou e abriu o baú. Era forrado de seda vermelha. Tiras grossas prendiam o conteúdo no lugar: um crucifixo pesado, água benta, uma Bíblia, pedaços de musselina. Suas ferramentas. Seus brinquedos. Do outro lado do baú: um bisturi, uma faca de serra e mais um item, uma caixinha preta.

Foi o que ele tirou primeiro, verificou o conteúdo e apertou um botão na lateral. Colocou o gravador na mesa de cabeceira ao lado dela.

Ele gostava de reviver seus encontros.

— Por favor — suplicou ela. — Por favor, não me machuque de novo.

— Ah, eu vou fazer só o que for necessário.

Ele pegou um pedaço de pano, se aproximou e, segurando-a pelas raízes do cabelo oleoso, o enfiou na boca, bem fundo. Ela se sufocou, se debateu contra as amarras. Ele colocou as mãos nela. Pareceu levar uma eternidade. Ela se remexeu e cuspiu. O pano voou da sua boca e a saliva densa de seu cuspe acertou as bochechas dele.

Grady secou o rosto.

— Sinto o diabo dentro de você. Ele precisa ser expurgado.

Ele se virou para o baú e pegou a faca de serra.

A faca não estava lá.

O irmão dela estava diante dele com a lâmina pesada nas mãos.

— Filho...

Jacob enfiou a faca no peito do padre. Grady cambaleou e se virou para a cama.

Merry se sentou. Suas amarras estavam soltas. Seu irmão as desamarrara antes. Ela viu os olhos do padre registrarem a enganação, depois suas pernas cederam e ele caiu de joelhos.

Ela saiu da cama e caminhou silenciosamente. Grady estava segurando o cabo da faca, a respiração ofegante e quente. Ela pegou o bisturi no baú e se agachou ao lado dele.

— Por favor — sussurrou ele. — Eu sou um homem de Deus.

Merry sorriu e encostou a ponta afiada na pele macia embaixo do olho esquerdo dele.

— Você é um filho da mãe doente.

Ela enfiou a lâmina no globo ocular dele. Grady gritou.

E, então, ela ergueu o bisturi de novo...

—Você está enganada.

— Não. — Clara balança a cabeça. — Você mudou. Muito. Mas eu passei uma vida querendo saber o que aconteceu com Merry Lane. De repente, ali estava você. Sua foto no jornal: "Vigária com sangue nas mãos." Apropriado, você não acha?

Não mordo a isca.

— Você persuadiu Brian a pedir ao bispo Gordon para me oferecer o trabalho aqui.

— Eu não sabia se você aceitaria. Fiquei surpresa quando aceitou. E aí, fiquei com raiva. De você ter coragem de voltar tranquilamente, sem culpa.

— Você deixou o kit de exorcismo, a Bíblia, as Garotas em Chamas. Você enviou as cartas...

Ela assente.

— O baú e a Bíblia estavam entre as coisas de Fletcher. Ele deve ter encontrado na câmara, onde Marsh os escondeu junto do corpo de Benjamin.

— *Por quê*, Clara? Depois de tanto tempo?

— Eu poderia perguntar a mesma coisa. Por que voltar?

Eu hesito e falo:

— Por causa de Joy. Achei que talvez finalmente tivesse a chance de descobrir o que aconteceu com ela.

— E eu achei que finalmente teria a chance de fazer você pagar pelo que fez a Benjamin.

— Benjamin Grady era pedófilo e abusador. Ele merecia morrer. Joy, não.

Clara abre outro sorriso frio.

— Nós duas podemos encontrar formas de justificar nossas ações. Mas, no fim das contas, nós duas somos assassinas.

Passa pela minha cabeça que eu poderia agarrá-la. Desequilibrá-la. Não daria muito trabalho jogá-la na escuridão. Deixá-la morrer lá. Como Joy.

Nossos olhares se encontram. E sei que ela está pensando a mesma coisa.

— Como você consegue conviver consigo mesma?

— Do mesmo jeito que você, imagino.

Nós nos encaramos. Dou um passo para a frente... e jogo a fita no poço.

— Merry está morta. E você pode ir para o inferno, Clara.

Eu me viro e saio andando.

Pela última vez.

— Vou ficar triste de você ir embora.

Eu sorrio para Joan da cozinha.

— Também vou sentir sua falta.

— Não temos tanta emoção aqui há anos.

— Imagino que a investigação da polícia continue por um tempo. Ainda tem muita coisa para descobrir.

A começar por quem matou Grady.

— Duvido que cheguem à verdade.

— Sinto muito. Sei que você esperava respostas.

Ela pega o xerez.

— Não sinta. Quando você chegar à minha idade, vai entender que há mais perguntas sem resposta na vida do que o contrário. O melhor que podemos esperar é uma resolução com a qual possamos viver. E pelo menos eu sei a verdade sobre Matthew.

— Como os Harper estão?

— Emma voltou para a casa da mãe com Poppy por um tempo. Simon ainda tem dificuldade em acreditar na culpa de Rosie. Tudo isso o destruiu.

Eu quase sinto pena dele. Quase.

— Nós todos fazemos o possível pela nossa família — digo.

— E você acha que essa mudança vai ser melhor para você e Flo?

— Espero que sim.

— Acha que vai voltar?

— Talvez.

— Bem, não demore tanto da próxima vez.

Eu a encaro. Ela sorri e bate na minha mão.

— Não preciso de todas as respostas.

Que tipo de mulher eu sou?
  Eu gostaria de responder que, de coração, sou uma mulher boa, uma mulher que tentou fazer o melhor possível na vida, ajudar os outros, espalhar gentileza.
  Mas também sou uma mulher que mentiu, roubou e matou.
  Nós todos temos a capacidade de fazer o mal. E a maioria de nós poderia encontrar um motivo para justificar isso. Não acredito que as pessoas simplesmente nascem "más". O meio supera a natureza. Mas acredito que alguns de nós nascem com um *potencial* maior de fazer coisas erradas. Talvez algo genético, quando combinado com o meio, produza monstros. Como Grady. Como Wrigley.
  Como eu?
  Se me sinto culpada pelas vidas que tirei, pelas mentiras que contei? Isso me tira o sono à noite? Às vezes. Mas nem sempre. Isso me torna uma psicopata? Ou uma sobrevivente?
  Eu me olho no espelho do banheiro. Jack olha para mim. Não é tão difícil conseguir uma nova identidade. Um nome velho de uma lápide. Mendigar e roubar até poder pagar documentos falsos de qualidade. Fugir de um lugar não é suficiente. É preciso fugir de si mesma. É preciso deixar tudo para trás, inclusive as pessoas que você ama. Como meu irmão.
  Eu não pretendia entrar para a igreja. Mas, em parte, o que contei para Mike é verdade. Conheci mesmo um padre. Blake. Um homem bom. Ele me ajudou a entender que eu podia fazer diferença. Fazer as pazes com a vida. Ele também me fez perceber que o melhor lugar para me esconder é à vista

de todos. As pessoas não olham além do colarinho clerical. E, quando olham, continuam cegos pelas próprias presunções.

Eu tiro o colarinho e coloco no bolso. Então, enfio a mão na blusa e pego a corrente barata de prata que sempre uso. Há mais de trinta anos. Pendurada nela tem uma letra J meio manchada.

Porque melhores amigas trocam coisas: fitas cassete, roupas, bijuterias.

Seguro o colar por um momento, mas prendo-o entre os dedos e o arranco. Jogo-o na pia e abro a torneira até que seja levado pela água.

A privada é acionada no cubículo ao meu lado. Prendo o cabelo atrás das orelhas, mais curto agora, as raízes retocadas. Dou um passo para trás e sorrio. Abro a porta e saio para a confusão do aeroporto.

Mike e Flo estão sentados a uma mesa em um café lotado. Mike insistiu em nos levar de carro. Ele tem sido bem presente desde aquela noite na capela. Vou sentir falta dele. Mas também vou ficar feliz de me despedir. Às vezes, quando ele olha para mim, sinto que está prestes a dizer alguma coisa. Alguma coisa que não seria boa. Para mim. Nem para ele.

— Ei — diz Mike quando me aproximo. — Tudo bem?

— Tudo.

— Vou comprar outro café — diz Flo. — Quer também?

— Quero, obrigada.

Ela sai andando e entra na fila.

— E então — diz Mike. — Está nervosa com a Austrália?

— Estou… principalmente para saber como vou pagar o cartão de crédito.

— Você merece isso.

— Obrigada. Mas é só por um mês. Para conhecer alguns lugares. Talvez.

— Eu queria perguntar uma coisa — digo. — A polícia encontrou a pessoa que me tirou da capela?

— Não. Quer dizer, ninguém se apresentou.

— Certo.

— E, se a pessoa tivesse ficado ferida, ela teria aparecido no hospital, certo?

— Certo. — Abro um sorriso rápido. — Talvez eu tenha imaginado.

— Foi uma noite traumática.

— Foi.

Mas eu não imaginei. Sei que foi ele. Jacob. Meu irmão. Ele me encontrou de novo. Ele me salvou. E ainda está por aí, em algum lugar.

— Prontinho. Dois cafés americanos. — Flo coloca dois cafés na mesa. — Comprei duplos, para nos sustentar por metade da viagem até Oz.

— Tenho que ir — diz Mike.

— Ah. Tudo bem.

Nós dois nos levantamos, meio constrangidos.

— Obrigada pela carona — digo. — E, bom, você sabe.

— Eu sei. Não esquece o coala de pelúcia.

— Pode deixar.

— Então tá.

Flo revira os olhos.

— Que dor.

Mike se inclina e me dá um abraço rápido e desajeitado.

— Se cuidem e tomem cuidado.

Ele se empertiga, sorri, se vira e sai andando.

— Esquisitão demais — diz Flo, tirando a tampa do café. — Ele é perfeito para você.

— Eu não acho.

— Por quê?

— Não faz meu tipo.

— Vai esperar o Hugh Jackman?

— Acho que ele está me esperando.

Ela sorri.

— Eu te amo, mãe.

Estico a mão e aperto a dela.

— E eu te amo.

Ela franze a testa de repente.

— Você tirou o colarinho.

— Ah, sim. Achei que ficaria mais confortável. No voo.

— Ah. Tudo bem.

Tomamos o café. Flo olha o celular. Quando nos levantamos, deixo Flo ir andando na frente e tiro o colarinho do bolso. Depois de hesitar por um momento, enfio-o no copo vazio, fecho a tampa e deixo na mesa.

Que tipo de mulher eu sou?

Talvez esteja na hora de descobrir.

EPÍLOGO

O paciente chegou a eles algumas semanas antes. Foi encontrado quase morto em uma vala, não muito longe de Hastings. Sem identificação. Em péssimo estado. Ele havia ficado lá por um tempo.

Tinha queimaduras numa parte grande do lado direito e a infecção havia se espalhado de um tornozelo ferido por toda a perna. Foi colocado em coma induzido. Conseguiu reverter um quadro de sepse. Mas a perna não pôde ser salva. Foi amputada abaixo do joelho. A reabilitação foi lenta. Ele não podia ou não queria falar.

— Mas estamos fazendo progressos — diz a enfermeira Mitchell enquanto leva a médica nova (de cabelo brilhante e um entusiasmo sincero) pelo corredor, as solas de borracha fazendo barulho. — Ele está envolvido em terapia artística, e isso parece estar ajudando.

— Que bom.

Talvez você não diga isso quando vir, ela pensa.

Ela abre a porta da sala de terapia. A médica pisca. As mesas na lateral da sala exibem o trabalho do paciente. Em meio a cestas trançadas, modelos de papel machê e pratos pintados, praticamente todas as superfícies estão cobertas de bonequinhas de graveto.

A médica se aproxima e olha as bonecas.

— Interessante.

Podemos dizer assim.

— Ele só faz isso — diz a enfermeira Mitchell. — Obsessivamente.

A médica pega uma das bonecas, olha com atenção e a coloca no lugar.

— E ele falou o que representam?

— Ele só falou três palavras desde que chegou aqui.

Ela olha para as bonecas de gravetos, tentando conter um arrepio.

— Garotas em Chamas.

AGRADECIMENTOS

Não sou uma pessoa religiosa — minha única experiência com igrejas consiste em cerimônias de batizado e festivais da colheita capazes de fazer a bunda ficar dormente —, então escrever um livro em que a personagem principal é uma vigária seria uma proposta interessante.

Por conta disso, agradeço muito a Mark Townsend por seus insights sobre igrejinhas de comunidades rurais e o dia a dia de um vigário — embora eu obviamente tenha me utilizado de certa... licença poética.

Terminar este livro, meu quarto, pareceu demorar uma eternidade. Realmente fica mais difícil a cada vez! Assim, gostaria de mandar um abraço para minha agente, Maddy, sempre tão encorajadora, meus editores, Max e Anne, sempre muito pacientes, e para cada um na minha editora que trabalhou arduamente, mesmo durante esse período de isolamento, para refinar, divulgar e, finalmente, colocar esse livro nas ruas.

Não preciso nem dizer — mas ele provavelmente vai fechar a cara se eu fizer isso — que meu marido, Neil, é uma fonte constante de amor e suporte técnico. E, claro, preciso agradecer à minha pequena Betty por encher meus dias de alegria — e Lego.

Também quero agradecer a todos na cidadezinha onde moramos agora por serem tão acolhedores e por todo o apoio. Fiz amigos ótimos por aqui, cujas histórias sobre a região ajudaram a inspirar esta história.

Como sempre, agradeço a vocês, meus maravilhosos leitores, por escolherem este livro. Nada disso seria possível sem vocês. Então... mesma hora no ano que vem?

intrinseca.com.br

@intrinseca

editoraintrinseca

@intrinseca

@editoraintrinseca

intrinsecaeditora

2ª edição	JANEIRO DE 2024
impressão	IMPRENSA DA FÉ
papel de miolo	HYLTE 60 G/M²
papel de capa	CARTÃO SUPREMO ALTA ALVURA 250 G/M²
tipografia	BEMBO